Fuchskind

Das Buch

Später Herbst, die Tage werden kürzer, die Nächte länger. Friedhofsgärtnerin Gesine Cordes ist froh, sich morgens in aller Ruhe der Grabpflege widmen zu können. So früh kommt kaum ein Besucher auf den Friedhof. Doch plötzlich hört sie Babygeschrei und findet einen verlassenen Säugling. Gesine ist entsetzt. Wer würde sein Kind einfach so im Stich lassen? In der Kälte! Gesine, die ihren eigenen kleinen Sohn bei einem tragischen Unglück verloren hat, ist erschüttert.

Kurz darauf taucht die Polizei bei Gesine auf. Neben dem Friedhof wurde eine Frauenleiche entdeckt – möglicherweise die Mutter des Kindes. Bald scheint es, als ob jemand auch dem Säugling nach dem Leben trachtet. Kann Gesine diesmal das Kind retten?

Die Autorin

Annette Wieners, geboren in Paderborn, hat für ARD, ZDF und WDR als Drehbuchautorin gearbeitet. Sie lebt als Autorin und Journalistin in Köln. *Fuchskind* ist der zweite Teil der Krimiserie um Friedhofsgärtnerin Gesine Cordes.

Von Annette Wieners sind in unserem Hause bereits erschienen:

Kaninchenherz
Fuchskind

Annette Wieners

FUCHSKIND

Kriminalroman

List Taschenbuch

Besuchen Sie uns im Internet:
www.list-taschenbuch.de

Originalausgabe im List Taschenbuch
List ist ein Verlag der Ullstein Buchverlage GmbH, Berlin.
1. Auflage Juni 2016
© Ullstein Buchverlage GmbH, Berlin 2016
Umschlaggestaltung: Büro für Gestaltung – Cornelia Niere, München
Titelabbildung: Mauritius Images/Trigger Image
Grafiken im Innenteil: © Katharina Hacka
Satz: Pinkuin Satz und Datentechnik, Berlin
Gesetzt aus der Kepler
Druck und Bindearbeiten: CPI books GmbH, Leck
Printed in Germany
ISBN 978-3-548-61251-5

1

Im Pförtnerhaus brannte Licht. Gesine klopfte ans Fenster, aber alles blieb still. Die Gardine war zugezogen, die Tür abgeschlossen. Der Knauf lag kalt in ihrer Hand, feucht vom Morgennebel.

Sie bückte sich und versuchte, unter der Gardine hindurch in die Loge zu spähen. Der Stoff hatte sich auf der Fensterbank verfangen und gab einen Spalt frei. Sie sah die Lampe auf dem Tisch, die Lederhandschuhe daneben, glänzend im Kegel des warmen Lichts. Trotzdem schien die Loge leer zu sein.

»Hallo?«

Keine Antwort. Aber hinter dem Pförtnerhaus entdeckte sie eine frische Spur im Gras. Jemand war zwischen Friedhofsmauer und Loge hin- und hermarschiert. Jemand, der größere Schritte machte als der alte Pförtner.

»Hallo?«

Nichts. Nur eine Taube flatterte aus dem Rhododendron, die Flügel klatschten, dann verschwand der Vogel über den Gräbern.

Jetzt klopfte Gesine energisch. Die Gardine hing in

steifen Falten. Ein grober brauner Stoff, der den Licht-schein filterte wie einen dünnen Kaffee.

Sie überlegte, den Schlüssel zu benutzen. Den Universalschlüssel, dessen Existenz man besser nicht an die große Glocke hängte. Aber dann verwarf sie den Gedanken, holte die Tüte mit den Croissants aus dem Pick-up und klemmte sie an den Türknauf. Warum sofort an das Schlimmste denken? Sie war doch nicht mehr bei der Polizei.

Ohne sich noch einmal umzudrehen, fuhr sie weiter Richtung Kapelle. Der Novembernebel hing tief über den Friedhofswegen, zäh zog die Morgendämmerung auf. So dick war die Luft, dass die Kronen der Bäume im Nichts verschwanden. Die Azaleen bogen sich schwer, die Grabsteine wirkten wie nass lackiert, und an den Eiben leuchteten die falschen Früchte, rot wie Positionslichter im Hafen.

Sie öffnete die Seitenscheibe. Es würde noch angenehmer werden, in ein oder zwei Stunden würde die Sonne durchbrechen. Gegen Mittag könnten Hannes und sie sogar picknicken, drüben auf der Bank vor dem Feld der Kindergräber. Ein perfekter Herbsttag, das hatte man im Radio gesagt, und darauf wollte sie sich verlassen.

Als der Betriebshof auftauchte, hielt sie an, um in die Einfahrt zu schauen. Der Parkplatz war leer, die anderen Gärtner waren noch nicht zum Dienst erschienen. Der Bagger stand mit erhobener Schaufel da, und der Aushub von gestern lag daneben. Sargreste und Knochenteile, die ein Kollege erwischt hatte, als er ein Grab auskoffern sollte.

Aber was war das unter den Bäumen? Ein heller Fleck, etwas bewegte sich und verschwand. Oder täuschte der Nebel? Sie lehnte sich weit aus dem Fenster. Nein, da war nichts. Nur Schwaden und der silbrige Glanz einer Seidenkiefer.

Der Pick-up rollte weiter. Der Motor tuckerte leise.

Plötzlich ein Schatten auf dem Weg. Sie bremste hart und erkannte einen Fuchs vor der Motorhaube. Starr stand er da, den Kopf erhoben. Leuchtende Augen, schräg aufgestellt hinter einer hellen Schnauze. Über seine Lefzen liefen dunkle Streifen, wahrscheinlich hatte er gerade gefressen.

Sie löschte die Scheinwerfer und drehte den Zündschlüssel um. Der Fuchs war kräftig und schön, er trug bereits den Winterpelz. Er lauerte, dann lief er davon. Sie merkte sich die Stelle, denn im Zaun, der das Wild vom Friedhof fernhielt, musste ein Loch sein.

Auf dem Vorplatz der Kapelle schließlich wollte sie sich um das Laub kümmern. Birkenblätter und Ahornfächer waren in Massen von den Bäumen gefallen. Sie nahm die Arbeitshandschuhe und stieß die Bolzen aus der Ladeklappe. Das Klirren stach durch die trübe Luft, aber dahinter, aus dem Gebüsch, erklang noch ein anderes Geräusch. Der dünne Laut eines Kindes.

Sie horchte, doch der Laut wiederholte sich nicht.

Vielleicht trieb sich eine Katze herum, um diese Uhrzeit war kaum etwas anderes möglich. Katzen klangen oft wie Kinder, wie sehr kleine Kinder.

Sie begann, das Laub zu harken, mit langen, kratzigen Schwüngen. Sie musste sich im Griff halten, ihre Beklommenheit konnte ein Symptom sein. Eine Spätfolge des Sommers, in dem sie mit Gewalt und Hinterlist konfrontiert worden war. Sollte sie inzwischen nicht stabiler sein?

Und trotzdem fiel ihr schon wieder eine Fußspur auf, als sie sich beim Harken der Kapelle näherte. Sie bückte sich. Aus der Art, wie das Laub lag, war eine gewisse Hast zu erkennen. Jemand war am frühen Morgen herbeigeeilt und hatte vor dem Eingang mit den Füßen gescharrt.

»Ist hier jemand?«, rief sie.

Keine Antwort.

Sie lehnte den Laubbesen an die Mauer und überprüfte die Kapellentür, aber das Schloss war in Ordnung und die Tür verriegelt, wie es sich gehörte.

Doch dann knackte irgendwo hinter ihr ein Stock, und noch während sie sich umdrehte, meinte sie, jemanden vom Pick-up weghuschen zu sehen. Jemand jammerte, jemand sagte etwas, kurz und grob, so als ob ein Kind weinte und zwischen den Sträuchern zum Schweigen gebracht wurde.

Sie lief dem Jammern nach, geradeaus in den schmalen Weg hinein, der sich durch den Hartriegel wand. Ein sandiger Boden, von vielen Schuhen zertreten, und wieder wurde es still. Nebel wie Watte und zwei Meter hohe Büsche, die ihr die Sicht versperrten. Dornen, Schösslinge und Efeugeschlinge.

Sie zwang sich, ruhiger zu atmen. Wenn sie den Weg weiterlief, gelangte sie an das Gräberfeld A, den Bereich der Kindergräber, und links lagen die Familiengruften mit ihren gewaltigen Tafeln. Überall konnte man sich bestens verstecken. Aber war sie denn ganz sicher, dass sie vorhin jemanden am Pick-up gesehen hatte?

Nein, ganz sicher war sie nicht.

Sie kehrte auf dem Sandweg um und rief Hannes an. »Wann kommst du heute?«

Er lachte. »Was ist denn mit dir los?«

»Es ist sehr nebelig.« Sie zögerte und war plötzlich nicht sicher, ob sie ihm alles sagen sollte.

»Ach, das kennen wir doch.« Hannes blieb amüsiert. »Mittags wird die Sonne scheinen. Oder willst du unser Picknick absagen?«

»Nein, auf keinen Fall«, sagte sie und stutzte. Hannes war nicht allein. Geschirr klapperte, und jemand wisperte in seiner Nähe. Eine kichernde Frauenstimme, wie peinlich, Gesine störte beim Tête-à-Tête.

»Ist wirklich alles in Ordnung bei dir?«, fragte Hannes, weil sie so lange schwieg.

»Natürlich. Entschuldige.«

Sie beendete das Gespräch und sah auf die Uhr. Die Croissants hingen wohl noch beim Pförtner an der Tür. Sie sollte zur Loge zurückspazieren und den Tag noch einmal neu beginnen.

Aber jetzt knarrte etwas. Vorn, hinter den Sträuchern rührte sich jemand, und diesmal hörte sie es genau. An der Kapelle fiel der Laubbesen um, sie erkannte das Scheppern der biegsamen Zinken und rannte los. An den Dornen vorbei, über das Efeu hinweg, und anstatt die letzte Kurve zu nehmen, schnitt sie den Weg durch den Hartriegel ab.

Der Laubbesen lag am Boden, tatsächlich, und auch wenn kein Mensch zu sehen war, war an der Ecke jemand ausgerutscht. Das Laub war weggeglitscht, der blanke Lehm kam durch.

»Wer ist denn hier?«

Ausgerutscht, aufgestanden, um die Mauer herum hinter die Kapelle gelaufen.

»Ich bin die Friedhofsgärtnerin. Warum verstecken Sie sich vor mir?«

Aber aus den Büschen schlug ihr bloß die stumme Kälte entgegen. Der Nebel saß kompakt zwischen den Zweigen, die Rhododendren waren schon lange nicht mehr geschnitten worden. Grünbraunes Moos überzog die Mauer, und der Boden war hier, an der Nordseite der Kapelle, glatt vor Nässe.

Sie stützte sich an den Bruchsteinen ab, entschlossen, das Katz-und-Maus-Spiel zu beenden. Doch alles, was sie hörte, war ein feines, helles Wimmern. Leise und brüchig, wie von einem Baby.

»Das gibt es doch nicht.«

Sie ging in die Hocke. Dunkle Blätter hingen lappig am knorrigen Holz und schluckten das Licht. Das Wimmern erstarb, bevor sie es orten konnte. War es von vorn gekommen oder eher von der Seite?

Schweigen. Nur der eigene Pulsschlag dröhnte in den Ohren.

Dann endlich, nach einer langen Weile, ein Glucksen von rechts. Sie ging noch tiefer herunter, bog die Zweige auseinander und erschrak. Auf dem Boden, zwei oder drei Meter weit in die Rhododendren geschoben, stand etwas Blaues aus Plastik und Stoff. Eine Babyschale zwischen den tropfenden Zweigen.

Sie kroch nach vorn, eine Hand schützend vor der Stirn, die andere Hand ausgestreckt. Ein Baby lag dort und ruderte mit den Armen.

»Schschscht«, machte Gesine und zog die Schale langsam zu sich heran. Das Kind trug eine helle Mütze mit langen Bändern, die offen herunterhingen. Um seinen Körper war eine karierte Decke gestopft, am Fußende war sie mit Erde verschmiert.

»Schschscht.«

Es guckte sie an. Ein winzig kleines Gesicht. Ein Säugling mit schrumpeligen Händen. Runde Lippen, eine dicke Zunge und Spucke, die übers Kinn rann.

Weiter hinten im Gebüsch raschelte es.

»Hallo?« Jemand rannte fort. »Stehen bleiben, verdammt noch mal!«

Aber die Person rannte weiter, und als Gesine aufsprang, erschrak das Baby und fing an zu weinen. Sie legte ihre Arme um die Schale und brach sich rücklings eine Bahn ins Freie. Es konnte doch nicht sein, dass jemand ein Baby sich selbst überlassen wollte? Im Gebüsch, im November?

Doch der Vorplatz der Kapelle war leer. Sie setzte die Schale ab, das Kind zappelte, spannte sich an und schrie los, als habe man einen Schalter gedrückt. Zahnlose Kiefer, ein heller Gaumen und eine Zunge, die verzweifelt vibrierte.

»Ganz ruhig. Du hast ja recht.«

Sie lupfte die Decke. Das Baby war festgeschnallt, immerhin. Mit einiger Mühe löste sie den Gurt und hob es aus dem Sitz. Ein feuchtes, weiches Päckchen.

»Schschscht.« Sie legte es an die linke Schulter und klopfte auf den kleinen Rücken. »Alles wird gut, versprochen.«

Die Mütze war ihm auf die Nase gerutscht, sie schob sie hoch. Helle Augen mit Sprenkeln. Dunkle, nasse Wimpern, die Lider wie Mandeln geschwungen und rot. Der Mund war mit Rotz verschmiert.

Sie tastete nach dem kleinen Nacken, um dort die Haut zu berühren. Das Kind zuckte zusammen, schluchzte bitterlich auf, aber dann schmiegte es sich an sie, schnaufend und warm.

Ein Junge oder ein Mädchen? Sein Ärmel roch nach Creme und aus den Tiefen des Strampelanzugs stieg Windeldunst auf.

Vielleicht ein Junge, denn plötzlich kam ihr die Situation vertraut vor. So, als sei die Zeit aufgerissen und sie dürfte ihr eigenes Kind wieder halten. Sie hörte sein Schmatzen und Glucksen, sie nahm es fester, jäh beglückt, und doch voller Entsetzen: Der Junge war warm und sie wusste zugleich, dass er starb.

Ihr Herz stolperte. Es war eine Täuschung, nichts als eine Erinnerung, und zwar von der niederträchtigsten Art.

Mit weichen Knien ging sie zum Pick-up, stellte die blaue Schale auf den Beifahrersitz und legte das Baby hinein. Es löste sich nur ungern, patschte an ihre Wange und versuchte, an ihre Lippen zu gelangen.

»Ich brauche meine Hände, um zu telefonieren«, sagte sie heiser, aber das Kind bog seinen Rücken durch und schrie. Sie nahm es eilig wieder auf den Arm, mit demselben sanften Druck wie eben, bloß gefiel ihm der Griff jetzt nicht mehr. Es stemmte sich dagegen, boxte und weinte.

»Ich bin ja da«, sie fingerte nach dem Telefon, um die Polizei zu verständigen. Doch jetzt geriet das Baby völlig außer Kontrolle. Es brüllte aus Leibeskräften und biss in seine Fäustchen. Dazu zog es die Knie an, als habe es heftige Krämpfe.

Sie prüfte seine Haut und seine Augen. Wie lange hatte es unter den Rhododendren gelegen, und wann hatte es zuletzt etwas getrunken? Oder war es etwa möglich, dass es an den giftigen Blättern gezogen und daran genuckelt hatte? Nein. Das konnte es doch gar nicht schaffen!

Trotzdem krampfte es. Eindeutig, es krampfte und hatte Schmerzen, sein Gesicht lief violett an, und Gesine musste unbedingt handeln. Sofort zum Krankenhaus fahren. Sie packte das Kind in die Schale, fingerte in fliegender Hast den Sicherheitsgurt durch die Ösen und setzte sich hinters Steuer. Sie würde dem Pförtner am Eingang zurufen, dass er die Polizei verständigen sollte. Er würde doch inzwischen in der Loge sein?

Das Baby wurde steif. Seine Lippen liefen blau an, und die Stirn verdunkelte sich. Sie rüttelte an seinem Sitz.

»Atmen!«

Und es atmete, es wandte sogar den Kopf zu ihr, aber es wurde fürchterlich stumm.

Und schon kam das Pförtnerhaus in Sicht. Gesine hupte lang und laut, doch was war das? Die Gardine hing immer noch vor dem Logenfenster. Die Tür war geschlossen, ebenso das eiserne Tor für die Autos. Und dahinter, auf der Straße, stand der Frühbus an der Haltestelle, dunkel, so als säße niemand darin oder als sei man in einen Dorn-röschenschlaf gefallen.

Den Tränen nahe sprang sie aus dem Pick-up, rannte zum Tor, riss es auf, warf sich wieder auf den Fahrersitz und beugte sich über das Baby. Es lebte, aber sein Kopf hing schlaff zur Seite.

Da drückte sie das Gaspedal durch, dass die Reifen quietschten. Eine Schar Tauben stob auseinander, und etwas Helles geriet unter den Pick-up. Im Rückspiegel sah sie es wirbeln. Die Tüte, in denen die Croissants gesteckt hatten, lag leer und zerfetzt auf dem Asphalt.

2

Der Heizstrahler knisterte, und es roch verbrannt. Das Baby lag nackt auf dem Tisch. Mit den Armen hieb es auf die Unterlage aus Plastik und die Füße stieß es in die Luft. Ein Junge. Seine Gesichtszüge hatten sich entspannt, aber seine Brust hob und senkte sich immer noch schnell. Viel zu dünn war er, man konnte die Rippen zählen.

»Sechs Wochen alt, höchstens zehn. Bei solchen Kindern weiß man nie«, sagte der junge Arzt und trug die Erkenntnis in das Formblatt ein.

Gesine spitzte die Lippen. Jeder konnte sehen, dass das Kind sich nach der Geburt noch nicht gestreckt hatte. Die Knie krumm, die Ellbogen angewinkelt, es machte sich kleiner als nötig.

»Das Fieber wird gleich sinken«, der Arzt ging um den Tisch herum, »und seine Reflexe sind im Grunde auch in Ordnung. Sehen Sie?« Er berührte den kleinen Fuß, und die Zehen krümmten sich. »Bestens. Sollte es allerdings in der nächsten Stunde immer noch nicht trinken, werden wir ihm eine Infusion legen.«

»Bleibt es hier auf Ihrer Station?«

»Wir besprechen das mit den Behörden.«

Er setzte ein paar Kreuze in eine Tabelle und trat ans Waschbecken. Gesine berührte das Baby an der Wange.

»Ich würde gern wissen, was aus ihm wird«, sagte sie.

»Fragen Sie morgen im Schwesternzimmer nach. Aber Sie brauchen sich wirklich um nichts mehr zu kümmern, Frau Cordes.«

Sie nickte und nahm ihre Jacke. Der Junge schaute zum Heizstrahler hoch. Er bog den Rücken durch, wie eben, als er die Krämpfe bekommen hatte, aber er wirkte zufrieden dabei. Das Häkel-Mobile mit den ausgefransten Figuren schien ihn zu interessieren.

»Sein Gehirn konzentriert sich auf das Hier und Jetzt«, sagte der Arzt, während er sich die Hände wusch. »Vielleicht hat er den Friedhof schon wieder vergessen.«

»Das kann ich mir kaum vorstellen«, entgegnete Gesine.

»Sie würden staunen. Die innere Welt solcher Kinder ist bunt und schön.«

»Ich glaube, er hat eine Gänsehaut.«

In der Ecke stand die blaue Babyschale, in der sie das Kind ins Krankenhaus gebracht hatte. Für die Spurensicherung war sie in eine Folie gepackt, mitsamt der verschmutzten Decke und den Anziehsachen.

»Horchen Sie den Jungen doch bitte noch einmal ab«, sagte sie. »Er atmet so schnell, auch wenn das Fieber sinkt.«

»Ich nehme an, Sie kennen sich nicht aus?«

Die Antwort lag ihr sofort auf der Zunge: Doch, ich bin

Mutter, aber sie formulierte es um: »Doch, ich kenne einige Kinder.«

»Gesunde Kinder, vermute ich.«

»Ja.« Ihr gesundes Kind von damals, ihr totes Kind.

»Im selben Alter wie unser Kandidat hier?«

»Nein. Also genauer gesagt, sind es zwei Nichten.« Sie musste Anlauf nehmen. »Sie gehen schon in die dritte Klasse. Und weil sie keine Mutter mehr haben, kümmere ich mich manchmal um sie.«

Der Arzt winkte ab. »Das ist eine ganz andere Nummer. Also für den Kleinen hier ist es völlig normal, so flach zu atmen. Sein Herz arbeitet nicht richtig. Wir stabilisieren ihn, und wir fragen in allen Kliniken nach, weil wir ihn wieder mit seinem zuständigen Arzt in Verbindung bringen müssen.«

»Er ist ein Findelkind. Wer soll da zuständig sein?«

»Er wird registriert sein. Das Down-Syndrom kommt heute nicht mehr allzu oft vor.«

Der Junge gluckste und stopfte sich eine Hand in den Mund. Vorhin, auf dem Friedhof, war es Gesine nicht aufgefallen, dass er anders aussah, und auch jetzt hatte sie Probleme, die Hinweise zu finden, die der Arzt ihr aufgezählt hatte.

»Meinen Sie, man hat ihn deshalb ausgesetzt?«, fragte sie.

»Weil er behindert ist?«

»Weil er Herzprobleme hat.«

Sie strich dem Jungen über den Kopf. Das Haar war dünn und fedrig, der Schädel rund. Man könnte die Form seiner Augen ungewöhnlich finden, wenn man unbedingt wollte. Er zog die Nase kraus, dann lächelte er Gesine an.

»Die meisten Eltern erfahren es schon während der Schwangerschaft und treiben ab«, sagte der Arzt. »Sie machen es sich natürlich nicht leicht, oft wollen sie den Kindern ein anstrengendes Leben ersparen.«

Gesine schwieg. Der Junge schmatzte, und sie spürte den heftigen Wunsch, ihn auf den Arm zu nehmen.

»Wissen Sie, welche Perspektive er hat?«, fragte sie.

»Nein. Trisomie 21 kann harmlos ausfallen, es kann aber auch mit Schmerzen einhergehen.«

Sie legte eine Hand auf die Brust des Jungen und hielt mit der anderen seine kleinen Füße fest. Sanft und beruhigend, jedenfalls so gut sie es konnte.

Ein Computer piepte. Der Arzt hielt Gesine eine frische Windel hin.

»Vielleicht könnten Sie kurz?«

Sie schüttelte den Kopf, aber er legte ihr die Windel auf den Tisch und eilte zum Monitor an der Wand.

Das Baby lächelte immer noch, allerdings nicht mehr in Gesines Richtung, sondern an ihr vorbei ins Leere. Es zog die Fäuste zum Kinn, hielt vollkommen still und sah aus, als horche es auf ein geheimes Geräusch im Raum.

Sie faltete die Windel auseinander. Es musste ihr doch alles geläufig sein, das Vlies, der Gummizug, das Ratschen der Klebeverschlüsse, trotz der vielen Jahre, die vergangen waren. Sie versuchte ihr Glück und das Baby ließ die Handgriffe über sich ergehen. Als es fertig eingepackt war, gähnte es wohlig. Sie schob ihm einen Finger in die Faust und es drückte zu.

»Es mag sie«, sagte der Arzt hinter ihrem Rücken. »Allerdings sind solche Kinder von Natur aus freundlich und zugewandt.«

»Vorsicht.« Sie richtete sich auf. »Ich bin allergisch gegen Sammelbegriffe.«

Später saß sie im Besucherzimmer. Der Raum war frisch renoviert. Bunte Gemälde an den Wänden, eine offenbar neue Sitzgruppe aus dunkelgrauen Sesseln und einem Sofa. Im Regal stand ein Karton mit einer Milchpumpe. In der Ecke lag Spielzeug. Das Bundesliga-Sonderheft auf dem Tisch hatte Eselsohren.

Sie saß mit dem Rücken zum Fenster. Vor ihr, auf dem Sofa, hatte ein junger Polizist Platz genommen, um ihre Aussagen zu protokollieren. Zuerst stellte er nur Routinefragen. Wann, wo und wie hatte Gesine auf dem Friedhof etwas bemerkt? Aber die starren Schablonen gingen ihr bald gegen den Strich.

»Ich habe Ihnen von der Spur erzählt, die ich hinter dem Pförtnerhaus gesehen habe«, erklärte sie. »Zwischen Friedhofsmauer und Loge muss jemand unterwegs gewesen sein. Außerdem führte eine weitere Spur zur Kapelle. Jemand hat versucht, die Tür zu öffnen, und es wäre ratsam, sich das zu notieren.«

»Auf einem Friedhof kommt es ständig vor, dass jemand in die Kapelle will«, erwiderte der Polizist.

»Nicht so früh am Morgen.«

»Woher wissen Sie, um welche Uhrzeit die Spur entstanden ist?«

»Ich kann es nur schätzen, aber ich habe das Laub

untersucht, und ich habe gewisse Vorkenntnisse im Spurenlesen.«

»Ein Hobby von Ihnen?«

»Nein.«

»Also ist Ihre Angabe spekulativ? Sie glauben, dass jemand in die Kapelle wollte, aber Sie haben nichts Konkretes beobachtet?«

»Wir sollten uns vorstellen, was im Umfeld der Tat geschehen ist«, beharrte Gesine. »Der Täter hat das Kind zur Kapelle getragen. Er wollte beten oder es dort aussetzen, weil es ihm in der Kapelle leichter gefallen wäre als draußen.«

Der Polizist klopfte mit dem Stift auf das Papier. »Sie interpretieren, Frau Cordes!«

»Ja. Ich spiele Möglichkeiten durch.«

Ganz oben auf dem Regal stand ein Blumentopf, der in Zellophan verpackt und mit einer Schleife umwickelt war. Sie kniff die Augen zusammen, und tatsächlich: In dem Topf gammelte eine Engelstrompete vor sich hin. Ein giftiger Steckling, irgendwann in die Klinik gebracht und dann hier im Zimmer halbherzig entsorgt.

Der Polizist zog nervös die Nase hoch. Draußen ging jemand über den Flur, Türen schlugen, und Gesine beugte sich vor.

»Wenn es stimmt, dass das Kind bei einem Arzt registriert ist, werden wir seine Eltern bald kennen. Es wird für die Kripo sehr wichtig sein, die Tat dieser Menschen zu beurteilen. Es ist doch ein Unterschied, ob sie unter Druck standen oder eher kaltblütig vorgegangen sind, finden Sie nicht?«

Die Schritte auf dem Flur wurden klarer. Harte Absätze, ein Klang, der nicht ins Krankenhaus passte, in einer Eile, die aufhorchen ließ. Der Polizist hob sich halb aus dem Sofa, und schon flog die Tür auf. Was für eine Überraschung: Marina Olbert stand im Zimmer.

»So sieht man sich wieder«, sagte sie und strahlte.

Im Krankenhaus?, dachte Gesine und der Polizist stand beinahe stramm: »Die Mordkommission?«

Die Ermittlerin nickte ihm zu: »Später!« Sie streckte Gesine die Hand entgegen. »Frau Cordes. Wie lange ist es her?«

Nicht so lange, dachte Gesine und sagte etwas steif: »Freut mich, Frau Olbert.«

Und es freute sie wirklich, auch wenn es im ersten Moment verwirrend war. Marina Olbert brachte die Erinnerung an den Sommer mit. An den Fall, der Gesines Leben auseinandergenommen und neu zusammengesetzt hatte. An die Gefahr und den Schmerz, an die Brutalität der Wahrheit. Aber auch an den schönen gemeinsamen Abend, später am Lagerfeuer, als sie zu zweit beieinandersaßen und der Glut zusahen. Der Gedanke hatte sich eingeschlichen, eines Tages befreundet sein zu können.

Sie schüttelten sich die Hand, einen winzigen Augenblick länger als nötig, dann ließen sie los.

»Alle Achtung«, sagte die Olbert. »Was Sie heute schon wieder geleistet haben!«

»Nicht ich, sondern das Kind.«

»Es hatte Glück im Unglück, dass ausgerechnet Sie es gefunden haben.«

»Danke.« Gesine steckte die Hände in die Hosentaschen. »Und was ist mit Ihnen? Warum haben Sie mit dem Fall zu tun, Frau Olbert?«

»Stört es Sie?«

»Im Gegenteil. Ich wundere mich nur. Sind Sie nicht mehr bei der Mordkommission?«

Die Ermittlerin hob den Zeigefinger. »Darüber macht man keine Witze.« Geschäftig nahm sie dem Polizisten die Unterlagen aus der Hand und kümmerte sich nicht um seine Protestgeräusche.

Gesine lächelte. Die Olbert hatte sich wirklich nicht verändert. Perfekt geschminkt, das blonde Haar in Szene gesetzt. Aus der Manteltasche hing lässig ein Paar Handschuhe und die blanken Stiefel signalisierten, dass sie eher angreifen als sich verteidigen würde. Schwere Absätze und schwarzes Leder. Sie konnte jeden Stier in die Knie zwingen, und genau das wollte sie erreichen: dass man das von ihr dachte.

Der Polizist steckte schicksalsergeben den Stift in seine Brusttasche. »Die Aussage der Zeugin ist vielleicht noch nicht vollständig, Frau Kollegin. Aber wenn Sie beide sich kennen, kommen wir zu dritt vielleicht schneller voran.«

Marina Olbert nickte. »Frau Cordes erinnert sich an viele Details, wie ich sehe. Wussten Sie, dass sie vor Jahren selbst bei der Kripo war?«

»Sie sagte, sie ist Friedhofsgärtnerin.«

Gesine hob entschuldigend die Hand: »Ich bin schon vor so langer Zeit aus dem Dienst ausgeschieden, dass ich es meistens vergesse.«

Was natürlich eine Lüge war, und nicht einmal der

Polizist nahm ihr das ab. Er blies die Wangen auf und setzte sich wieder aufs Sofa, von wo aus er beobachtete, wie die Mordkommission seine Notizen studierte.

Stille. Allerdings auf eine angespannte Art, wie Gesine fand. Die Olbert runzelte komisch die Stirn, und warum hatte sie eigentlich nicht auf die Frage geantwortet, was sie hier tat?

Jetzt fing sie an zu blättern, als suche sie etwas, und sprach den Polizisten noch einmal ungeduldig an: »Herr Kollege, sind Sie sicher, dass hier keine Seite fehlt?«

»Wie bereits gesagt, waren wir noch nicht fertig mit der Befragung«, antwortete er. »Aber die Zeugin hatte angefangen, sich zu wiederholen, und das brauchte ich nicht alles zu notieren.«

»Frau Cordes, wie sehen Sie das?«

»Ich würde es nicht ›wiederholen‹ nennen«, antwortete Gesine. »Ich habe die Fakten vollständig zu Protokoll gegeben und anschließend damit begonnen, sie einzusortieren.«

»Gut.«

Die Olbert sah ihr in die Augen. Etwas Ungewisses hing in der Luft. Gesine verschränkte die Arme.

»Geht es um den Jungen, Frau Olbert?«

»Nein, das Baby ist nicht das Problem.«

»Oder um den Pförtner?«

»Ach was«, die Ermittlerin klappte die Unterlagen zu. »Der Pförtner ist heute zu Hause geblieben. Seine Frau ist krank.«

»Woher wissen Sie das?«

»Ich habe mit ihm telefoniert.« Sie zog sich die Mütze

vom Kopf. »Also reden wir darüber, wie Sie heute Morgen zum Friedhof gekommen sind.«

»Wollen Sie mir nicht endlich sagen, was los ist?«

»Ja und nein.« Die Olbert glättete ihr Haar. »Auf Ihrem Friedhof ist mehr passiert, als Sie mitbekommen haben.«

»Nämlich?«

»Sie sind doch zweimal an der Bushaltestelle vor dem Friedhof vorbeigekommen. Zuerst auf dem Weg zur Arbeit und später wieder, als Sie mit dem Baby ins Krankenhaus fuhren.«

»Ja, und?«

Die Olbert fixierte sie ernst. »Konzentrieren wir uns auf das erste Mal am frühen Morgen. Ist Ihnen da an der Haltestelle etwas aufgefallen?«

Gesine versuchte, ihre Unruhe zu verbergen. »Nein, alles war wie immer.«

»Leider nicht. Zu diesem Zeitpunkt muss dort bereits eine Frau gelegen haben. Tot.«

»Was?«

»Man hat sie erschlagen, und wir konnten sie bisher noch nicht identifizieren.«

»Ermordet?«

»Erst als der Frühbus kam und die Fahrerin die Leiche entdeckte, wurden wir alarmiert.«

Gesine wandte sich ab. Sie hatte den Frühbus gesehen, wie er auf der Straße stand, mit geschlossener Tür.

»Aber eigentlich hätte auch jeder andere die Tote sehen können«, sagte die Olbert. »Der Unterstand der Haltestelle ist ja zur Straße hin offen.«

24

»Natürlich«, Gesine rang um Fassung, »und er ist einigermaßen beleuchtet.«

Aber es war so neblig gewesen. Die Fahrbahn nass, dazu der frühe, einsame Morgen. Sie hatte beim Autofahren nur nach vorn schauen wollen, hatte wie selbstverständlich die Haltestelle passiert, den hellen Unterstand, eingelullt vom Trott der Routine. Hatte an nichts gedacht, hatte nur den Hals gereckt, weil die Croissants auf dem Beifahrersitz dufteten. Hatte sogar ein Lied gepfiffen, als sie das Friedhofstor geöffnet hatte. Zehn, zwanzig Meter von einem Gewaltverbrechen entfernt. Ohne zu helfen. Lebte das Opfer zu diesem Zeitpunkt noch?

»Ist die Frau direkt an der Haltestelle erschlagen worden?«

»Nein, woanders«, sagte Marina Olbert. »Aber wo, das wissen wir noch nicht.«

»Auf dem Friedhof vielleicht? Im Gebüsch?«

»Bisher sieht es nicht danach aus. Bitte machen Sie sich keine Vorwürfe, dass Sie die Leiche übersehen haben.«

Der Polizist schnalzte mit der Zunge. Marina Olbert schickte ihn ärgerlich auf den Flur, damit er Kaffee holte. Gesine kämpfte mit den Bildern, die auf sie einstürmten.

»Die Tote wird wahrscheinlich die Mutter des Babys sein?«, fragte sie leise.

»Wir machen einen DNA-Abgleich, und der Pathologe wird zusätzlich herausfinden, ob sie entbunden hat. Aber bitte, Frau Cordes, noch einmal: Sie hätten nichts verhindern können.«

»Um wie viel Uhr ist sie denn gestorben?«

»Deutlich bevor Sie zur Arbeit erschienen sind.«

»Sicher? Und warum haben Sie dann meine Zeugen-aussage durchsucht? Sie haben doch irgendetwas ver-misst.«

»Nicht direkt.«

»Doch«, beharrte Gesine. »Sie haben sich gefragt, wie ich mich als ehemalige Kriminalkommissarin an einem Tatort aufhalten kann, ohne etwas Verwertbares zu be-merken.«

»Erstens wissen wir noch nicht, was wir als Tatort be-zeichnen können. Und zweitens ist es meine Schuld, Frau Cordes. Ich hätte nicht so selbstverständlich davon aus-gehen sollen, in Ihrer Zeugenaussage Details zu finden, die über das Findelkind hinausweisen.«

Im hinteren Bereich des Besucherzimmers führte eine Glastür auf einen kleinen Balkon. Gesine entriegelte sie ruppig. Der Nebel hatte sich aufgelöst. Die Novemberson-ne schien blass auf das Krankenhaus und die feuchten Flachdächer gegenüber. Aus einer der Fassaden stülpte sich ein kleiner Wintergarten.

»Hat die Kriminaltechnik schon einen Abdruck von Ihrem Schuhprofil genommen?«, fragte Marina Olbert.

»Noch nicht.«

»Dann holen wir das schleunigst nach, und anschlie-ßend haben Sie auch erst einmal Ruhe vor uns.«

»Ruhe ist relativ.«

Gesine umfasste das Geländer. Die Olbert stellte sich neben sie, viel zu dicht, und rückte den Behälter mit Sand zur Seite, der an der Brüstung hing und aus dem Zigaret-tenkippen ragten.

»Wie geht es Ihnen eigentlich inzwischen, Frau Cordes? Ich habe oft an Sie gedacht.«

»Danke.«

»Auch an Ihre Nichten, die Zwillinge. Sie drei waren so ein gutes Gespann.«

Gesine ließ den Kopf hängen. »Frau Olbert, Sie brauchen mich nicht aufzumuntern.«

»Das will ich auch gar nicht. Obwohl ich sehe, dass Sie sich schon wieder zermartern.«

»Es geht um ein Baby! Und um eine Leiche, die ich nicht bemerkt habe!«

»Na und? Sie sind nicht dazu verpflichtet, Kapitalverbrechen aufzuspüren. Aber Sie sind eine wichtige Augenzeugin, da beißt die Maus keinen Faden ab.«

Wie schlimm, wenn jetzt die Sprüche kamen. Gesine atmete durch und wünschte, sich beherrschen zu können. Vielleicht schaffte sie es ja doch noch, sich an etwas Bedeutsames zu erinnern. Etwas, das weiterhelfen würde.

»Ich weiß, dass Sie mit dem Pförtner telefoniert haben und dass er zu Hause ist«, sagte sie. »Aber ich habe heute Morgen in seiner Loge Licht gesehen.«

»Natürlich, das Licht haben wir alle gesehen.«

»Wer hat es denn angeschaltet, wenn es der Pförtner nicht war?«

»Er war es, allerdings gestern schon. Er sagt, er hat einfach vergessen, die Lampe zum Feierabend zu löschen.«

Vergessen? Der sorgsame Pförtner? Gesine stieß sich vom Balkongeländer ab.

»Dann noch ein anderer Punkt. Hat man Ihnen erzählt, dass die Bushaltestelle berüchtigt ist?«

27

»Längst.« Die Olbert warf ihr Haar nach hinten und setzte sich die Mütze wieder auf. »Aber es ist prima, dass Sie es erwähnen, Frau Cordes. Ich mache mir Gedanken über die Gerüchte, gerade weil die Leiche nackt war.«

»War sie das?«, fragte Gesine, nun etwas schärfer.

»Es tut mir leid, dass Sie schon wieder überrascht sein müssen, aber die Leiche trug nichts, nicht einmal einen Ring am Finger.«

NOTIZBUCH

Engelstrompete

Zierstrauch oder Baum, meist im Kübel.

Oft meterhoch, sehr blühfreudig, nicht winterhart.

Nachtschattengewächs. Standort hell, auch halbschattig.

Blätter vielgestaltig, eiförmig bis elliptisch, am Rand oft gezahnt oder gewellt, oft weich behaart.

Blüte ab Juni, trichterförmig hängend mit 5 nach oben gestülpten Spitzen.

Blüte 25 cm lang oder länger, Blütenstiel bis zu 6 cm lang.

Farbe meist Weiß, Gelb, Orange, Rot.

Früchte eiförmig, länglich oder gestreckt, 5 bis 35 cm lang.

Samen ca. 1 cm, oft nierenförmig, dick, oft derb.

Giftstoffe aus dem Bereich der Tropanalkaloide, zum größten Teil Scopolamin, aber auch Hyoscyamin.

Gift enthalten in allen Pflanzenteilen. Auch Blütenduft kann Vergiftungssymptome hervorrufen.

Samen in kleiner Anzahl für Kinder tödlich.

Erbrechen, Durchfall, heiße Haut, erweiterte Pupillen, Schluckbeschwerden, Sehstörungen, Halluzinationen, Herzbeschwerden.

Tod durch Herzversagen oder Atemlähmung.

Sofort Notarzt rufen. Ggf. Erbrechen herbeiführen. Kohlegabe.

3

Als Gesine zum Friedhof zurückkam, war es so hell und warm, wie es gegen Mittag im November noch möglich war. Ein Bussard kreiste über den Bäumen, und aus dem Gebüsch perlte der melancholische Gesang eines Rotkehlchens. Es musste ein altes Männchen sein, das nicht mit den anderen nach Süden gezogen war. Normalerweise hätte Gesine sich für eine Weile in seine Nähe gesetzt.

Heute aber erkannte sie den Friedhof nicht wieder. Einsatzwagen parkten quer auf der Straße. Die Bushaltestelle am Haupteingang war weiträumig abgesperrt worden. Uniformierte Polizisten passten auf, dass niemand unter den Flatterbändern hindurchkroch, und die Spurensicherung kniete im Gras, während Fotografen an der Mauer lehnten und auf ihren Einsatz warteten. Am Fenster der Loge war immer noch die Gardine zugezogen.

Sie überlegte, wieder umzudrehen und nach Hause zu fahren. Beim Chef konnte sie sich krankmelden, die Arbeit von heute in den nächsten Tagen nachholen, und das Picknick mit Hannes kam in dieser Situation sowieso nicht mehr in Frage. Außerdem musste sie unbedingt die Zwillinge anrufen. Frida und Marta hatten die Angewohnheit, nach Schulschluss spontan auf dem Friedhof vorbeizuschauen, um das Grab ihrer Mutter, aber auch um Gesine zu besuchen, und das musste für heute unterbunden werden. Stattdessen könnten die Nichten zu ihr nach Hause kommen, damit sie ihnen erklärte, warum der Friedhof für sie zu gefährlich geworden war.

Andererseits würde Gesine kaum noch etwas über die Ermittlungen erfahren, wenn sie dem Tatort jetzt den Rücken kehrte. Sämtliche Spuren wären morgen vernichtet, mögliche Zeugen verschwunden, und im Bus, der zur Haltestelle kam, würde ein anderer Fahrer sitzen. Wäre sie damit zufrieden?

Sie lenkte den Pick-up vor die Flatterbänder und musste ihren Ausweis zeigen. Der Beamte prüfte die Personalien in quälender Ruhe, erst dann öffnete er das eiserne Tor. Sie mied seinen Blick. Er hatte sich zwar nicht anmerken lassen, ob er ihren Namen erkannte, aber spätestens am Nachmittag, wenn er mit den Kollegen seine Liste durchsprach, würde er sich vor die Stirn schlagen: Ach, die war das! Die habe ich hereingelassen wie eine ganz normale Friedhofsgärtnerin!

Sie, die Zeugin, die vom Täter mit einem Versteckspiel genarrt worden war. Sie, die Superzeugin, von der die Kripo eigentlich mehr erwarten durfte.

Sie ließ die Flatterbänder hinter sich und bog mit dem Pick-up um die Kurve. Alles war anstrengend. Das gleißende Sonnenlicht und die herbstliche, bunte Natur. Außerdem harkten die Leute tatsächlich ihre Gräber, als sei nichts geschehen. Hatte sich denn niemand erschrocken, von der Leiche und dem Findelkind zu hören?

Eine Frau richtete sich von ihrem Beet auf, sah den Pick-up heranrollen und winkte. Die gelben Handschuhe fegten wie Warntafeln durch die Luft. Gesine winkte verhalten zurück und registrierte die Chrysanthemen, über denen die Frau stand. Dichte, kugelförmige Büsche in Lila, teure Symbole, und in diesem Moment ließ sich alles durchschauen: Niemand würde sich stören lassen, wenn er ein privates Grab betreute. Denn das persönliche Schicksal wog immer schwerer als der Mord an einer Fremden.

Und hatte die Fremde nicht auch an der Bushaltestelle gelegen, und zwar nackt? Ausgerechnet an der Haltestelle, an der vor Jahren eine Prostituierte ihre Dienste angeboten hatte?

Die Prostituierte hieß Lucy und hatte strategisch gesehen eine gute Wahl für ihr Geschäft getroffen. Die Haltestelle wurde nur alle dreißig Minuten von einem Bus angesteuert und lag dazwischen recht einsam da. Die Autofahrer konnten problemlos anhalten. Allerdings empörte sich die Friedhofsgemeinde, als sich das Treiben herumsprach, und Lucy musste sich bald zurückziehen.

Der gesamte Skandal hatte nur wenige Wochen gedauert und war inzwischen drei Jahre her. Aber es war klar, dass das Gerede jetzt, nach der Toten im Unterstand, wieder aufleben würde.

›Befremdlich, was da schon wieder passiert ist‹, würde man munkeln. ›Eine sehr leichtsinnige, neue Prostituierte.‹

Und was war mit dem Baby? Gehörte es etwa dazu?

Gesine fuhr weiter, mit geschlossenen Fenstern. Auf Feld B sammelte ein älteres Paar Herbstlaub von seinem Grab, ein paar Meter weiter grub ein junger Mann die Erde um. Vasen wurden geleert und gereinigt, Grabsteine geputzt. Hochsaison im Totenmonat November.

Am Ende des Hauptwegs stand ein Sperrgitter quer auf dem Asphalt. Ein uniformierter Beamter verwehrte Gesine die Durchfahrt. Sie musste sich noch einmal ausweisen, und während ihre Daten geprüft wurden, betrachtete sie durch die Windschutzscheibe das Treiben auf dem Vorplatz der Kapelle.

Mehrere Ermittler von der Spurensicherung suchten den Boden ab und prüften den Lehm. Gesines Laubbesen, der noch immer vor der Bruchsteinmauer lag, schien uninteressant zu sein.

Der Beamte am Sperrgitter gab ihr den Personalausweis zurück. »Sie sind Gesine Cordes, die das Kind gefunden hat?«

»Ja.«

»Es wäre gestorben, wenn Sie es nicht so schnell ins Krankenhaus gebracht hätten. Sie haben das wirklich gut gemacht.«

Er lächelte, und plötzlich brannten ihre Augen.

Sie fuhr den Wagen zur Seite, nahm ihr Gärtnermesser und machte sich auf den üblichen Rundweg. Feld B, C und D, und höchstens kurz am Pförtnerhaus vorbei.

Im Schatten der Bäume liefen die Farben ineinander. Ein sattes Orange, ein cremiges Braun. Blätter, Pilze, feuchtes Holz. Die Zaubernuss blühte, und auch beim

Winterschneeball, der das Gräberfeld der Anonymen begrenzte, öffneten sich die Knospen.

Ihr Herz schlug schneller, als schräg vor ihr im Gebüsch etwas aufblitzte, ein Stück Glas oder eine Getränkedose vielleicht. Kurz musste sie sich vorstellen, dass sie von jemandem beobachtet wurde, aber dann hüpfte ein Vogel aus dem Strauch, Tropfen glitzerten, und sie konnte ausatmen.

Sowieso würden es nur Polizisten sein, die zwischen den Sträuchern herumkrochen. Ermittler, die langsam begriffen, welches Potential der Ostfriedhof besaß.

Sie versuchte, das Gelände mit den Augen der Polizei zu sehen. Die parkähnlichen Zonen mit den Rasenflächen und dem alten Baumbestand; die verwilderten, kaum begehbaren Ecken, in denen Holunder und Schlehen wuchsen; die verschnörkelten, großbürgerlichen Gärten vor den Familiengruften und schließlich die blanken Flächen vom Reißbrett, wo die Wege sich im rechten Winkel kreuzten und die Gräber in Reihen nebeneinanderlagen, exakt ausgerichtet wie Handtücher an einem endlos langen Pool. Eignete sich das alles nicht ideal für ein Verbrechen?

Mit großen Schritten näherte sie sich den Handtuch-Gräbern. Oft konnte sie hier den alten Herrn Dinkelbach treffen. Seine Frau lag hier, er kam zweimal die Woche und hielt dabei normalerweise Ausschau nach Gesine, um einen Plausch zu halten. Heute allerdings war er so sehr mit seiner Winterheide beschäftigt, dass er nicht merkte, wie seine Lieblingsgärtnerin näher kam.

»Haben Sie an den sauren Boden gedacht, Herr Dinkelbach?«, fragte sie gedämpft, um ihn nicht zu erschrecken.

Er fuhr herum. »Frau Cordes! Wie geht es dem Findelkind?«

»Sie wissen schon davon?«

»Man spricht über Sie wie über eine Heldin.«

»Das Kind wird im Krankenhaus versorgt.«

Er stakste über das Beet zu ihr. »Ich habe mich ganz schön erschrocken, als ich die Polizei gesehen habe.«

Sie half ihm auf den Weg. »Sind Sie mit dem Bus gekommen?«

»Sie meinen wegen der Toten?«

»Auch darüber wissen Sie also Bescheid.«

Herr Dinkelbach lächelte. »Sie brauchen sich keine Sorgen zu machen, ich war in meinen Gesprächen diskret wie immer.«

»Inwiefern?«

Er betupfte seine Nase mit einem blauen Stofftaschentuch. Seine Ohren leuchteten, er fror schon wieder, hager, wie er war.

»Ich weiß ja, wie die Abläufe sind«, sagte er. »Wer normalerweise morgens als Erster auf dem Friedhof erscheint und wer aus welcher Richtung kommt. Aber als man mich danach gefragt hat, habe ich meinen Mund gehalten. Ich möchte Sie nicht in ein falsches Licht rücken.«

»Sie meinen, weil ich früher als meine Kollegen zum Dienst erscheine? Das können Sie ruhig jedem erzählen. Ich fahre ans Tor, schließe auf, begrüße den Pförtner und fahre weiter.«

»Nein. Heute ist der Pförtner nicht gekommen, und

darum haben Sie seine Arbeit gemacht und für ihn die Nebeneingänge geöffnet. Zumindest an der Nordseite.«

»Das habe ich nicht.«

»Aber ja! Das Tor war offen. Ich habe doch gesehen, wie ein Mann hindurchgegangen ist. Ein ziemlich großer Mann.«

Ihre Handflächen wurden feucht. »Wann war das?«

»Keine Sorge. Er hat nichts mit dem Findelkind oder der Leiche zu tun. Er kam erst später, als Sie schon längst mit dem Baby beim Arzt waren.«

»Aber das Tor war aufgeschlossen? Das wundert mich wirklich.«

»Na, kommen Sie.« Er fingerte an seinem Taschentuch. »Was ist denn mit Ihrem Schlüssel?«

»Der ist für die Haupteinfahrt.«

»Dieser besondere Schlüssel. Frau Cordes, ich weiß doch, dass Sie ihn haben, weil Sie dem Pförtner manchmal Arbeit abnehmen. Ihre Kollegen tun das übrigens nicht, die sind nicht so nett, und darum können auch nur Sie den Nordeingang geöffnet haben.«

»Herr Dinkelbach, Sie sollten Ihre Beobachtung der Polizei berichten.«

»Verstehen Sie denn nicht? Wenn Sie behaupten, Sie waren es nicht, kann ich doch nicht hingehen und das Gegenteil erzählen!«

»Sie sollen ja nur sagen, dass Sie den Mann gesehen haben und dass das Tor offen war. Sie sollen nur das angeben, was Sie auch glasklar vor Augen hatten.«

Er steckte das Taschentuch weg und rieb sich die kalten Hände. »Man wird nach Ihrem Schlüssel fragen. Es wird nicht gut verlaufen. Ich denke nur daran, wie es im Sommer war.«

»Es gibt keinen Anlass, mich zu beschützen. Vertrauen Sie mir, bitte.«

»Ach, Frau Cordes.« Er zupfte an ihrem Ärmel. »Es klingt so schön, wenn Sie das zu mir sagen.«

4

Marina Olbert saß in ihrem Büro und ging noch einmal die Aussagen durch, die Gesine Cordes als Zeugin abgeliefert hatte. Viel Material, aber nichts, das auf die Bushaltestelle verwies. Alles drehte sich um Geräusche zwischen den Gräbern, Spuren im Laub und das Findelkind. Alles war hervorragend memoriert, dennoch fehlte das Eigentliche: Hinweise auf das Kapitalverbrechen, das sich vor den Toren des Friedhofs abgespielt hatte.

Die Cordes hatte sich auf das Kind fokussiert. Tunnelblick, kein Wunder, wenn man bedachte, was in ihr vorgegangen sein musste. Ausgerechnet sie fand das schreiende Bündel im Gebüsch, sie, die wusste, wie es sich anfühlt, wenn ein Kind in den Armen stirbt, und die anfällig für Schuldgefühle und Zweifel war, weil sie den Tod ihres eigenen Kindes nicht hatte verhindern können.

Garantiert war sie Flashbacks ausgesetzt gewesen, grauenvoll, auch wenn es ihr in diesem Fall gelungen war, den Jungen zu retten.

Sie hatte das unbestreitbar gut gemacht: nicht auf die Polizei oder gar einen Krankenwagen zu warten, sondern die Sache selbst in die Hand zu nehmen. Die Gefühle beiseitezuschieben. Nur leider hatte die Beobachtungsgabe darunter gelitten.

Und jetzt? Wo sollte man ansetzen? Der Fall türmte sich auf wie ein Monolith. Glatt, gewaltig, ohne Sollbruchstelle.

Aber Marina erinnerte sich an die Fortbildung für Führungskräfte. *Wer in Feinheiten stochert, höhlt den dicksten Brocken aus*, hatte sie notiert. Also galt es zunächst, den Brocken zu bestimmen:

Eine unbekannte, mittelalte Frau war erschlagen worden, und zwar an einem unbekannten Ort aus unbekannten Gründen. Anschließend hatte man die Leiche entkleidet und am Friedhof an der Bushaltestelle abgelegt. Darüber hinaus war wenig später oder nahezu zur selben Zeit hinter der Friedhofskapelle das Kind ausgesetzt worden, eingehüllt in feinste Bio-Baumwolle, wie es heutzutage üblich war.

Und nun die Feinheiten:

Warum hatte der Täter das Baby nicht ebenfalls getötet, sondern es ins Gebüsch geschoben? War ihm das Kind wichtig gewesen? Lag es ihm am Herzen, so dass er ihm keine direkte Gewalt antun konnte? Oder war es ihm im Gegenteil so egal, dass er sich nicht die Mühe machen wollte, es eigenhändig umzubringen?

Wobei es nicht nur um einen einzigen Täter gehen musste. Vielleicht waren mehrere Personen am Werk gewesen. Oder – noch komplizierter gedacht – es waren von mindestens zwei Personen zwei Einzeltaten verübt worden, die gar nichts miteinander zu tun hatten, außer dass sie zufällig eine zeitliche und räumliche Nähe zueinander aufwiesen, den Morgen am Friedhof nämlich.

Bloß glaubte Marina nicht an Zufälle. Erst recht nicht im Umfeld des Friedhofs. Sie konnte wetten, dass die Kriminaltechnik in den nächsten Stunden eine Verbindung zwischen der Leiche und dem Baby aufzeigen würde, und zwar anhand von DNA- oder Faserspuren.

Ende der Feinheiten.

Wobei zu beachten war, dass es in diesem Fall noch zu einem besonderen Gerangel kommen konnte. Die Zuständigkeiten im Präsidium waren nicht klar. Die Jugendsachbearbeiter könnten sich wegen des Babys in die Mordkommission einklinken, und das war ein Horror.

Ein großes, interdisziplinäres Team würde sich bilden und aus dem Bauch heraus agieren. Die Sachbearbeitung würde verlangen, mit der Mordkommission, also mit Marina, auf Augenhöhe zu diskutieren. Ständig würden sie ins Krankenhaus rennen, um nach dem Kind zu sehen, und sie würden sogar auf der Station im Besucherzimmer tagen, als sei Marinas Büro nicht mehr gut genug.

Wenn sie es aber wagte, aus der Reihe zu tanzen, würden sich die Kollegen bestätigt fühlen: Marina Olbert, die Mordkommission, versagte am lebenden Objekt.

Von wegen.

Sie loggte sich in den Computer ein und legte einen neuen Ordner an. *Mordfall Haltestelle.* Unterordner: *Baby Down-Syndrom.* Oder besser und neutraler: *Baby DS.*

Wobei das Kind irgendwann einen Namen brauchte. Sie musste in den Konferenzen über es reden können, ohne sich wie eine Bürokratin anzuhören, und sie musste es im Krankenhaus auch ansprechen können, ohne sich dabei wie eine Idiotin zu fühlen.

Als sie es am Morgen in Augenschein genommen hatte, war ihr der Name Thomas in den Sinn gekommen. Altmodisch und sonst nicht auf ihrer Hitliste empfehlenswerter Namen, aber Thomas war ihr für dieses staunende, nachdenkliche Baby passend erschienen.

Sie hatte geflüstert: »Ich kriege die Leute dran, die dir das angetan haben, Thomas. Aber leider wird dadurch nicht alles gut.«

Denn sie wollte ehrlich sein. Wie sah das Leben für Baby Thomas aus? Nicht vorstellbar.

Marina hatte jedenfalls nicht gewusst, dass man eine Infusionsnadel in einen so mageren Kinderarm stechen konnte. Dass man eine Magensonde in eine Mini-Speiseröhre schob. Und zur Krönung waren die Pflasterstreifen im Krankenhaus mit Bären bedruckt, als sei das der Ausgleich, nach dem Kinder wie Thomas sich sehnten.

Sie klickte noch einmal den Unterordner auf dem Bildschirm an. *Baby DS?* Warum nicht? Aber sie löschte den Titel und schrieb *Kindesaussetzung*, auch wenn das Wort unhandlich und lang war.

Dann wechselte sie in ihr Mailprogramm. Weder die Pathologie noch die Kriminaltechnik hatten sich gemeldet, obwohl beide Abteilungen schon seit mindestens zwei Stunden mit der Leiche befasst waren. Man musste annehmen, die Herrschaften gönnten sich eine Mittagspause!

Sie unterdrückte den Impuls, per Telefon nachzufragen, und stand lieber auf, um sich einen Apfel aus der Fahrradtasche zu holen.

Ach nein, er schmeckte nach Plastik, die Tasche war neu. Knallrot und perfekt für den aerodynamischen Flow am Rennrad, aber man sollte vorher überlegen, wie man sie nutzte.

Sie legte den Apfel auf die Fensterbank. Draußen hingen immer noch Tropfen am weiß lackierten Rahmen der Scheibe. Die Sonne, die das Präsidium streifte, besaß keine Kraft. Das also war das Goldige am goldenen November.

Unten im Innenhof, in der Ecke, die nicht im Schatten lag, drängten sich einige Kollegen. Sie rauchten. Aha, der Pathologe stand in der Gruppe, genauso wie der Beamte, der im Krankenhaus so mühsam und kleinlich Gesine Cordes befragt hatte. Ob man sich gerade über den Friedhofs-Fall unterhielt? Über Marina Olbert als Ermittlungsleiterin? Vielleicht sogar über ihr Zusammentreffen mit Gesine im Besucherzimmer der Krankenstation?

Ein wirklich anstrengendes Treffen, selbst im Rückblick. Es war so schwierig gewesen, die professionelle Distanz zu wahren, sowohl zu Anfang bei der hellen Wiedersehensfreude als auch später beim diplomatischen Eiern.

Wie aufgewühlt Gesine gewesen war, als ihr auffiel, dass sie als Zeugin nicht perfekt war und die Leiche übersehen hatte. Und Marina hatte sich geärgert, sie in den ersten Minuten mit Komplimenten überschüttet zu haben, anstatt von vornherein auf dem Teppich zu bleiben und an die Arbeit zu denken.

Denn was würde passieren, wenn Gesine sich jetzt aufgerufen fühlte, ihre Schlappe wieder wettzumachen? Wenn sie sich in die Ermittlungen einmischte, auf ihre unvorhersehbare Art?

Es ergab sich eine Liste heikler Personen: die Cordes, angetrieben von ihrem Perfektionsdrang. Die Jugendsachbearbeiter, beseelt davon, Aufmerksamkeit zu erlangen. Und das Mordopfer, das als Dreingabe einen anonymen Säugling mitbrachte.

Und wenn der Pathologe dort unten im Innenhof nicht bald die Zigarette ausdrückte und an seinen Leichentisch zurückkehrte, würde auch Marina über sich hinauswachsen!

Sie warf sich wieder auf ihren Stuhl und legte die Telefonnummer der Pathologie parat. Sie war klug genug, noch einen Moment innezuhalten, und zum Glück fiel ihr außerdem der Einsatzleiter ein, der die Ermittlungen am Friedhof überwachte. Mit ihm konnte sie es sich leichter verderben als mit dem Mediziner. Sie wählte.

»Olbert hier. Ich brauche dringend die Liste der Personen, die Sie inzwischen auf dem Friedhof kontrolliert haben.«

»Das ist im Moment schwierig, Frau Kollegin, es ist nämlich so …«

»Entschuldigung, wenn ich Sie sofort unterbreche. Sie können mir die Liste einfach mailen.«

»… die Daten wurden analog erfasst. Handschriftlich, in einfacher Ausfertigung, wenn Sie verstehen, wir sind hier draußen ja quasi in der freien Natur. Und die Erfassung wurde soeben abgeholt.«

»Von wem?«

»Von Ihrem Team.«

»Mein Team hat sich noch gar nicht gebildet!«

»Aber man sprach davon.«

»Wer? Die Jugendsachbearbeitung?«

»Genau. Oder ich weiß nicht?«

Stille. Der angebissene Apfel auf der Fensterbank verströmte einen süßlichen Geruch. Marina drehte sich auf ihrem Stuhl zur Wand.

»Zu Ihrer Information«, sagte sie. »Sie hätten bei mir nachfragen müssen, bevor Sie die Liste herausgeben.«

»Nein, das wusste ich nicht.«

»Und Sie hätten so wichtige Daten nicht nur in einfacher Ausfertigung festhalten dürfen.«

»Die Gewerkschaft fordert schon lange Tablets oder andere Geräte für den Außeneinsatz.«

Jetzt wurde sie lauter. »Wie wollen Sie die Verzögerung, die Sie mir eingehandelt haben, wieder aufholen?«

»Wie reden Sie denn mit mir?«

»Eine Frau ist brutal erschlagen worden. Ein Baby ausgesetzt. Sie werden sich gefälligst engagieren.«

Sie legte auf. Tablets! Während sie selbst bis neulich noch an einem Röhrenmonitor gearbeitet hatte! Dringend brauchte sie etwas zu trinken.

Unter dem Besprechungstisch stand ein staubiger Kasten Wasser. Leider fand sich nur noch in einer einzigen Flasche eine Pfütze. Lau, ohne Kohlensäure, muffig.

Und schon klopfte es an der Tür, und vollkommen überraschend schaute der Pathologe herein.

»Sie haben keine Mittagspause gemacht, Frau Olbert«, sagte er mit seiner sanften, tiefen Stimme.

Sie schraubte die Flasche zu und bedeutete ihm, näher zu treten. Den Mund voller Wasser, das sich nicht schlucken ließ.

44

Er setzte sich mit belustigter Miene. »Wir haben erste Ergebnisse im Friedhofsmord.«

»Ich höre.« Sie hustete.

»Die tote Frau kann nicht die Mutter des Babys sein.«

»Sind Sie sicher?«

»Der Uterus zeigt es. Und die DNA wird es in Kürze bestätigen.«

»Aber es gibt Hinweise, dass die beiden sich kannten? Identische Fasern, Speichel, Hautschuppen, die Sie am Baby und am Körper der Frau finden konnten?«

»Bisher nicht, ich wundere mich selbst.«

Er griff in sein Jackett und holte eine Schachtel Zigaretten hervor. Marina sah zunächst darüber hinweg.

»Es muss dringend geklärt werden, ob die beiden Fälle etwas miteinander zu tun haben«, sagte sie. »Nicht zuletzt, weil ich die zuständigen Fachleute in mein Team holen will.«

»Die Jugendsachbearbeiter.«

»Selbstverständlich.«

Er schmunzelte, zog eine Zigarette aus der Packung und schnippte mit der anderen Hand an einem Feuerzeug. »Vielleicht machen wir kurz das Fenster auf und überlegen, welche Stoßrichtung für uns beide taktisch klug sein kann?«

»Sie vergessen, dass ich Sportlerin bin, und außerdem speist sich eine Ermittlung wohl kaum aus einer Taktik.«

Er schmunzelte noch breiter. Ein kräftiges Kinn, leider nachlässig rasiert, und eine Gesichtshaut, die selten das Tageslicht sah.

»Ich habe Informationen, Frau Olbert, die ich Ihnen

gern zur Verfügung stellen würde, bevor ich den Bericht offiziell in das System eingebe.«

»Unter welcher Bedingung?«

»Es ist eine Denkaufgabe, die speziell auf Sie zugeschnitten ist, meine Liebe. Die Leiche zeigt Spuren von Mangelernährung.«

»Aha.«

»Untergewicht, geringe Knochendichte. Wie bei einer Frau aus einem Krisengebiet.«

»Sie meinen also, sie ist ein Flüchtling, und wollen das nicht öffentlich machen?«

»Nein. Denn sie hat außerdem teure Zähne. Ein absolut perfektes Gebiss.«

Marina faltete die Hände. Das Blatt wendete sich auf eine erfreulich informative Seite.

»Manche Flüchtlinge haben in reichen Verhältnissen gelebt, bevor sie in einen Krieg verwickelt wurden«, gab sie zu bedenken.

»Drei Implantate, fünf Kronen, Inlays aus Gold. Die Machart der Eingriffe deutet auf einen Zahnarzt im Osten hin.«

Sie schnalzte leicht mit der Zunge. Sein Blick schweifte auf ihren Mund, aber sie ließ sich nicht ablenken.

»Auch im Osten gibt es Kriege«, sagte sie, »und außerdem sind dort die ärztlichen Eingriffe billig.«

»Aber meine interessante Frage ist: Warum hat die Frau sich neue Zähne geleistet, anstatt sich etwas zu essen zu kaufen?«

»Im Ernst? Sie meinen, sie war unterernährt, schon bevor die Zahn-OP durchgeführt wurde?«

»Es ist eine Freude, Ihnen beim Denken zuzusehen, Frau Olbert.«

»Bitte antworten Sie.«

Es kribbelte unter ihrem Brustbein. Er beugte sich vor, als könne er sehen, dass ihr Motor angesprungen war.

»Das Opfer war nicht unterernährt, sondern mangelernährt«, sagte er. »Wir haben es mit einer Frau zu tun, die über eine längere Zeit beinhart hungern musste. Und dann, mitten in dieser Hungerzeit, sind ihr die Zähne neu gemacht worden.«

»Überraschend. Und unter Umständen aufschlussreich.«

Sie lehnte sich zurück. Essen und Trinken standen an der Basis der menschlichen Bedürfnispyramide. Wer hungerte, wollte essen, nichts sonst. Warum also hatten sich die Bedürfnisse der Frau verschoben? War sie Druck ausgesetzt gewesen? War sie beispielsweise zu einer Schönheitsoperation gezwungen worden, von einem Sadisten möglicherweise, der ihr Erscheinungsbild optimierte? Oder hatte sie aus eigenem Entschluss gehandelt? Gegen ihre existentiellen Wünsche? Mit welchem Ziel?

»Ich habe es auf dem Seziertisch noch nicht ausreichend erhärtet«, sagte der Pathologe, »und wie erwähnt, habe ich es auch noch nicht schriftlich fixiert. Aber von mir aus können Sie mit den Informationen arbeiten.«

»Eine Erhärtung bräuchte ich durchaus.«

»Vertrauen Sie meiner Erfahrung und meinem Gespür. Und genießen Sie ganz einfach die Vorzugsbehandlung, die Sie von mir bekommen.«

»Sie haben den Preis dafür noch nicht genannt.«

»Aber, aber! Sie denken doch nicht, dass ich mit Ihnen ausgehen will?« Er stand auf und reichte ihr die Hand. »Bis bald, und wir halten uns auf dem Laufenden, was die schönen Zähne angeht.«

»Danke«, sagte sie und war in Gedanken schon weiter. Es schien, als habe sich mit den Erkenntnissen des Pathologen ein Endoskop in das unbekannte Leben der Frau geschoben. Informationen tröpfelten hervor, und Marina durfte sie auffangen, wenn sie vorsichtig war.

5

Am Pförtnerhaus hatte alles angefangen, und jetzt wollte Gesine hier nach dem Rechten sehen. Leider stieß sie bei den Beamten, die den Friedhofseingang bevölkerten, auf Widerstand. Man schickte sie weg, dabei war klar ersichtlich, dass die Pförtnerloge für die Polizisten ohne Bedeutung war. Sie kontrollierten die Passanten an den Flatterbändern, und sie suchten weiterhin die Bushaltestelle ab, aber in der Loge hatten sie bloß die Gardine zurückgezogen und das Licht ausgeschaltet.

Trotzdem war es nicht ratsam, einen Streit anzufangen. Gesine blieb nur in der Nähe und sondierte die Lage. Irgendwann, zur gegebenen Zeit, könnte sie freundlich darauf hinweisen, dass sie für Fragen bezüglich des Friedhofs und seiner Einrichtungen zur Verfügung stand.

Dann aber entdeckte sie die Papiertüte vom Bäcker, die sie frühmorgens an die Loge geklemmt und später zerfetzt auf dem Asphalt gesehen hatte. Die Tüte lag am Wegesrand im Laub, unbeachtet von der Spurensicherung.

Sie hob sie auf, und ihr Herz machte einen Satz. Oben am Rand war das Papier eingerissen, und zwar so, als habe jemand hineingegriffen.

»Ich weiß, dass die Tauben über die Tüte hergefallen sind«, sagte sie zu dem nächsten uniformierten Beamten. »Aber dieser Riss hier stammt von keinem Schnabel und keiner Kralle, sondern von einer menschlichen Hand.«

»Finden Sie nicht, dass Sie übertreiben?«

»Ihr Labor sollte sich die Fasern anschauen. Tauben hacken und fleddern, aber sie reißen nicht entzwei. Erst recht nicht, um an ein Croissant zu kommen.«

»Die Ratten der Lüfte«, sagte er skeptisch und nahm das Papier mit spitzen Fingern hoch. Krümel regneten herab und er sprang zurück, als seien sie heiß.

»Jemand ist am Pförtnerhaus gewesen«, stellte sie klar. »Jemand, der hungrig war.«

Immerhin steckte der Polizist die Tüte in einen Klarsichtbeutel der Kripo und warf ihn in den Streifenwagen. Gesine zog sich wieder ins Umfeld der Loge zurück.

Drüben an der Haltestelle herrschte Betriebsamkeit. Dort arbeiteten die Spezialisten, und wenn man den Kopf reckte und über die Friedhofsmauer lugte, konnte man sie gut beobachten. Bloß ihre Unterhaltung war nicht zu verstehen, selbst wenn man sich Mühe gab.

Endlich fuhr Hannes mit dem SUV des Bestattungsinstituts vor. Er sprang an den Flatterbändern aus dem Wagen und nahm das Polizeiaufgebot entgeistert zur Kenntnis. Ein Beamter verlangte seinen Ausweis, während Gesine schon von der Mauer aus winkte: »Hannes!«

Er trug seinen neuen Anzug, und ihr fiel ein, dass er

sich bis gerade eben auf das Picknick mit ihr gefreut haben musste. Es wäre besser gewesen, ihn vorzuwarnen.

Fast entschuldigend berührte sie ihn an der Seite. »Schön, dass du gekommen bist.«

»Wie kann das alles passieren?«

»Nicht gerade der perfekte Herbsttag, der angekündigt war.«

Er ließ sich auf den Stand der Dinge bringen, dann fuhren sie in seinem SUV zur Kapelle. Auf der Rückbank duftete ein Weißbrot, und im Korb klirrten Flaschen. Gesine griff nach hinten, aber da bemerkte sie eine unbekannte Regenjacke, die zur Seite gerutscht und zwischen Polster und Tür eingeklemmt worden war. Weiß mit einem Fleecefutter in Rosé.

Sie dachte an die Frauenstimme, die in Hannes' Nähe gewispert hatte, als sie am Morgen telefonierten. Die unbekannte Gesellschaft zum Frühstück. Ob er sie jemals erwähnen würde?

Er klopfte mit den Fingerspitzen auf das Lenkrad. »Ich bin froh, dass dir nichts passiert ist, Gesine.«

»Weißt du, wer die Ermittlungen leitet?«, fragte sie und sah wieder nach vorn. »Marina Olbert persönlich.«

»Wirklich? Das ist gut. Wenigstens das.«

»Sie hätte sich natürlich gewünscht, dass ich mehr über die Leiche sagen könnte.«

»Wieso?«

»Sie hat einfach nicht damit gerechnet, dass ich als Exermittlerin einen blinden Fleck haben könnte.«

»Du hast das Kind gerettet!«

»Vorerst gerettet. Ja.«

Das dünne, leichte Kind mit dem schutzlosen Gesicht. Die hellbraunen Augen, die nach außen ein wenig hochgezogen waren.

»Es sah ein bisschen aus wie ein Fuchskind«, sagte sie.

Hannes fing an zu fluchen. »Was sind das bloß für Eltern, die so etwas tun?«

Sie zögerte. »Und es hat das Down-Syndrom.«

»Was? Wollten sie es deshalb loswerden?«

Sie musste sich überwinden, alles auszusprechen, was der Arzt ihr über Trisomie 21 erklärt hatte, und Hannes kämpfte mit einem Ansturm aus Wut und Verwirrung. »So grausam«, sagte er mehrmals, und sie konnte nur nicken: Wenn derjenige, der das Kind ausgesetzt hatte, über das Down-Syndrom Bescheid wusste, nahm die Tat wirklich ungeheure Ausmaße an.

Vor der Kapelle, neben der Absperrung, parkte noch immer der Pick-up. Die Kabine war inzwischen mit gelben Ahornblättern bedeckt. Hannes stellte seinen SUV dicht daneben und starrte durch die Windschutzscheibe.

Plötzlich drehte er sich zur Seite, legte die Arme um Gesine und zog sie zu sich heran. »Du musst auf dich aufpassen«, sagte er rau.

Sandelholz und Wärme, befremdlich im ersten Moment, aber nicht befremdlicher als die vielen anderen Ereignisse des Tages. Bevor sie jedoch darauf reagieren konnte, lehnte er sich schon wieder zurück.

»Hast du denn überhaupt keinen Hunger?«, fragte er.

Sie tastete nach dem Hebel für die Beifahrertür. »Wir könnten ein Stück Brot auf die Hand nehmen.«

»Gerne, und am liebsten würde ich damit zu unserer

Bank spazieren, auch wenn es anders ist als sonst.« Er sprang aus dem Wagen, keine Spur von weichen Knien.

Sie ging zur hinteren Tür, legte die Regenjacke, die ihr entgegenfiel, schweigend beiseite und nahm das Weißbrot aus der Tüte. Dieselbe Sorte Papier von demselben Bäcker, bei dem sie die Croissants gekauft hatte. Sie griff hinein, der Rand der Tüte spannte sich und riss.

Die Picknickbank stand auf dem Weg zu den Kindergräbern, weit von der Kapelle und dem Haupteingang entfernt. Aus Haselnusssträuchern und einem Walnussbaum hatte sich eine Nische um sie herum gebildet. Sie trug den Namen Nussecke, und Gesine hatte hier noch nie mit jemand anderem gesessen als mit Hannes. Meist harmonisch, manchmal auch nicht, vor allem in der Zeit nicht, als Hannes gehofft hatte, aus ihrer Freundschaft könne mehr werden. Allerdings hatte sich Gesines Herz nach dem Tod ihres Kindes in eine rostige Pumpe verwandelt, und was sollte ein Mann wie Hannes auf die Dauer damit anfangen?

»Du hast überhaupt keine Ahnung«, sagte er damals, bei ihrem letzten Gespräch über das Thema, und sie erwiderte: »Du wirst schon sehen. Selbst wenn wir nur befreundet bleiben, werde ich damit vollkommen ausgelastet sein.« Und so war es tatsächlich gekommen.

Heute lag die Picknickbank im Schatten. Die Sonne streifte nur noch die Spitzen der kahlen Haselnusszweige, aber ein Rest Mittagswärme war in der Nische übriggeblieben. Zwei Polizisten in Uniform kamen vorbei, dann waren sie allein.

Gesine erzählte noch einmal von vorn, was sich am Morgen an der Haltestelle und rund um die Kapelle abgespielt hatte. Hannes hörte zu und legte schließlich den Kopf in den Nacken, um nachzudenken.

Ein Eichelhäher krächzte. In der Ferne quietschten die Räder eines Handwagens, und hinter den Haselnusssträuchern raschelte ein kleines Tier im Laub.

Hannes streckte sich. »Ich bin stolz, weil du das Baby gerettet hast«, sagte er. »Und ich bin auch stolz, weil du die Leiche an der Bushaltestelle übersehen hast.«

»Das möchte ich gar nicht hören«, entgegnete sie.

»Früher wäre dir so etwas nicht passiert«, fuhr er unbeirrt fort, »und das bedeutet, es geht bergauf.«

»Nicht für das Mordopfer und nicht für das Baby.«

»Aber für dich. Du hast lockergelassen und musst deine Umgebung nicht mehr ständig beobachten, so wie noch im Sommer.«

»Der Sommer ist weit weg.« Sie schlug die Beine übereinander. »Mich interessiert bloß noch eine Sache: Wo steckt der Pförtner heute?«

»Ich dachte, seine Frau ist krank.«

»Findest du denn, es passt zu ihm, dass er sich in dieser Situation überhaupt nicht bei uns meldet?«

»Er hat mit Marina Olbert telefoniert, das reicht doch.«

»Und wenn die Olbert die Vorgänge auf dem Friedhof nicht richtig einschätzen kann?«

Er sah sie an, irritiert, wie es schien. »Sie ist eine hervorragende Ermittlerin, Gesine.«

»Aber hier braucht sie ein besonderes Gespür.«

»Ein Mord ist ein Mord. Ob die Leiche vor dem Friedhof liegt oder am Bahnhof, ist für die Olbert egal.«

»Aber für mich nicht!« Sie stand auf. »Ich bin an dieser Leiche vorbeigekommen. Vor meinem Friedhof! Und ich habe das Kind aus dem Rhododendron gezogen.«

»Aha.« Hannes stand ebenfalls auf, mit großen Augen. »Du willst ermitteln.«

»Wenn du das Baby sehen würdest. Es kann nicht einmal alleine trinken!«

Er nahm ihre Hand, und obwohl sie sich wehrte, hielt er sie fest.

»Ich verstehe dich doch«, sagte er. »Aber für mich gibt es einen Unterschied zwischen Kümmern und Ermitteln.«

Kurz vor Feierabend wollte sie die Stelle suchen, an der der Fuchs in den Friedhof eingedrungen war. Die Polizei hatte das Gelände für heute verlassen, und alles kam zur Ruhe. Bäume, Sträucher und selbst die Gräber wirkten, als könnten sie die Nacht kaum erwarten, um sich von den Ereignissen zu erholen. Gesine dagegen war froh, noch eine Aufgabe vor sich zu haben. Sie schlug den Weg zum Betriebshof ein, um eine Rolle Draht und eine Zange für den Zaun zu holen.

Die Sonne sank in eine Dunstschicht, die Luft war kalt und würzig, und bald schon würde wieder Nebel aufsteigen. Auf vielen Beeten standen Christrosen, die in der Dämmerung leuchteten. Hübsche helle Flecken mit einem starken Gift, das kaum jemand kannte, nicht einmal jeder Gärtner.

Auch Gesines Nichten, Frida und Marta, hatten sich schon für die Christrose interessiert, weil sie damit ihr Grab schmücken wollten. Der Name passte ja auch hervorragend zur nahen Vorweihnachtszeit, doch Gesine hatte die Kinder über die Pflanze aufklären müssen. Ungern nur, denn es wäre leichter gewesen, den Mädchen jeden Wunsch zu erfüllen. Sie mussten in diesem Jahr zum ersten Mal Weihnachten ohne ihre Mutter feiern, man durfte kaum daran denken.

Sie zog ihr Notizbuch aus der Tasche und schrieb sich eine Gedankenstütze für später auf, *Hellebrin*. Als sie zurückblätterte und ihr privates Giftregister überflog, meinte sie, dass der Friedhof wohl schon immer ein Ort besonderer Gefahren gewesen war. Allerdings hatte man diese Gefahren mit Listen und Recherchen eindämmen können. Weil sie nicht vom Menschen ausgingen.

Der Betriebshof, das zentrale Depot der Friedhofsgärtner, lag im Abendschatten der Bäume. Fleckige, feuchte Mauern aus Bruchstein, das Dach hing durch wie eine alte Matratze. Auf den Schindeln klebten Flechten, und die kleinen Fenster ähnelten Schießscharten, die halb von Tannen verdeckt waren.

Gesine öffnete die Eingangstür und legte den Lichtschalter um. Die Kollegen waren längst nach Hause gefahren. An den Haken hingen nur noch die schmutzigen Arbeitsjacken, und im Pausenraum stand keine Bierdose mehr auf dem Tisch.

Vor dem Handwaschbecken an der Seite aber fiel ihr eine Pfütze auf. Jemand musste das Becken benutzt haben, ohne zu wissen, dass der Wasserhahn kaputt war.

Dabei zog sich der Zustand schon über mehrere Wochen hin.

Zur Sicherheit blickte sie durch eines der kleinen Fenster in den Hof hinterm Haus. Niemand zu sehen. Dann untersuchte sie die Pfütze genauer. Der Boden ringsum war trocken, es gab keine nassen Schuhabdrücke, dabei wäre doch jeder Gärtnerkollege durch das Wasser gelatscht.

Die Beklemmung vom Morgen meldete sich zurück. Wer würde sich die Mühe machen, Profilabdrücke zu vermeiden? Und war es nicht seltsam, dass die Eingangstür unverschlossen gewesen war, an einem Tag wie heute?

Sie holte Zange und Draht aus dem Werkzeugraum und wollte den Betriebshof verlassen, da hörte sie ein leises Geräusch. Der Kies auf der Einfahrt knirschte. Jemand ging auf das Gebäude zu, mit langsamen, verhaltenen Schritten. Verfolgte sie jemand?

Sie zog sich nach drinnen zurück. Die Tür ließ sie weit offen. Im Schutz der Garderobe drückte sie sich an die Wand und wollte abwarten.

Die Schritte auf dem Kies klangen, als handle es sich um jemanden mit Gewicht. Es könnte ein schwerer Mann sein, dick oder muskulös und hochgewachsen. Wie der Mann, den der alte Herr Dinkelbach am Nordeingang beobachtet hatte: groß und mit einem eigenen Schlüssel.

Jetzt wurde er noch langsamer. Er musste inzwischen um die Ecke gebogen sein und störte sich wohl an der nach außen geöffneten Tür. Nur noch wenige Schritte, und sie könnte ihn sehen.

In der Tasche fühlte sie das Gärtnermesser, das sie am

Mittag für die Arbeit eingesteckt hatte, außerdem war da noch ihr Handy. Wenn es eng würde und sie den Notruf wählte, wann könnte ein Streifenwagen hier sein?

Vorsichtig wechselte sie das Standbein. Knapp zwei Meter waren es von ihrer Position aus bis zur Türschwelle. Im Grunde war nur ein einziger Sprung nötig, um sich mit vorgereckten Fäusten zu verteidigen, und sie hatte seit ihrer Ausbildung bei der Polizei nichts verlernt.

Aber sie verkrampfte. Der Unbekannte wartete lange, sehr lange mit seiner nächsten Bewegung. Vielleicht sollte sie sich zu einem der kleinen Fenster schieben? Wenigstens einen kurzen Blick nach draußen erhaschen?

Doch da rief jemand. Weit in der Ferne, auf dem Friedhof oder auch im Wald nebenan. Sie blieb an der Garderobe stehen und lauschte angestrengt, als sich mit einem Schlag die Öffnung der Tür verdunkelte. Der Fremde war vor den Eingang gesprungen, aber nur bis dicht vor die Schwelle, so dass sie ihn noch nicht sehen konnte, er aber die Möglichkeit hatte, in den Raum zu spähen. Wie ein Profi. Sie ärgerte sich. Er war gerissener als sie, und es kam ihr sogar so vor, als habe er geahnt, wo sie sich befand.

Sie drückte sich noch enger an die Wand. Vielleicht doch die Eins-eins-Null? Aber der Unbekannte lauerte, und jedes Geräusch wäre ein Fehler, es sei denn, sie ging in die Offensive, sprang ihn an und warf ihn im Zweifelsfall zu Boden. Trotz seiner mutmaßlichen Statur.

Sie spielte den Angriff in Gedanken durch, schnell, auch weil das Rufen in der Ferne nicht aufhörte. Die Stimme wurde immer deutlicher, ja, ein zweiter Mann näherte sich dem Betriebshof. Er rief ihren Namen. Es war Hannes! Er würde dem Unbekannten draußen direkt in die Arme laufen.

Sie setzte zum Sprung an, da fiel die Tür krachend ins Schloss. Der Fremde hatte sie zugeworfen. Sie stürmte dagegen, stieß sie wieder auf und sah ihn wegrennen. Sofort verfolgte sie ihn. Er brach durch die dichten Tannen. Sie kümmerte sich nicht um die peitschenden Zweige, sondern lief, so schnell sie konnte, musste aber nach kurzer Zeit schon einsehen, dass der Vorsprung, den er hatte, zu groß war.

»Gesine?«

Außer Atem vor Enttäuschung und Ärger, wirbelte sie herum. Hannes kämpfte sich durch das Unterholz.

»Da war jemand am Betriebshof!«, keuchte sie.

»Bist du bedroht worden?«

Ja, war sie eigentlich bedroht worden? Oder was hatte der Kerl gewollt?

Sie schüttelte den Kopf. »Wir können noch versuchen, ihm den Weg abzuschneiden.«

»Von wegen.« Hannes umfasste ihre Schulter. »Wir gehen zur Kapelle, setzen uns ins Auto und warten auf die Polizei.«

»Auf gar keinen Fall.«

»Los.« Hannes drängte sie ins Freie. »Und dann erzähle ich dir, was dem Pförtner passiert ist.«

Sie blieb stehen. »Was soll das heißen?«

»Ich war bei ihm zu Hause, eigentlich wollte ich mich nur vergewissern, dass alles in Ordnung ist.«

»Und? Jetzt sag schon!«

Er sah sich um, als habe er Sorge, belauscht zu werden. »Überall Blut. Du kannst dir das nicht vorstellen. Er lag im Flur, und wenn ich nicht gekommen wäre, wäre er jetzt tot.«

NOTIZBUCH

Christrose

Beliebte Zierpflanze wegen der Blüte im Winter.
Familie der Hahnenfußgewächse.
Krautig, bis 30 cm hoch. Zahlreiche Hybriden.
Blüten weiß oder in roten Tönen. November bis April.
Nach dem Verblühen grünlich.
Blütenstängel aufrecht und kräftig, Blüte hängend.
5 Blütenblätter, auffallende gelbe Staubblätter.
Blätter ledrig, langgestielt, 7- bis 9-teilig.
Balgfrüchte. Zahlreiche Samen mit Ölkörpern.
Gift enthalten in sämtlichen Pflanzenteilen.
Saponin, Hellebrin, Protoanemonin.
Übelkeit, Empfindungsstörung im Rachen, erhöhter Speichelfluss, Koliken, Herzprobleme.
Lähmungen möglich, auch Atemlähmung.
Erbrechen herbeiführen, Gabe von medizinischer Kohle.

6

Gesine lehnte die Leiter an den Wohnwagen. In der Nacht hatte es zum ersten Mal gefroren und es wurde Zeit, ihr Zuhause winterfest zu machen. An der Dachluke hatte sich eine Schraube gelöst und die Rinne, die den Regen ableiten sollte, hatte sich verzogen. Aber das waren Kleinigkeiten, mit denen man rechnen musste, wenn man den Wagen seit Jahren nicht vom Fleck bewegte. Erst recht nicht zum TÜV.

Sie nahm die Werkzeugtasche und stieg die Sprossen hoch, bis sie mit der flachen Hand über das Dach streichen konnte. Es setzte Moos an, der Lack war verwittert, und in einem wilden Schwung liefen Schrammen über die Fläche, denn vor Jahren war hier eine Milchkanne aus Blech entlanggeschlittert.

Die Kanne hatte drüben in der Einfahrt des Bauernhofs gestanden, neben dem Stall. Eines Nachts hatte ein Wirbelsturm sie hochgerissen und im hohen Bogen zur Wiese hinübergeschleudert, wo sie auf den Wohnwagen traf. Gesine, die im Bett lag und auf das Heulen des Windes lauschte, war im Nachthemd aus der Tür geeilt. In der

Dunkelheit konnte sie kaum etwas erkennen, hörte nur das Scheppern, sah etwas Großes auf dem Dach kreiseln, Pirouetten drehen im Wind, und konnte sich nicht erklären, was geschah. Bis die Kanne über die Dachkante rutschte und ihr vor die Füße fiel. Am nächsten Morgen hatte sie Bauer Josef gebeten, ihr das Gefäß zu schenken.

Es stand seitdem vorn neben der Deichsel, im Sommer mit bunten Blumen gefüllt, im Winter mit seltenen Gräsern. Der Bauer warf ab und zu einen prüfenden Blick darauf, wenn er vorbeikam. Was für ein Wunder, sagte er und meinte, dass Gesine sich bei ihm so heimisch fühlte, dass sie Töpfe bepflanzte und ihren Wohnwagen schmückte wie eine Schrebergärtnerin. In gewisser Weise hatte er damit recht, sie fühlte sich auf der Wiese vor seinem Bauernhof heimischer als anderswo, aber die Kanne war für sie noch mehr als ein Schmuckstück. Sie trug eine Geschichte. Sie war vom Himmel gefallen, aus dem Nichts gestürzt, war zerbeult und von jetzt auf gleich unbrauchbar geworden für das tägliche Geschäft. Aber dennoch war sie am richtigen Platz gelandet.

Gesine zog einen weichen Lappen aus der Werkzeugtasche an ihrer Hüfte und wischte die Dachfläche trocken, so weit ihr Arm reichte. Dann stieg sie auf die oberste Sprosse und schob sich bäuchlings auf den Wohnwagen, um bis zur Luke zu robben. Sie fand die kleine Schraube, die locker saß, und tauschte sie aus.

Alles hier oben war glatt und feucht, aber die Aussicht lohnte sich. Da vorne die Weide, auf der noch der Nachtfrost glitzerte. An der Seite zog sich der Wassergraben entlang, hell wie der Himmel. Am Zaun gegenüber verlief der tiefe, dunkle Trampelpfad der Kühe, die längst im Winterquartier standen. Disteln wuchsen wie Tupfen, ihre Köpfe glänzten, und weiter hinten stand der geheimnisvolle Saum des Waldes, fahl und braun.

Im Sommer kamen manchmal Rehe an den Wohnwagen, jetzt im November aber, wenn sie ihre neuen Gruppen suchten, blieben sie im Schutz der Bäume. Hasen gesellten sich dazu, Kaninchen und Fasane und ab und zu auch ein Fuchs.

Sie drehte sich um. Vom Bauernhof wehte Rauch herüber. Josef hatte ein Kaminfeuer entzündet. Keine gute Idee, weil er in diesen Tagen die Unterlagen für das Finanzamt sortierte, und er neigte dazu, Papiere zu verbrennen, wenn es ihm zu anstrengend wurde.

Von dem Hof, der früher ein komplexes Unternehmen gewesen war, existierte ohnehin nur noch eine beschauliche Milchwirtschaft. Für Josef war der Alltag damit rund geworden, beherrschbar. Arbeit und Freizeit und das Denken an früher, alles bekam seinen Platz. Säen und Ernten, Sitzen und Lesen und Essen und Melken, Verkaufen und Trauern und Schlafen. Und letztlich war es genau dieses gelassene Ambiente gewesen, das Gesine vor Jahren an den Hof und den Wohnwagen gebunden hatte.

Nie würde sie vergessen, wie sie den Wagen zum ersten Mal betreten hatte. Der Vorbesitzer, ein Schreiner, hatte das Innere mit hellem Holz ausgekleidet, ein schlichtes, aber kunstvolles Werk. Der Mann musste viel Zeit und Geduld investiert haben, aber kaum war seine Arbeit beendet, machte er Urlaub und jemand aus Übersee brach ihm das Herz. Er heuerte auf einem Schiff an, um die Sa-

che zu kitten. Den Wohnwagen, den er auf dem Bauernhof abgestellt hatte, ließ er zurück. *Fort für immer* stand
auf dem Zettel, den Josef auf der Trittstufe fand.

Wenig später erfuhr Hannes in seinem Bestattungsinstitut davon – der Vater des Schreiners hatte vor Wut
einen Herzinfarkt erlitten –, und Hannes drängte Gesine,
sich den Wohnwagen anzuschauen.

Sie setzte nur zögernd einen Fuß hinein, denn damals
war sie es nicht mehr gewohnt, ein festes Dach über dem
Kopf zu haben. Nie hätte sie damit gerechnet, dass eine
Behausung ihr noch einmal gefiele. Dass sie davon sogar
aus der Fassung gebracht werden könnte.

Aber was war das auch für eine kleine, blanke Küche
in diesem Gefährt. Zwei Gasflammen, ein Becken, eine
Ablagefläche, ideal für eine einzelne Person. Gesine sah
sich sofort bei Wasser und Brot von vorn anfangen, jeder
Handgriff würde sich ergonomisch fügen. Porzellange-
schirr und Suppe, Bratkartoffeln und grüne Soße mit Reis.
Selbstgemacht. Alles war möglich.

Sie hatte probeweise die Küchenklappen berührt. Im
Kühlschrank stand Bier, im Vorratsschrank Wein. Dann
nahm sie die Polsterecke am hinteren Ende des Wagens
in Augenschein. Eine Oase. Bunte Kissen, weiche Bezüge,
Platz für eine Wolldecke. Ein Holztisch ließ sich ausklap-
pen, hier konnte man essen und sich Notizen machen. Im
Geiste stapelten sich schon die Gartenzeitschriften und
Nachschlagewerke, die damals noch beim Pförtner auf
dem Friedhof lagern mussten.

Und dann hatte sie die Koje am vorderen Ende des
Wagens geprüft. Sie war groß genug, um sich darin aus-

breiten zu können, und klein genug, um sich keine Gedanken machen zu müssen, wenn man allein lag.

Aber trotzdem wäre der Wohnwagen nur halb so beeindruckend gewesen, wenn er nicht auf dieser herrlichen Wiese gestanden hätte, weit draußen auf dem wilden Stück Land vor den Weiden der Kühe. Der Himmel schien endlos, das Gesumme und Gezirpe der Insekten ließ in jenem Sommer die Luft vibrieren. Ein Apfelbaum hing voll mit Früchten. Brombeeren rankten über einen Stapel mit Brennholz und Weißdornbüsche schirmten eine Ecke der Wiese ab, in die sich eine Außendusche einbauen ließ.

Hannes warf sich damals in die Brust: »Ich habe es gewusst, der Wagen ist wie für dich gemacht. Du kannst dich hier niederlassen, ohne befürchten zu müssen, dass du sesshaft wirst.«

»Wie hoch ist die Miete, oder muss ich den Wohnwagen auf einen Schlag kaufen?«

»Wichtig ist erst einmal, dass du einziehen willst.«

Sie gingen zu Bauer Josef hinüber, um die Details zu besprechen. Hannes streckte das Geld vor. »Und damit sind wir jetzt alle zufrieden«, sagte er.

Doch ausgerechnet bei Hannes hatte die Zufriedenheit noch eine Weile auf sich warten lassen. Er musste lernen, dass Gesine nach ihrem Einzug keine Unterhaltung mehr brauchte. Sie wollte nicht in die Stadt ins Kino eingeladen werden und auch nicht zum Essen. Sie schaltete abends sogar ihr Handy aus. Sie wollte den Geräuschen des Waldes lauschen, den Maulwürfen beim Graben zusehen und den Kühen beim Wiederkäuen. Sie ahnte, dass es ihre letzte Chance sein würde, noch einmal aufzutanken und nach dem Tod ihres Kindes wieder auf die Beine zu kommen. Und plötzlich wollte sie es schaffen: die dunkelste Zeit ihres Lebens hinter sich bringen.

Das größte Glück empfand zunächst also Bauer Josef. Er hatte erwartet, dass Gesine den Wohnwagen nach ein paar Wochen fortschleppen ließe, um sich auf einem geregelten Campingplatz anzusiedeln. Aber sie blieb, und ihm kribbelte der sonnenverbrannte Nacken. »Es war«, sagte er später, »wie wenn man vor die Tür tritt und nicht glauben kann, dass es wieder nach Heu riecht.«

Dabei veränderte sich bei ihm alles nur im Schneckentempo. Er führte seine knorrige Männerwirtschaft weiter. Wenn er Lust dazu hatte, legte er sich mitten am Tag unter den Pflaumenbaum, um in alten Alben zu blättern und die liebgewordene Trauer zu hegen. Er benahm sich aus reiner Gewohnheit so, als sei mit seiner Frau auch der Rest der Menschheit gestorben, aber zugleich fing er vorsichtig an, zum Wohnwagen zu schielen.

Er fragte Gesine, ob sie auch einen Traktor fahren könne. Sie zuckte mit den Schultern und er ging wieder fort, aber nach einigen Tagen kehrte er zurück und stellte andere Fragen.

Er lernte ihren Tagesablauf kennen und zeigte ihr im Gegenzug, was er auf dem Hof zu tun hatte. Eines Morgens besuchte er sie sogar schon bei Sonnenaufgang, und dieser frühe Besuch, so gestanden sie sich, war ein Durchbruch.

Sie saßen nebeneinander, Campingstuhl und Hocker klamm von der Nacht, der Kaffee dampfte in den Bechern. Sie sprachen kein Wort miteinander, sondern schauten nur zu, wie die Sonne über dem Wald aufging.

Verheißungsvoll, gleißend hinter den Kronen. Die fleckigen Kühe standen am Zaun, auf der Wiese schaukelten die roten und weißen Blütenköpfe, und die bleischweren Seelen wurden ein wenig leichter.

Sie machten ein Ritual daraus. In den warmen Monaten trafen sie sich beinahe jeden Morgen, und das nun schon seit Jahren.

»Die Vorstellung macht mich nervös«, hatte Hannes neulich erst wieder zu Gesine gesagt, aber sie hatte wie immer gelacht. Für Eifersucht gab es keinen Grund unter Freunden, und Hannes meinte seine Bemerkung wohl auch kaum ernst.

Sie schüttelte die Erinnerungen ab und robbte auf dem Wohnwagendach zurück zur Leiter, um hinunterzusteigen und sich auf die defekte Regenrinne am Heck zu konzentrieren. Sie reparierte sie nicht zum ersten Mal, kramte nach einem Schraubenschlüssel und setzte ihn an der Halterung an. Aber dann hielt sie doch noch einmal inne. Das Echo eines dumpfen Schlages hallte über die Wiese, wie von einer Autotür. Drüben am Wald?

Es war nichts zu sehen. Vor den Bäumen hing Dunst und die Sonne stand so schräg, dass der Waldrand als diffuses, dunkles Band erschien. Nicht einmal Spaziergänger aus der Stadt würden dort parken, weil der Feldweg mit Treckerspuren und Schlaglöchern durchsetzt war. Oder hatte sich etwa jemand verfahren?

Etwas blitzte auf, der Lack einer Kühlerhaube vielleicht. Und etwas schien sich zur Seite hinzubewegen, langsam am Waldrand entlang, und stoppte immer wieder. Ein Auto, tatsächlich.

Sie überlegte, ob sie schon wieder beobachtet wurde. Wenn ja, dann tat man es auf eine Weise, die kaum verhohlen war. Wenn nein, musste sie sich fragen, was hier sonst vor sich ging.

Sie sprang von der Leiter, warf das Werkzeug ins Gras und wählte die Nummer der Kripo. Marina Olbert nahm den Hörer ab und lauschte interessiert. Dann riet sie ihr, sich im Wohnwagen einzuschließen und auf die Kollegen zu warten.

»Nein«, sagte Gesine. »Wenn es derselbe Kerl ist wie am Betriebshof, wird er mir nicht noch einmal entwischen.« Sie beendete das Gespräch und marschierte los.

Die Wiese knackte unter ihren Schritten, gefrorene Disteln zerbrachen, aber sie wollte gar nicht schleichen. Sie tat, als ginge sie fort, strikt in die entgegengesetzte Richtung, und erst hinter dem Bauernhof schlug sie einen Haken. Sie duckte sich neben die Heckensträucher und pirschte zurück, nicht sichtbar für die Leute am Waldrand.

Das Auto war eine dunkle, schwere Limousine, keineswegs für den Feldweg geeignet, aber der Motor lief stark und gleichmäßig. Man fuhr eine Strecke und setzte dann wieder nach hinten. Das Nummernschild war abmontiert, die Seitenscheiben waren verdunkelt.

Gesine hockte sich hinter die Hecke, schob das Handy durch die Sträucher, zoomte heran und fotografierte. Ein absurder, protziger Schlitten.

Wieder glühten die Bremslichter auf, man hielt erneut an, mit laufendem Motor, vielleicht sechzig Meter entfernt. Sie duckte sich tiefer. Man konnte sie doch nicht entdeckt haben?

Die Beifahrertür öffnete sich, langsam und nur einen Spalt weit. Schließlich rührte sich nichts mehr.

Sie atmete flach. Der Spalt war groß genug, um den Lauf einer Waffe hindurchzuschieben. Doch wie absurd: Warum sollte man sie bedrohen?

Andererseits war es bis vor kurzem auch unvorstellbar gewesen, auf dem Friedhof ein Baby zu finden. Oder von einer Leiche an der Bushaltestelle zu hören und von einem Überfall auf den Pförtner. Und hatte man den Pförtner nicht auch besonders hart angegriffen? Sein Arm war ausgekugelt worden und in Bauch und Brust klafften große Wunden. Halb tot war er gewesen, als Hannes ihn fand, und es war noch immer völlig offen, was er erzählen würde, wenn es ihm irgendwann wieder besserging.

Vorsichtig fotografierte Gesine wieder, und auf einmal ruckte die Autotür ins Schloss. Der Motor heulte auf und die Limousine stieß voran in eine Kurve, so dass der Unterboden aufsetzte und das Heck wegschlitterte. Dann war der Spuk verschwunden.

Sie blieb noch eine Weile in Deckung. Sie hatte alles richtig gemacht. Das, was möglich war, hatte sie getan.

7

Für Marina Olbert war es nicht schwierig, Lucy ausfindig zu machen, obwohl sie das Gewerbe verlassen und nach einer Heirat ihren Nachnamen verändert hatte. Ihre Meldeadresse ließ vermuten, dass sie sogar zu Geld gekommen war. Geld, das sie kaum auf dem Strich verdient haben konnte, auch nicht, wenn sie ihre Dienste weiterhin so einfallsreich und gesetzeswidrig ausgebaut hatte wie vor drei Jahren an der Bushaltestelle vor dem Friedhof.

Lucys Wohnung, eine Eigentumswohnung, befand sich im dritten Stock eines Altbaus in exklusiver Lage. Im Flur sah Marina eine dicke Fußmatte vor der Tür. *Herzlich willkommen bei Familie Daubner.*

Lucy öffnete, barfuß in Jeans und einem schlichten Strickpullover. Jazzmusik klang gedämpft aus den Räumen hinter ihrem Rücken, und Marina musste feststellen, dass Lucy ebenso blond war wie sie und sogar ebenso groß.

»Frau Daubner? Wir haben telefoniert.«

»Ja«, Lucy reichte ihr eine kühle, schlanke Hand und

bat sie herein. »Danke, dass Sie Ihre Streifenbeamten weglassen, Frau Olbert. Mein Mann kennt meine Vergangenheit natürlich, aber die Nachbarn brauchen nichts davon zu wissen.«

Ihre Stimme war tief, ein wenig rauchig, und sie lächelte offen, als habe ihre Zeit als Prostituierte keine großen Schäden hinterlassen. Wie viel Mühe es wohl gekostet hatte, sich das zu erarbeiten?

»Ich bin gern alleine und mit dem Rennrad unterwegs«, erklärte Marina. »Diskreter geht es kaum. Aber ich hoffe, mein Besuch bringt Ihren Tagesablauf nicht durcheinander?«

»Doch, das tut er. Ich sortiere gerade unsere Musiksammlung.«

Sie führte Marina ins Wohnzimmer. Die Musik floss aus futuristischen Boxen. CD-Hüllen lagen überall verstreut. Lucy raffte alles zusammen, damit Marina in der Sitzgruppe Platz nehmen konnte, und suchte nach der Fernbedienung, um die Hi-Fi-Anlage auszuschalten.

»Reden wir allein?«, fragte Marina.

»Meine Tochter hat eine Probe mit der Schulband und kommt erst in zwei Stunden nach Hause. Mein Mann wird erst gegen Abend hier sein.«

»Ich wusste gar nicht, dass Sie eine Tochter haben.«

»Also bitte, Frau Olbert. Sie haben sich doch unter Garantie informiert.«

»Mit dem Begriff ›meine Tochter‹ habe ich dennoch nicht gerechnet.«

Lucy Daubner stellte Gläser auf den Tisch. »Die Adoption ist noch nicht durch, wir wollen Belinda Zeit lassen.

Nach dem Tod ihrer Mutter war sie es gewohnt, mit ihrem Vater allein zu leben.«

Marina deutete auf eine Bilderserie an der Wand. »Ist sie das?« Ein Mädchen mit Pippi-Langstrumpf-Haaren. Kinderfahrrad, Tennisschläger, Konzertflügel.

»Ja, das ist Belinda.« Ein stolzes Lächeln huschte über Lucy Daubners Gesicht. »Und wenn Sie sich umdrehen, sehen Sie dort Fotos von meinem Mann und unserer ganzen Familie.«

Der Mann hatte ein kerniges Gesicht und kräftige Schultern. Rote Haare und Lachfalten. Er war einen Kopf kleiner als Lucy und strahlte sie von unten her an. Belinda, die am anderen Arm ihres Vaters hing, strahlte nicht minder.

»Schön«, sagte Marina, aber auch Fotopapier war bekanntlich geduldig.

Lucy schenkte Wasser in die Gläser. »Als Mordermittlerin haben Sie zu der Leiche am Friedhof sicher schon Theorien, aber bitte lassen Sie uns offen sprechen. Ich kann es überhaupt nicht gebrauchen, wenn irgendein Schatten auf meine Familie fällt.«

»Ich habe von Ihrer Arbeit vor drei Jahren gehört, Frau Daubner. Sie hatten sich eine Basisstation am Friedhof eingerichtet. Genau dort, wo jetzt die Leiche lag.«

»Und?«

»Sie haben sich damals Freunde und Feinde gemacht.«

»Mit jedem Atemzug macht man sich Freunde und Feinde.«

Marina lächelte. »Sie haben Ihr Gewerbe in dem Unterstand nach einigen Wochen aufgeben müssen. Aber wissen Sie, ob es später eine Nachahmerin gegeben hat? Ob noch einmal eine Prostituierte versucht hat, die Haltestelle zu nutzen?«

»Die Branche ist ein eigener Kosmos«, sagte Frau Daubner und lehnte sich zurück. Ihre Miene absorbierte das Wort ›Prostituierte‹, als handle es sich um Materie, die in ein Schwarzes Loch fiel. »Ich habe keinerlei Kontakte mehr ins Gewerbe, und ich interessiere mich erst recht nicht für aktuelle Trends oder Geschäftsideen.«

»Und wenn Sie ehemaligen Kolleginnen begegnen, zum Beispiel beim Shopping oder im Konzert, dann unterhalten Sie sich nicht miteinander?«

»Doch«, sie überlegte kurz. »Ich hege ja keinen Groll bezüglich meiner Vergangenheit, aber wir plaudern über andere Dinge und nur sehr oberflächlich. Die inhaltliche Seite der Szene ist mir suspekt geworden.«

Marina Olbert ließ die Aussage auf sich wirken. Frau Daubner beugte sich vor, um einen Wassertropfen von der Tischplatte zu tupfen. Das Licht der Lampe fiel auf ihren Scheitel, und, na also, das Blond war höchstwahrscheinlich nicht echt.

»Die inhaltliche Seite der Szene«, wiederholte Marina. »Sie haben bereits mit sechzehn Jahren angeschafft, mit zwanzig waren Sie im Drogenentzug. Mit fünfundzwanzig haben Sie eine Arbeitsbeschaffungsmaßnahme verlassen und sich anschließend in einem Stundenhotel niedergelassen.«

Lucy sah Marina aufmerksam an. »Weiter, Frau Olbert, ich sagte bereits: Sie können frei sprechen.«

»Dann verliert sich Ihre Spur für einige Zeit, bis Sie

vor dem Ostfriedhof wieder auftauchen und dort Furore machen.«

»Na und? Was war schon dabei? Ich habe mich an der Haltestelle auf die Bank gesetzt und wäre bereit gewesen zu reden.«

»Bitte, Frau Daubner. Ich erkenne durchaus an, dass Ihre Idee kreativ war.«

Beinahe synchron griffen sie zu ihren Wassergläsern und tranken. Dann faltete Lucy ihre Hände auf den Knien.

»Wie dem auch sei, meine Vergangenheit hat mich am Ende zu meinem größten Glück geführt«, sagte sie.

»Ja«, bestätigte Marina, »die Wohnung ist wirklich hübsch.«

»Ich habe bei der Arbeit meinen Mann kennengelernt.«

»An der Bushaltestelle?«

»Er war ein vollkommen vorurteilsfreier Witwer. Jedes Wochenende ging er mit der kleinen Belinda zum Grab seiner Frau, und jeden Mittwoch nahm er sich die Zeit, den Friedhof allein zu besuchen, um intensiv zu trauern und sich nicht wegen des Kindes zusammenreißen zu müssen.«

»Wie schön. Aber was bedeutet in diesem Zusammenhang vorurteilsfrei?«

»Mein Mann betrieb damals schon seinen Weinhandel und brachte mir mittwochs eine ausgewählte Flasche mit. Er wollte keine Gegenleistung dafür, nicht dass Sie das denken. Er wollte mir nur unverbindlich zeigen, dass er nicht zu den Leuten gehörte, die sich den Mund über meinen Service zerrissen.«

»Schwer vorstellbar, weil er sich doch auch in Sie verliebte.«

»Sehen Sie, das sind zum Beispiel Vorurteile: dass ein Mann immerzu eifersüchtig sein muss. Dass er die Lebensbedingungen einer Frau nicht respektieren kann und dass er sich nicht verlieben kann, ohne sofort auf den Putz zu hauen.«

Sie schaute zu ihren Familienbildern hoch, und Marina hätte sich nicht gewundert, wenn sie Tränen in die Augen gezaubert hätte. Besser, man schob dem weiteren Verlauf einen Riegel vor.

»Ich darf Ihnen das hier zeigen, Frau Daubner.« Sie legte ein Foto auf den Tisch. »Kennen Sie diese Frau?«

»Das Mordopfer, richtig?«

»Das Bild ist ein bisschen bearbeitet worden.«

Lucy Daubner nahm das Foto hoch und betrachtete es. Marina ließ sich keine Regung entgehen. Das Zucken der Mundwinkel: betroffen, aber nicht allzu sehr. Das Zusammenziehen der Brauen: fragend. Das Schlagen der Lider: routiniert.

»Ich kenne diese Frau nicht, Frau Olbert. Und wenn Sie mir eine Bemerkung gestatten, sie ist viel zu dünn, um auf eigene Faust einen Service hochzuziehen.«

»Also halten Sie es doch für möglich, dass jemand Ihre Geschäftsidee am Friedhof nachahmen wollte?«

»Nein, ich erwähne es nur, weil Sie diese seltsamen Vorstellungen hegen, und weil Sie offenbar nicht verstehen, dass ein eigener Service eine möglichst breite Kundschaft ansprechen muss. Die Gesetze der Marktwirtschaft.«

Sie war vehementer geworden. Beinahe trotzig gab sie das Foto zurück, und Marina war zufrieden.

»Ich würde mich freuen, wenn Sie mir mehr über Ihre Fachkenntnis erzählen«, sagte sie, »auch wenn Sie nicht mehr zur Branche gehören.«

»Ich werde mich nicht für Sie umhören.«

»Aber nein, das übernehmen meine Kollegen von der Sitte. Ich wüsste stattdessen gern, ob Ihnen schon einmal etwas über Schönheitsoperationen zu Ohren gekommen ist. Gibt es junge Frauen, die sich bestimmten Manipulationen unterziehen, um im Gewerbe erfolgreich zu sein?«

»Nicht auf der normalen Ebene.«

»Sondern?«

Nur widerstrebend antwortete Lucy. »Vielleicht im Escort-Bereich oder im exklusiven Rollenspiel. Eine Nasenkorrektur ist schnell gemacht, wie man überall nachlesen kann.«

»Ich denke an größere Maßnahmen. Eine Zahn-OP, Implantate, Gold-Inlays, um kariöse Zähne und andere große Schäden zu sanieren.«

»Wer soll das denn bezahlen? Wenn Sie so viel Geld haben, Frau Olbert, gehen Sie nach Hause und vergessen die Arbeit.«

»Im Osten gibt es preiswerte Zahnärzte.«

»Die Mädchen aus dem Osten, die ich kennengelernt habe, waren so arm, dass sie sich die Nägel am Putz der Hauswände feilten.«

»Und könnte nicht ein Zuhälter in eines der Mädchen investiert haben?«

»Das hätte er nicht nötig. Wenn ihm ein Mädchen zu hässlich ist, nimmt er sich das nächste.«

Marina zog ihr Handy hervor und blätterte das Bild auf, das Gesine Cordes ihr geschickt hatte. Die Limousine am Waldrand.

Lucy Daubner warf einen Blick darauf und lachte. »Fällt Ihnen das beim Thema ›Zuhälter‹ ein?«

»Kennen Sie den Wagen?«

»Drehen Sie einen Film, oder was? Im echten Leben sind andere Schlitten unterwegs.«

»Also sind Sie doch noch über die Gepflogenheiten informiert?«

Lucy Daubner machte die Augen schmal. »Es handelt sich um Allgemeinbildung.«

Nein, es handelt sich um einen klassischen Fall von Verplappern, dachte Marina.

»Wissen Sie, Frau Daubner, die Leiche, die wir an Ihrem alten Arbeitsplatz gefunden haben, war sogar nackt.«

»Die arme Frau.«

»Das stimmt. Vielleicht hat jemand eine versteckte Botschaft an Sie platziert? Einen Gruß aus der Vergangenheit?«

»Nein, Frau Olbert. Von wem sollte der Gruß sein?«

»Ich weiß es nicht.«

Sie schwiegen eine Weile, und Marina hatte den Eindruck, dass Lucy tatsächlich überlegte. Leider sah sie dabei recht ratlos aus, vor allem, weil sie immer wieder zu den Bildern von Belinda und ihrem Mann hochschaute, als erhoffte sie sich von dort Unterstützung.

»Was ich damals getan habe«, sagte sie schließlich, »hat doch niemandem geschadet.«

So konnte man es sehen, und dann könnte man als Ermittlerin hinter Lucys Namen einen Haken setzen. Man konnte aber auch darüber nachdenken, ob es nicht ein allzu großes Glück war, dass sie von ihrer Arbeitsstelle aus in einen Weinhandel eingeheiratet hatte, selbst wenn Liebe mit im Spiel gewesen sein sollte.

»Glück ruft Neider auf den Plan«, sagte Marina, »und ein vermögender Weinhändler, der sich auch noch als liebevoller Vater präsentiert, war doch bestimmt ein begehrter Mann.«

»Er lebte sehr zurückgezogen, bis er mich traf. Bitte akzeptieren Sie das, Frau Olbert.«

»In Ordnung.« Sie steckte das Handy weg und erhob sich aus dem samtenen Sessel. »Die Jazzmusik eben, was war das eigentlich für eine CD?«

»Oh, ein älteres Lied, glaube ich.« Lucy suchte zwischen den Hüllen und reichte ihr eine.

»Guter Wein und Jazzmusik passen prima zusammen«, meinte Marina.

»Richtig. In unseren Geschäftsräumen veranstalten wir sogar Konzerte.«

Die Daubner hatte schmale Lippen bekommen, aber Marina lächelte ihr treuherzig zu.

»Ich stelle mir vor, dass es Jahre dauert, bis man sich in die Details dieser feinen Lebensart eingefuchst hat.«

»Was wollen Sie damit sagen, Frau Olbert?«

»Dass Sie noch viel zu tun haben, wenn Sie die Musiksammlung ordnen wollen.«

»Während das Schubladendenken der Kripo schneller vorangeht, oder was?«

»So hat jeder seine Bilder im Kopf.« Marina gab das Cover zurück. »Aber wissen Sie, was man im Radsport sagt? Wer angreifen will, sollte nicht hochschalten, sondern lieber einen Gang zurück.«

8

Nach dem Erlebnis mit der dunklen Limousine war Gesine zum Hof hinübergelaufen und hatte Josef alles erzählt. Der alte Bauer war außer sich vor Sorge. Sie musste ihm versprechen, von jetzt an noch vorsichtiger zu sein als sonst, vor allem den Wohnwagen immer gut abzuschließen und das Handy nie auszustellen. Er fand es angemessen, dass eine Polizeistreife auf dem Weg war, um nach dem Rechten zu sehen, aber beruhigen ließ er sich nicht.

Als der Streifenwagen endlich vorfuhr, bestand Josef darauf, bei dem Gespräch mit den Beamten dabei zu sein. »Es ist mein Stück Land, um das es geht«, stellte er fest und zog sich die Stiefel an. »Und auf meinem Land bin ich dafür zuständig, dass du beschützt wirst.«

Die Polizisten parkten quer in der Einfahrt und prüften die Umgebung mit kühlen Mienen. Von wo genau war Gesine beobachtet worden? Wie weit war es vom Wohnwagen bis zum Waldrand? Und dort hinten hatte ein Auto gestanden – ja und? Ohne Nummernschild, aha, aber inwiefern hatte sie sich bedroht gefühlt?

Sie bemühte sich, den Ablauf der Ereignisse präzise zu

schildern, aber als sie die Hecke abschreiten wollte, hinter der sie die Fotos geschossen hatte, kam Unwillen auf.

»Wir brauchen keine Szenen nachzustellen, Frau Cordes, wir haben doch Ihre Bilder.«

»Ich will Ihnen nur zeigen, dass ich Sie nicht leichtfertig alarmiert habe.«

»Davon ist doch gar keine Rede.«

Von wegen. Man merkte den Beamten an, dass sie die Gefahr von Minute zu Minute geringer einschätzten. Es hatte kaum Zweck, ihnen zu beschreiben, wie seltsam die Beifahrertür an der Limousine geöffnet worden war, sie stellten nur kritische Fragen: Hatte Gesine den Lauf einer Waffe erkannt? Nein? Sondern?

Als einer der Beamten schließlich die Hände in den Rücken stemmte und sich seufzend dehnte, riss Josef der Geduldsfaden.

»Ist Ihnen langweilig? Soll ich einen Ohrensessel holen?«

Er pochte darauf, dass Gesine auf dem Friedhof mit Verbrechern in Berührung gekommen war und dass der Täter sie gesehen und erkannt haben musste. Sie sei in höchster Gefahr, das könne doch jeder Laie erkennen.

Aber die Polizisten erklärten eine andere Version der Dinge. Vermutlich sei eine Autoschieberbande mit der Limousine vorgefahren, um sich auf dem entlegenen Feldweg mit ihrem Diebesgut zu befassen. Gesine, Josef und der Bauernhof seien dabei vollkommen uninteressant gewesen.

Josef runzelte die Stirn, als wollte er über diese Möglichkeit nachdenken. Gesine dagegen entschied, auf jede weitere Diskussion zu verzichten und auf Marina Olbert zu setzen. Als erfahrene Ermittlungsleiterin der Mordkommission würde sie sich um den Vorfall kümmern.

Der Streifenwagen fuhr vom Hof, Gesine atmete auf, und Josef stieg kopfschüttelnd auf seinen Trecker.

»Es muss an der Einsamkeit liegen«, sagte er. »Wir ziehen hier draußen merkwürdige Menschen an.«

Inzwischen war es nach Mittag, das Werkzeug lag immer noch im Gras, und der Chef der Gärtnerei hatte mehrfach versucht, Gesine zu erreichen. Sie rief ihn endlich zurück und erfuhr, dass sie für zwei Tage freibekommen sollte.

»Damit Sie sich erholen, Frau Cordes, und damit unser Betrieb Ruhe findet.«

»Nur weil ich heute zu spät komme? Es gibt Gründe.«

»Ach was. Sie haben so viele Überstunden, die ich Ihnen anrechnen könnte. Nein, es geht darum, dass Sie schon wieder so viel mitgemacht haben. Und außerdem hängen auf unserem Parkplatz Journalisten herum, die unbedingt mit Ihnen sprechen wollen.«

»Journalisten verschwinden ebenso schnell, wie sie gekommen sind.«

»Richtig. Darum dürfen Sie auch übermorgen wieder zur Arbeit erscheinen, Frau Cordes.«

Sie fügte sich, kochte Kaffee und röstete Brot. Sie würde den Tag nutzen, allerdings nicht, um in der Versenkung zu verschwinden.

Wie sie es von früher bei der Polizei kannte, nahm sie ein Blatt Papier und versuchte, die Situation zu ordnen. Quer über das Blatt verteilte sie Stichpunkte: *Findelkind,*

Mord, *Pförtner*, *Betriebshof* und *Limousine*. Es kam darauf an, eine Struktur zu erkennen, Linien zwischen den einzelnen Begriffen zu ziehen. Sie strichelte und radierte, aber nichts gelang.

Ob Marina Olbert weitergekommen war oder ob sie ebenfalls nur eine Zeitachse anlegen konnte? Es war ja nicht einmal klar, welchen Zusammenhang es zwischen dem Findelkind und dem Mord geben konnte. Vom Angriff auf den Pförtner ganz zu schweigen.

Gesine begann noch einmal von vorn und wollte ihre Phantasie spielen lassen, doch als sie ein Kinderlachen hörte, schaute sie auf. Frida und Marta rannten über die Wiese auf den Wohnwagen zu. Die mahagonifarbenen Locken hüpften, die Gesichter leuchteten vor Tatendrang, und die Schultaschen rutschten von den Schultern. Als sie den giftigen Korkspindelstrauch erreichten, bremsten sie ab.

Gesine ließ das Blatt Papier vom Tisch verschwinden und öffnete die Tür.

»Weiß euer Vater, dass ihr hier seid?«

Die Mädchen fuhren herum. »Erst ist es verboten, auf den Friedhof zu gehen, und jetzt dürfen wir dich nicht mehr zu Hause besuchen?«

»Was ist mit euren Hausaufgaben?«

»Mit welchen Hausaufgaben?«

Dann mussten sie lachen, und Gesine breitete die Arme aus und nahm sie herzlich in Empfang.

»Das Findelkind steht in der Zeitung«, sagte Frida.

»Das war zu befürchten, aber zieht eure Stiefel aus und kommt ins Warme.«

»Über dich war etwas im Radio. Dass du eine Gärtnerin bist und das Baby gefunden hast.«

»Mein Name wurde hoffentlich nicht genannt?«

»Nein, schade, Gesine.«

Sie nahm ihnen die Jacken ab und setzte Teewasser auf, während sich die Kinder in die Polsterecke schoben. Spitze Knie und Schultern, wilde Mähnen und Sommersprossen, wie es in der Familie lag.

»Also passt auf«, Gesine setzte sich ihnen gegenüber. »Das Baby hat bestimmt eine traurige Geschichte.«

»An der Bushaltestelle lag auch eine Leiche«, warf Marta ein.

»Ja, leider.«

»Eine tote Frau.«

»Ihr sollt mir zuhören, Marta.«

»War sie seine Mutter? Und kümmerst du dich jetzt um das Baby?«

»Nein.« Gesine zögerte, denn sie erahnte dünnes Eis. »Aber ich fahre gleich ins Krankenhaus und schaue nach ihm.«

»Wir kommen mit. Es freut sich über Besuch.«

Sie fasste die Hände der Mädchen. »Es wird gut versorgt, und zwar rund um die Uhr.«

Aber die Kinder zogen die Hände zurück. »Es hat eine traurige Geschichte, hast du gesagt, und es ist ganz alleine!«

Die beiden sahen sie an wie lange nicht. Man hörte förmlich den Protest wachsen. Es war nicht nur Neugier, von der sie angetrieben wurden, sondern es sprach auch die Gewissheit aus ihnen, dass Erwachsene nicht verstan-

den, was wirklich wichtig war. Dass Erwachsene sogar
dazu neigten, Kinder im Stich zu lassen.

»Also gut«, sagte Gesine. »Jacken an, Stiefel an.«

Im Krankenhaus führte sie die Mädchen in den Besucher-
raum, wo sie erst einmal warten sollten. Sie selbst suchte
den Arzt auf, um sich nach dem Stand der Dinge zu erkundigen. Allerdings gab es keine guten Nachrichten.

»Wir haben über das Kind nichts herausfinden können«, sagte der Arzt und kramte in den Papieren auf dem
Schreibtisch. »Der Junge scheint nirgendwo verzeichnet
zu sein, weder in einem Geburtenregister noch in einer
medizinischen Einrichtung.«

»Aber Sie waren sich doch so sicher, dass er erfasst
ist.«

»Umso mehr muss ich mich über die Entwicklung
wundern, Frau Cordes.«

»Haben Sie denn sämtliche Kliniken erreicht, die in
Frage kommen?«

»Ja, die üblichen Häuser, und zwar in Zusammenarbeit
mit der Polizei.« Er ließ den Stuhl hin und her schwingen.
»Ich sehe nur noch eine kleine Chance bei den nieder-
gelassenen Ärzten und den freien Hebammen. Wir haben
hier einen Aufruf gestartet.«

Gesine seufzte. »Aber gesundheitlich geht es dem Jungen besser?«

»Leider auch nicht so gut wie gedacht. Er hat das ei-
genständige Trinken aufgegeben. Die Krämpfe haben ihn
geschwächt.«

»Und er hat immer noch Fieber?«

Der Arzt räusperte sich. »Wollen Sie das alles wirklich so genau wissen, Frau Cordes?«

»Fragen Sie im Ernst?«

»Es ist hart, das Baby leiden zu sehen, ohne ihm helfen zu können.«

»Es ist noch härter, die Augen zu verschließen.«

Er piepte eine Schwester an, die sie zum Bettchen des Jungen begleiten sollte, und eilte auf quietschenden Gummisohlen davon. Sie blieb allein im Flur und wartete, und es dauerte nicht lange, bis jemand um die Ecke bog.

»Schwester Monika!«

»Frau Cordes? Meine ungeduldige Patientin vom Sommer?«

Sie reichten sich die Hand, und Gesine erzählte, dass sie diejenige war, die das Findelkind hergebracht hatte. Monika klang fast wie der Arzt, als sie einräumte, dass es nicht gut um das Kind bestellt war, aber sie schien ein wenig kämpferischer zu sein als er.

»Wir sind alle bedrückt«, sagte sie. »Trotzdem ist es unsere Aufgabe, den Kleinen das nicht spüren zu lassen.«

Sie holten Frida und Marta aus dem Besucherzimmer und fuhren mit dem Aufzug zu der Station, auf der das Baby lag. Durch eine Scheibe im Flur konnten sie in sein Zimmer sehen.

Sein Bettchen war ein Kasten aus Plexiglas. Die winzigen Hände ruhten neben dem Kopf, und es schlief. In seiner Nase steckte ein Schlauch, und unter dem Tuch, das Bauch und Beine verdeckte, ragten Kabel hervor. Ein Monitor neben dem Kopfende setzte die Signale in grüne Punkte und Linien um.

»Er sieht so klein aus«, sagte Marta, und Gesine legte ihr eine Hand auf die Schulter.

»Wie heißt er denn?«, flüsterte Frida.

»Wir nennen ihn Thomas«, antwortete Schwester Monika. »Die Polizei hat den Namen vorgeschlagen und wir alle fanden ihn gut.«

»Und wenn seine Verwandten kommen, und er hat einen ganz anderen Namen?«

»Dann feiern wir«, sagte die Schwester und verabschiedete sich.

Gesine bückte sich auf die Höhe der Mädchen. »Als ich Thomas auf dem Arm hatte, kam er mir gar nicht so klein vor. Man sollte ihn nicht unterschätzen.«

Marta drückte ihre Fingerspitzen an die Scheibe. »Würde er dich wiedererkennen, wenn du zu ihm reingehst?«

»Er möchte sich ausruhen«, sagte Gesine.

»Und wie soll er dann merken, dass du hier bist?«

Sie schwiegen. Hinter ihnen rollte ein Pfleger einen Wagen vorbei, dann war es wieder still auf dem Flur. Im Zimmer dagegen verzog Thomas den Mund. Bestimmt wimmerte er. Er bewegte die Beine, seine Finger griffen ins Leere, und er sah aus, als träumte er oder litte an Schmerzen.

Frida und Marta wurden unruhig. Gesine wollte ihnen die Anoraks öffnen, damit sie Luft bekamen, aber sie schüttelten sie ab. Dann trat Frida einen Schritt zurück.

»Ich finde das gemein!«, rief sie, drehte sich um und lief davon.

Gesine nahm Marta an die Hand und eilte Frida nach.

Endlos lang war der Flur, verwinkelt zwischen den Stationen, und das surreale Bild baute sich in ihr auf, das Mädchen nicht mehr wiederfinden zu können. Sie musste sich beherrschen, nicht an Martas Arm zu reißen, denn Marta stemmte sich trotzig gegen die Eile, weil sie viel lieber zum Baby zurücklaufen wollte.

Endlich hörten sie Fridas Stimme, hell und schluchzend vor den Aufzügen. Eine Frau kniete vor ihr und streichelte ihr Haar.

»Frau Band«, sagte Marta erstaunt.

»Nummer zwei der Zwillinge, wie schön.« Die Frau stand auf.

»Sie sind Frau Band, die Lehrerin?«, fragte Gesine.

»Und Sie sind Frau Cordes, die Tante, von der ich schon so viel gehört habe?«

Sie tauschten ein paar eilige Floskeln aus, und Gesine hielt beide Kinder fest. Die Lehrerin war jung und müde. Ihr kurzes, schwarzgefärbtes Haar hatte sie lange nicht gewaschen.

»Niemand hilft dem Baby«, klagte Frida von der Seite.

»Doch«, sagte Frau Band. »Darum ist es ja im Krankenhaus.«

»Und du, Gesine?«, fragte Marta.

»Ich kann im Moment nichts tun.«

»Warum denn nicht?«

Frau Band sprang Gesine bei. »Deine Tante hat ihm schon geholfen. Sie hat das Baby gefunden und hergebracht.«

»Aber jetzt«, beharrte Marta. »Jetzt ist es immer noch ganz alleine.«

Ein Augenlid der Lehrerin zuckte, doch ihre Stimme war ruhig. »Jetzt geht ihr beide in die Cafeteria und bestellt für uns Kuchen. Eure Tante und ich kommen gleich nach.«

Die Mädchen zögerten, und erst als Gesine ihnen zunickte, liefen sie davon.

Frau Band öffnete ihre Jacke aus teurer naturfarbener Wolle. »Ich bin froh, Sie einmal zu treffen, Frau Cordes, denn es gibt Probleme.«

»In der Schule?«

»Frida und Marta haben heute schon wieder den Unterricht verlassen.«

»Warum?«

»Sie sind nach der zweiten Pause nicht in die Klasse zurückgekehrt, und leider muss ich sagen, dass sie nicht zum ersten Mal geschwänzt haben.«

»Geschwänzt? Aber sie gehen doch gerne in die Schule.«

»Sie weichen mir ziemlich geschickt aus, wenn ich mit ihnen reden will. Aber wir sollten nicht so schnell aufgeben. Lassen Sie uns doch einmal einen Termin ausmachen.«

Sie reichte Gesine eine selbstgedruckte Visitenkarte. *Nicole Band*, darunter stand die Adresse der Schule.

»Und der Vater der beiden?«, fragte Gesine.

»Ich habe selbstverständlich versucht, mit ihm in Kontakt zu treten, aber als alleinerziehender Witwer muss er sich wohl erst noch sortieren.«

»Ich bin sehr besorgt über das, was ich höre.«

»Ich mache mir auch viele Gedanken«, sagte die Lehrerin. »Denn ich mag die Zwillinge.«

Gesine drückte auf den Aufzugknopf. »Ich werde bei ihnen nachhaken, was los ist. Vielleicht gibt es eine einfache Erklärung.«

»Sie sind nach dem Tod ihrer Mutter aus dem Tritt.«

»Ja, das meine ich. Es könnte alles sehr verständlich sein.«

Die Aufzugtüren glitten auseinander, aber Nicole Band wollte plötzlich doch nicht mehr mit in die Cafeteria fahren. Ihre blassen Wangen röteten sich, als sie sich verabschiedete.

»Sagen Sie Frida und Marta, sie dürfen sich meinen Kuchen teilen. Und melden Sie sich bald bei mir, bitte.«

NOTIZBUCH

Korkspindelstrauch

Auch: Geflügeltes Pfaffenhütchen

Heckenpflanze oder Einzelstand, bis 3 m hoch.

Anspruchslos. Dichter, breiter Wuchs. Zweige unregelmäßig aufrecht.

Sommergrün, im Herbst prächtige Rotfärbung.

Nach dem Laubfall Korkleisten an den Zweigen, bis 4 cm breit.

Blätter eiförmig und lanzettlich, gegenständig, bis 6 cm.

Blüte in Scheindolden, grüngelb und klein, Mai und Juni.

Kapselfrüchte orange und groß, September bis Oktober.

Weiße Samen.

Gift enthalten in allen Pflanzenteilen, besonders im Samen.

Steroidglykoside, Alkaloide, auch Evonin, auch Herzglykoside.

Symptome der Vergiftung erst nach bis zu 18 Stunden.

Übelkeit, Magen-Darm-Reizung, Durchfall und Erbrechen.

Krämpfe und Kreislaufstörungen. Leber- und Nierenschäden möglich. Auch tödlich.

Zufuhr von Flüssigkeit. Medizinische Kohle. Je nach Menge Magen auspumpen.

9

Am nächsten Tag schlug das Wetter um. Vormittags hoffte Gesine noch, die Sonne käme wieder durch. Der Nebel klebte an den Fenstern des Wohnwagens, hing dicht auf den Weiden und erstarrte auf den Spitzen der Disteln zu Eis, aber wenn man Richtung Himmel schaute, glaubte man an die helle Seite des Tages. An das kristallgleiche Schimmern, das nur auf eine Gelegenheit wartete, in tiefere Schichten vorzustoßen.

Doch die Gelegenheit kam nicht. Stattdessen ballten sich Wolken zusammen, wie Sackleinen, die ein Kunstwerk verhängen, und später setzte Sprühregen ein.

Bauer Josef hatte sich vorgenommen, das Hofgelände nach Spuren abzusuchen. »Selbst wenn es nur Autoschieber gewesen sein sollen, die mit der Limousine vorgefahren sind, möchte ich sicher sein, dass keine weiteren Überraschungen auf uns warten.«

Vor allem der hintere, stillgelegte Teil des Hofs bereitete ihm Sorgen. Es gab ein großes Stallgebäude und eine Scheune, die er normalerweise nicht mehr betrat und wo man sich wochenlang verstecken könnte, ohne aufzufallen. Nicht einmal der Hofhund würde anschlagen, denn er war ein freundliches Tier, zufrieden, wenn er umherstreifen konnte, und weit davon entfernt, sich mit Bellen zu verausgaben, wenn er gestreichelt wurde.

Gesine teilte die Sorge von Josef nicht. Der Vorfall mit der Limousine blieb ein Warnzeichen, und es könnte durchaus eine Verbindung zum Findelkind oder dem Mord geben, aber eine systematische Bedrohung konnte sie nicht erkennen. Der Täter auf dem Friedhof hatte einen vollkommen anderen Eindruck hinterlassen als die Leute in der Limousine. Er hatte sich versteckt, war nervös gewesen, durchs nasse Gebüsch gekrochen und ausgerutscht. Der Fahrer der Limousine dagegen war demonstrativ und protzig in Erscheinung getreten. Und zu keinem von ihnen würde es passen, auf dem Bauernhof im Hinterhalt zu lauern.

Dennoch begleitete sie Josef auf seinem Rundgang über das schmutzige Pflaster. Sie sah ja, dass es ihm guttat, aktiv zu sein und sich um die Sicherheitslage zu kümmern. Er hatte seine Öljacke angezogen und stiefelte entschlossen, wenn auch aufgeregt durch den Regen.

Das Laub von Jahren klebte auf den Steinen, Sand hatte sich daruntergemischt. Der verlassene Maststall, ein langgestrecktes, kahles Betongebäude, warf das Geräusch der Schritte zurück.

Gesine sah sich neugierig um. Sie hatte die stillgelegten Anlagen noch nie betreten. Die Türen waren mit eisernen Riegeln gesichert. In manchen Fenstern fehlten die Scheiben, andere waren mit Brettern vernagelt.

Josef klimperte mit einer Handvoll Schlüssel und probierte einen nach dem anderen am Schloss des Maststalls aus.

»Früher standen hier Kälber im Spalier«, sagte er. »Unser Hauptbetriebszweig, bis meine Frau gestorben ist.«

»Soll ich dir mit dem Schloss helfen?«

»Nein.« Er bückte sich tiefer, um besser zu sehen. »Wir hatten damals einen kalten Winter. Schnee zur Beerdigung, aber ich hatte vergessen, die Leitungen hier im Stall zu leeren.«

»Ist etwas kaputtgegangen?«

»Ein Rohr ist geplatzt, es gab eine eisige Fontäne. Ein Kalb ist darin ausgerutscht und kam nicht wieder hoch. Ich bin im Schlafanzug zu ihm gesprungen.«

»Hoffentlich mit Erfolg.« Sie nahm ihm nun doch die restlichen Schlüssel aus der Hand.

»Ja«, er trat zur Seite und rieb sich den Nacken. »Vor allem habe ich am nächsten Tag beim Schlachthof angerufen und den Transporter abbestellt. Ich wollte das alles nicht mehr.«

Die Tür öffnete sich. Es kreischte in den Angeln, und ein beißender Geruch schlug ihnen entgegen, kalt und kompakt. Dann flackerten Neonröhren auf. Ein gespenstisch langer Gang erstreckte sich vor ihnen. Betonrinnen rechts und links, dahinter Gitter. Braune Roste auf dem Boden, Ringe und Seile an den Wänden, ein seltsames Ledergeschirr. Und auf allen Flächen wuchsen Moose und Algen.

»Gott.« Josefs Stimme hallte. »Was habe ich getan?«

Die Fenster saßen so hoch, dass kein Kalb heraus-gucken konnte. Es hätte Gesine interessiert, wie viele Tiere in jedem Abteil gestanden hatten, aber sie fragte nicht danach.

Links neben der Stalltür stand eine Art Schreibtisch, ein Schnellhefter lag darauf, mit Schimmel überzogen. An der Wand befand sich die elektrische Steueranlage für den Stall. Die Schrift an den Hebeln war nicht mehr zu lesen. *Futter*, *Wasser* und *Gülle*? Blanker Draht hing herunter.

»Wir sollten die Sicherungen herausdrehen«, sagte sie.

»Wie fremd man sich selbst wird«, erwiderte er.

Sie schlossen ab und schlugen den Weg zum nächsten Gebäude ein, der alten Scheune. Der Hund gesellte sich zu ihnen, das Fell gekräuselt vom Nieselregen.

Die Scheune hatte die Jahre erstaunlich gut überstanden. Die roten Ziegelsteine leuchteten und das Tor ließ sich leicht zur Seite schieben.

In der Mitte des Raumes türmten sich Strohballen, über die Jahre waren sie fahl geworden. Generationen von Schwalben hatten im Gebälk ihre Nester gebaut. In den Mauern fehlten einige Steine, Wind zog durch, aber es war trocken.

Josef kraulte den Hund und setzte sich auf einen der Ballen. »Den Spinnweben nach zu urteilen, ist hier lange niemand mehr gewesen.«

Gesine stieg über das Stroh zur hinteren Mauer. Durch die Lücken zwischen den Steinen hatte man eine hervorragende Sicht in die Hofeinfahrt. Man konnte sogar bis auf die Wiese zum Wohnwagen gucken.

»Josef? Komm doch mal.«

Aber der Bauer hörte nicht. Er hatte einen Besen genommen und fegte den staubigen Boden, gedankenverloren, wie auf der Suche nach früher. Sie lächelte. Unter allen Möglichkeiten, mit der Vergangenheit umzugehen, wählte er zuverlässig die schwierigste aus.

Sie dachte an das Gespräch, das sie in der Cafeteria des Krankenhauses mit Frida und Marta geführt hatte. Die Mädchen hatten sofort gestanden, warum sie die Schule schwänzten: Der Unterricht war ihnen zu weihnachtlich. Es wurde gebastelt und gesungen, ein Krippenspiel wurde geprobt. Aber für wen sollten sie etwas einstudieren? Sie vermissten ihre Mutter und fürchteten sich vor dem Fest.

»Außerdem waren wir beim Sankt-Martins-Zug die Einzigen, die ohne Familie gekommen sind«, hatte Marta erklärt. »Wir mussten die ganze Zeit neben der Direktorin hergehen, als wären wir in der ersten Klasse.«

»Wo war denn euer Vater?«, fragte Gesine.

»Spätschicht im Krankenhaus, er kann nichts dafür. Aber wie wird es auf dem Adventsbasar? Dort sollen wir für Obdachlose sammeln.«

Und während andere Kinder schon Dutzende Getränkemarken an die Verwandtschaft verkauft hatten, waren Frida und Marta auf ihren Marken sitzengeblieben.

»Ich werde kommen«, hatte Gesine gesagt und das Portemonnaie gezückt.

Vielleicht sollte sie Josef überreden, auch an dem Basar teilzunehmen? Die Kinder würden sich freuen, und Josef könnte es sanft ins praktische Leben holen.

Wenig später wartete Gesine im Wohnwagen auf Marina Olbert. Die Ermittlerin hatte darum gebeten, sie unter vier Augen zu sprechen, und das ließ endlich eine Entwicklung erhoffen. Erste Ermittlungsergebnisse zum Beispiel. Wer war die Leiche und woher stammte das Baby? Statistisch gesehen lief die Polizei am dritten Tag nach einer Tat zur Hochform auf.

Gesine stellte Teetassen bereit, da schob die Ermittlerin schon ihr Rennrad über die Bauernhofwiese. Knallrote Satteltaschen, ein blauweißer Helm und ein Lenker, der im Regen glänzte.

»Ein erfrischender Tag«, rief sie und lehnte das Rad an den Apfelbaum. »Aber ich kann unmöglich zu Ihnen in den Wohnwagen kommen, nass, wie ich bin.«

»Wirke ich so empfindlich?« Gesine rückte im Eingang zur Seite.

Die Olbert lachte und zog sich die Schuhe aus. Futuristische Gebilde, in denen die Socken trocken geblieben waren. Sie schälte sich auch aus dem Regenoverall und rollte ihn zusammen, als ob sie viel Zeit mitgebracht hätte.

»Manchmal halte ich es im Büro nicht mehr aus und brauche einen klaren Kopf.«

»Das klingt nach turbulenten Ermittlungen.«

»Ach nein, Frau Cordes, verklären Sie das nicht.«

Gesine drehte die Heizung höher. Dann suchte sie ein Handtuch und eine Strickjacke heraus, die Marina Olbert sich dankbar um die Schultern legte, während sie sich umsah.

»Wie gemütlich Sie es in Ihrem Wagen haben«, sagte sie.

»Danke. Möchten Sie einen Tee?«

Die Ermittlerin nickte und tupfte ihre Haare ab, um sie zu trocknen.

»Ihre Fotos von der Limousine waren übrigens sehr amüsant«, sagte sie.

»Wie meinen Sie das?«

»Wir von der Kripo nehmen den Vorfall zur Kenntnis, aber wir lassen uns dadurch nicht aus dem Konzept bringen.«

»Heißt das, Sie haben den Halter nicht ermittelt?«

»Ich habe natürlich einen Kollegen darangesetzt, zu Ihrer Sicherheit.« Sie legte das Handtuch zusammen und ließ sich in der Polsterecke nieder. »Die Kollegen murren allerdings, weil Sie ihnen ein wenig auf den Schlips getreten sind, Frau Cordes.«

»Ich?«

»Entschuldigen Sie, aber haben Sie während der Ermittlungen auf dem Friedhof versucht, in das Pförtnerhaus einzudringen?«

»Nein.« Gesine lachte verblüfft. »Ich habe den Beamten vor Ort gefragt, ob ich in die Loge schauen darf, aber als er es mir untersagt hat, habe ich mich daran gehalten.«

»Haben Sie eine Papiertüte aufgehoben, anstatt sie der Spurensicherung zu überlassen? Und haben Sie sich im Betriebshof wegen einer Pfütze auf dem Boden gestritten?«

»Die Tüte war am Wegesrand übersehen worden, und im Betriebshof ging es um Spuren, die Ihre Kollegen zertreten wollten.«

»Es stimmt also, was mein Team mir erzählt.«

Gesine merkte, dass ihre Schultern sich versteiften. »Ich wollte nur behilflich sein.«

Marina Olbert ließ sich Zeit, bevor sie weitersprach.

»In gewisser Weise kann ich Sie verstehen. Es juckt Sie in den Fingern, eigene Ermittlungen anzustellen. Immerhin waren Sie involviert, als das Findelkind auftauchte.«

»Ich bin bei allem involviert, was mit dem Friedhof zu tun hat.«

»Aber Sie waren auch im Krankenhaus. Sehr weit vom Friedhof entfernt.«

»Ja und?«

»Sie haben sich nach dem Ergebnis der Behördenabfrage erkundigt.«

»Ich habe ein Gespräch mit dem Arzt geführt!«

Verärgert goss Gesine das kochende Wasser in die Teekanne. Musste sie sich in ihrem eigenen Wohnwagen Vorwürfe anhören?

Die Olbert legte die Handflächen aneinander. »Sie sollten Distanz wahren, dringend, auch um sich selbst zu schützen. Das Getratsche hat ja schon wieder angefangen.«

»Welches Getratsche?«

»Wir haben den Verlauf des Morgens rekonstruiert, an dem Sie das Findelkind entdeckt haben. Die Kollegen haben die Wege erfasst, über die Sie gegangen sind, und es ist aufgefallen, dass Sie zwar die Geräusche des Täters verfolgt haben, aber in gleichmäßigem Abstand zu Feld A geblieben sind.«

»Feld A?« Gesine ballte die Hände. »Was hätte ich dort zu suchen gehabt?«

»Es ist unter den Kollegen bekannt, dass Sie das Feld der Kindergräber nicht gern betreten. Aber was wäre, wenn der Täter ebenfalls davon wusste und sich darum ausgerechnet dort vor Ihnen versteckte?«

Die Hitze kroch Gesines Hals hoch. »Gibt es ein Indiz dafür?«

»Nein. Aber verstehen Sie nicht, was sich aufschaukelt? Sie streiten sich mit der Polizei und möchten Schwächen in der Ermittlungsarbeit aufdecken. Die Polizei reagiert gekränkt und beginnt, Sie als Zeugin in Frage zu stellen. Man jubelt Ihnen unter, einen Fehler nach dem anderen begangen zu haben.«

»Die Polizei ist gekränkt? Da muss ich ja lachen.«

Es wurde draußen ein wenig heller über der Wiese. Das Nieseln hatte nachgelassen, ein Fischreiher landete und legte die Flügel an. Gesine drückte eine Faust auf den Magen, um sich zu beherrschen.

»Der Täter kannte mich nicht und er hat auf dem Friedhof auch nicht zielgerichtet gehandelt, Frau Olbert. Er war unsicher und scheu. Die Theorie Ihrer Kollegen ist reine Zeitverschwendung.«

»Gut. Das wollte ich hören.«

»Tatsächlich?«

»Aber ja. Ich zähle auf Sie, Frau Cordes. Egal, was geredet wird.«

10

Als Gesine später zum Friedhof fuhr, war der Asphalt fast schon getrocknet. Die Wolken klumpten noch immer zusammen, aber seit Stunden hielten sie dicht, so als ob sie nach dem Nieselregen etwas Größeres planten.

Sie fuhr schnell und sah mit ihren Arbeitsstiefeln und der Winterjacke der Gärtnerei aus, als wolle sie zum Dienst erscheinen. Vielleicht eine Provokation, denn der zweite Tag ihrer Freistellung war noch nicht vorüber.

Am Friedhofstor staunte sie. Die Flatterbänder waren verändert, zum Teil sogar abgehängt worden. Nur noch der Bereich der Bushaltestelle war umspannt, die Einfahrt und das angrenzende Gebiet waren schon wieder freigegeben worden. Und auch von den Journalisten, vor denen der Chef sie gewarnt hatte, war niemand zu sehen. So schnell ging alles vorbei, außer für die Opfer und die Täter.

Sie parkte wie immer vor der Kapelle und betrat den kleinen, sandigen Pfad, über den sie auch an dem fraglichen Morgen gelaufen war. Sie erinnerte sich, ein wenig befangen gewesen zu sein. Die Geräusche waren ihr nicht eindeutig erschienen, so dass sie befürchtete, ihre Sinne könnten ihr einen Streich spielen.

Nicht eine Sekunde lang hatte sie an die Kindergräber gedacht oder daran, dass sie Feld A nicht betreten mochte, man konnte ihr das wirklich nicht vorwerfen. Außerdem war das Knacken und Wimmern ausschließlich hier im Gebüsch zu hören gewesen, und sobald sie sich näherte, hatte es sich zur Kapelle verzogen.

Sie fasste sich dennoch ein Herz und folgte dem Weg weiter geradeaus, auf die Kindergräber zu. Sie wollte einschätzen, ob es überhaupt denkbar war, dass ein Täter, der ein Baby loswerden wollte, sich in diesem Abschnitt des Friedhofs versteckte.

Bald sah sie den alten Fußball, der an einem Kreuz hing. Eine Barbiepuppe mit Laub im Haar. Einen Engel und einen bemoosten Grabstein, unter dem die Erde weggesackt war. Sie blieb stehen. Noch zwei Abbiegungen weiter lag ihr eigenes Kind. Aber es tropfte und knisterte in den Büschen. Am Brunnen wand sich Efeu wie ein Nest aus dunklen Schlangen, und das Geäst der Bäume griff klagend in den Himmel. Einen Schutz gab es nirgends. Sondern nur Wut und Verlust.

Kein gutes Rückzugsgebiet. Für niemanden.

Oder doch? Vielleicht ließ nur sie sich so leicht beeindrucken? Es schien ihr nämlich, als sei schon wieder ein Schatten hinter die Ecke gehuscht, und als sie genauer hinsah, kam es ihr vor, als spürte sie Blicke von hinten. Sie drehte sich entschlossen um und schlug den Kragen ihrer Jacke hoch. Ein feiner, spitzer Wind war aufgekommen und hatte die Natur in Bewegung versetzt.

Dann trat sie den Rückweg an. Vielleicht ging ihr die Situation tatsächlich zu nah. Vielleicht klammerte sie sich an ihre Ideale und konnte sie sich nicht gut genug in jemanden hineindenken, der ein Kind aussetzte. In diesem Fall sollte sie sich zurücknehmen und aufhören, über die Ermittlungen zu grübeln. Oder sie sollte mehr Wert darauf legen, an harte Fakten zu gelangen.

Sie bog auf den Sandweg ein, zurück zur Kapelle, da hörte sie schnelle, schwere Schritte von vorn. Jemand kam ihr entgegen, war noch hinter der Kurve verborgen, aber sie spürte schon wieder den Impuls, sich zu verstecken.

Eine dornige Ranke verhakte sich in ihrer Hose. Umständlich musste sie sich befreien, und schon tauchte ein Mann auf. Er blieb wie angewurzelt stehen, noch meterweit von ihr entfernt und von Sträuchern und Bäumen ins Zwielicht geschlagen, aber sie erkannte ihn trotzdem: groß, breite Schultern und wehendes Haar.

Mit einem Schreckenslaut stieß sie die Hände nach vorn.

Er sagte nur: »Du.«

Er, der am Betriebshof den Eingang verdunkelt hatte. Ein Profi. Die kräftige Statur, sein Verhalten, bekannt. Und trotzdem wäre sie nie darauf gekommen, dass er derjenige war.

Sie wirbelte um ihre Achse und lief los.

»Gesine!«

Aber sie lief, sie rannte wie um ihr Leben in einem Reflex, den sie nicht kontrollieren konnte. Eine rutschige Kurve nach links, an der Picknickbank vorbei, die losen Steinchen spritzten weg, weiter übers Feld, und dann?

»Gesine, bitte!«

Bitte, bitte nicht, dass er ihr so leicht hinterherkam! Größer und wahrscheinlich immer noch trainierter als sie. Ein Gegner, ein Angreifer. Der sich seit Tagen auf dem Friedhof versteckte?

Wild rang sie nach Luft, aber er schloss schon zu ihr auf und rief immer wieder ihren Namen. Und seine Schritte wurden noch länger.

Was wollte er denn?

Er sah sie von der Seite an, blieb auf ihrer Höhe, lief mühelos mit, sosehr sie auch kämpfte, und er hätte ihr nicht besser klarmachen können, dass ihr Rennen aussichtslos war.

Am Ende stützte sie sich auf die Oberschenkel und keuchte. Auch er bückte sich, die halblangen fahlblonden Haare wippten. Fünftagebart, grüne, helle Augen. Die silberne Kette fast aus dem Hemd gerutscht.

»Wie schön, dich zu sehen«, flüsterte er außer Atem.

Sie krallte sich in den Stoff ihrer Hosenbeine und schwankte. Der Boden wippte und die Bäume fuhren im Kreis herum.

»Geht es dir gut, Gesine?«

Er streckte einen Arm aus, um sie zu stützen oder einfach zu berühren, das Bild war unklar, sie schlug es weg.

»Mach dich nicht lächerlich, Klaus«, sagte sie schneidend und hell, und es waren die ersten Worte, die sie an ihn richtete.

Die ersten Worte seit sieben Jahren, seit dem Tag ihrer Scheidung.

11

Als Kripobeamtin wird man vor allem reich an Erfahrung, aber Marina Olbert erlebte an diesem Tag trotzdem etwas Neues. Sie fuhr im Auto eines Bestattungsinstituts mit, zwar nicht im Sargwagen, aber immerhin im offiziellen Geschäfts-SUV mit strahlenden silberfarbenen Logos auf dem Lack.

Ursprünglich hatte sie sich erschreckt, als der Wagen vor ihr auf dem Radweg hielt, wo sie im gefütterten Winter-Suit gegen den eisigen Novemberwind kämpfte. Aber dann zeigte sich Hannes van Deest im Seitenfenster, und sie ließ sich gern überreden, auf den Beifahrersitz zu steigen. Er legte die Rückbank um, lud das Rennrad ein, und – kaum zu glauben – er wickelte eine Decke um den teuren Rahmen, um ihn vor Kratzern zu schützen.

Sie hatten beide dasselbe Fahrtziel, die Wohnung des Pförtners Gerhard Strothmann. Die Spurensicherung war endlich fertig geworden, und Hannes van Deest sollte vor Ort als Zeuge befragt werden. Marina hatte den Termin persönlich übernommen, weil sie sich kein Detail entgehen lassen wollte, das auf einen Zusammenhang zwischen dem Friedhofsmord und dem brutalen Angriff auf den Pförtner hinweisen könnte.

Wie sie wusste, sah es im Flur der Wohnung noch schlimm aus. Natürlich. Blut war umhergespritzt wie Saft aus einem Granatapfel, aber Hannes van Deest als Bestatter würde die Begehung verkraften.

Er war nett. Nicht nur, weil er sie im Auto mitnahm, sondern er lächelte auch immer wieder zu ihr herüber. Zum einen mochte das mit ihrem Outfit zusammenhängen, das hervorragend am Körper saß, zum anderen aber auch damit, dass sie sich nicht ganz fremd waren. Denn der Sommer hatte Verbindungen geschaffen, die nachwirkten, und außerdem lagen sie von Berufs wegen auf einer gemeinsamen Wellenlänge, beide mussten ständig mit verzweifelten Menschen umgehen. Zuversicht verbreiten, aufgeschlossen sein fürs Leben, trotz bedauernswerter Gegebenheiten.

Sie öffnete den Reißverschluss vor ihrer Brust. Die Scheibe der Beifahrertür beschlug bereits. Der Anzug war nicht fürs Herumsitzen gemacht.

Hannes van Deest drehte das Gebläse hoch. »Ich kann auch anhalten, wenn Sie sich erst umziehen wollen, Frau Olbert.«

»Nicht nötig, das mache ich später vor Ort.«

Sie lugte in das Seitenfach der Tür. Interessante Zeitschriften klemmten dort. *Friedhofskultur, Bestattungskultur, Eternity.* Blumen im Weichzeichner auf der Titelseite, ein Sarg, das Meer und Möwen.

»Ist es wahr?« Sie nahm einen Flyer zur Hand. »Es gibt bei Ihnen eine Wahl zur Miss Abschied?«

Er lachte. »Sie dürfen nur teilnehmen, wenn Sie aus der Branche kommen.«

Er zwinkerte ihr tatsächlich zu, und sie schenkte ihm einen Lidschlag nach Art der Frau, aber in ihrem Innern wappnete sie sich. Die sportliche Erscheinung, sein hübsches Gesicht, und dann war er auch noch in Karamelltöne gekleidet, die mit der Farbe seiner Augen korrespondierten. Gefahr erkannt, Gefahr gebannt.

Sie steckte den Flyer zurück in die Seitentasche und schlug die Beine übereinander. »Haben Sie den Pförtner, Gerhard Strothmann, eigentlich öfter zu Hause besucht, Herr van Deest?«

»Nein. Wir sehen uns normalerweise auf dem Friedhof und unterhalten uns dort.«

»Aber am Tag des Überfalls kannten Sie seine Adresse.«

»Vor Jahren waren Gesine und ich einmal bei ihm zum Essen eingeladen.«

»Mir fällt auf, dass Sie die Strecke ohne Navi fahren.«

»Sie sollten sich eher wundern, wenn es anders wäre, Frau Olbert. Durch meinen Job kenne ich die Stadt so gut, als würde ich Briefe austragen.«

»Und die Ehefrau des Pförtners ist Ihnen ebenfalls bekannt?«

»Ja. Hat die Zeugenbefragung schon begonnen?«

»Vielleicht wissen Sie, dass ich mit Herrn Strothmann vor dem Überfall noch am Telefon gesprochen habe. Er hat mir erzählt, er sei nicht zur Arbeit erschienen, weil seine Frau krank sei. Dabei war sie in Wahrheit bloß verreist. Was meinen Sie, warum er mich angelogen hat?«

Hannes runzelte die Stirn. Über seinen Brauen bildeten sich Grübchen. »Er konnte nicht anders. Aus irgendeinem Grund.«

»Sie meinen, er wurde unter Druck gesetzt?«

»Was denn sonst? Er hätte es auf keinen Fall freiwillig getan.«

»Und wie sind Sie darauf gekommen, seiner Geschichte zu misstrauen und überraschend zu ihm nach Hause zu fahren?«

»Also doch eine Befragung, Frau Olbert? Oder vermuten Sie bei mir ebenfalls eine Lüge?«

Er zwinkerte ihr schon wieder zu. Sie lächelte.

»Ich recherchiere bloß vorab. Das ist Routine.«

»Also gut. Es war so, dass Gesine Cordes sich Sorgen gemacht hat. Gerhard Strothmann hätte ihr normalerweise Bescheid gesagt, dass er nicht auf den Friedhof kommt und dass sie es übernehmen soll, die Nebeneingänge aufzuschließen. Aber er hatte sich nicht bei ihr gemeldet.«

»Also sind Sie nur zu ihm gefahren, um Frau Cordes zu beruhigen?«

»Spielt das eine Rolle?«

Eine facettenreiche Frage, auf die man vielleicht später zurückkommen musste, doch für den Moment hatte Marina genug gehört. Und Hannes van Deest schien ausreichend aufgeschreckt zu sein.

Sie bogen in die verkehrsberuhigte Zone ein und das Rennrad vibrierte im Kofferraum, als sie über das Buckelpflaster rollten. Marina wischte die Seitenscheibe frei. Eine Bäckerei warb auf gelben Schildern für Christstollen, und an der Ecke standen Jugendliche und rauchten.

»Ich persönlich habe das Ehepaar Strothmann bisher

nur kurz im Krankenhaus kennengelernt«, sagte sie und lehnte sich an die Kopfstütze. »Er schlief ganz ruhig, wegen der Medikamente, und seine Frau saß am Bett und streichelte seine Hand. Der Arzt konnte mir keine Vernehmung in Aussicht stellen.«

Van Deest nickte. »Ich kann Ihnen versichern, dass der Pförtner ein friedlicher, höchstens sehr penibler Mann ist. Dass er Sie angelogen hat, muss drastische Gründe haben, Frau Olbert.«

»Seine Frau war drauf und dran, sich bei mir zu entschuldigen.«

»Sehen Sie!«

»Nichts sehe ich.« Nur, dass es ihr vor der alten Dame im Krankenhaus die Stimme verschlagen hatte. »Aber ich kann nachvollziehen, dass Sie die beiden mögen, Herr van Deest. Ich bitte Sie trotzdem, mir alles zu sagen, was Sie in dieser Wohnung erlebt haben.«

»Selbstverständlich. Warum sollte ich nicht?«

Die Lache Blut auf dem Boden war eingetrocknet. Der Teppichläufer aus Wolle hatte sich dagegen vollgesogen und war noch feucht. Verwischte Spuren auf den Fliesen daneben. Helle Abdrücke, wo jemand beim Opfer gekniet hatte, zuerst Hannes van Deest, dann der Notarzt und seine medizinischen Helfer.

Marina registrierte die roten Spritzer an der Wand, an der Tür und an der Garderobe. Außerdem das dunkle Pulver der Kriminaltechniker. Alles wie erwartet, eindrucksvoll und verstörend.

»Herrje«, sagte sie und behielt van Deest im Auge.

110

»Wann kann ich das wegwischen?«, fragte er nüchtern.

»Haben Sie denn einen Auftrag dazu?«

»Nein. Aber die Ehefrau wird sicher bald nach Hause wollen, und allein der Gestank wird ihr den nächsten Schock versetzen.«

»Wir sollten die Fenster trotzdem nicht öffnen. Die Insekten. Selbst im November.«

Natürlich wusste er über diese Dinge Bescheid. Auf seiner Stirn bildeten sich bloß wieder die Grübchen, ansonsten blieb er ruhig.

Sie dirigierte ihn zurück zum Eingang. »Sie haben zu Protokoll gegeben, dass die Tür nicht richtig im Schloss saß, als Sie hier ankamen. Bitte führen Sie das vor.«

»Ich habe geklingelt und geklopft.«

»Keine Sorge, Sie werden nicht des Einbruchs verdächtigt. Unsere Techniker haben bestätigt, dass das Türblatt geklemmt hat.«

»Gut. Ich habe geklingelt und geklopft und dann dagegengedrückt. Der Pförtner lag auf dem Fußboden. Ich habe ihn erst gar nicht erkannt.«

»Hat er sich bewegt?«

»Nein.« Er steckte die Hände in die Hosentaschen, die Nüchternheit verflog. »Aber ich habe nach seinem Puls gefühlt.«

»Was hat er zu Ihnen gesagt?«

»Nichts.«

»Sind Sie sicher?«

»Wie sollte er sprechen? Er hat überhaupt nicht mehr reagiert.«

Marina nickte und ließ ihm Zeit, sich zu erinnern. Wie

er beide Hände auf die Wunden des Opfers gedrückt hatte. Voller Angst, er könne die Blutung nicht stoppen. Die Nachbarn hatten ausgesagt, er habe um Hilfe geschrien, nur habe es zunächst niemand im Haus verstanden.

»Sie haben neben Herrn Strothmann gekniet, sich über ihn gebeugt und außer ihrer eigenen Stimme nichts gehört?«, fragte sie noch einmal nach.

»Worauf wollen Sie eigentlich hinaus, Frau Olbert?«

»Es hat gepiept.«

»Wie bitte?«

Sie brachte sich neben der Lache und dem feuchten Teppich in Stellung. »So ist es gewesen.« Pantomimisch führte sie einen Hieb auf ihren eigenen Kopf aus. »Der Täter hat das Opfer niedergeschlagen. Anschließend rammte er ihm ein Messer in den Bauch. Es gab ein kurzes Gerangel, das zeigen die Spritzer an der Wand. Dann hat der Täter einen letzten Stich in die Brust ausgeführt, der normalerweise tödlich gewesen wäre.«

»Es klingt schrecklich.«

»Das Opfer aber trug ein Implantat in der Brust, einen sogenannten Guardian, der das Herz überwacht. Es handelt sich um ein festes Kästchen, das den Stoß der Messerklinge abgefangen hat.«

»Das glaube ich nicht!«

»Dann gab der Guardian einen Signalton ab, wie immer, wenn er eine Störung misst.« Sie imitierte das Geräusch. »Der Täter musste sich fragen, woher das Piepen kam. Von einer Alarmanlage? Er ließ vom Opfer ab und floh aus der Wohnung.«

Van Deest starrte sie an. »Sind Sie sicher?«

»Unser Pathologe ist ein Meister auf seinem Gebiet. Außerdem erklärt sich mit dem Piepen, warum der Täter es so eilig hatte, dass er die Tür nur halb ins Schloss zog.«

Der Bestatter betrachtete den Flur, als sähe er ihn zum ersten Mal. Marina trat zur Seite. Sie hatte eine wichtige Phase in der Befragung erreicht. Der Zeuge rang mit den Informationen, Bilder kamen hoch, vielleicht auch neue Details.

»Was das Piepen angeht, Frau Olbert«, seine Stimme war belegt. »Als ich in die Wohnung kam, habe ich ganz bestimmt nichts davon gehört.«

»Gut, dann war wohl schon zu viel Zeit vergangen und die Batterie war leer.«

»Und Herr Strothmann hat auch nicht mit mir gesprochen.«

»Er hat nicht etwa gesagt, dass Sie zu Gesine Cordes auf den Friedhof fahren sollen, weil sie ebenfalls bedroht wird?«

»Nein!«

»Aber Sie sind so schnell wie möglich zu ihr gefahren, und wie es der Zufall will, wurde sie am Betriebshof tatsächlich von einem Unbekannten bedrängt.«

»Ja eben, das war ein Zufall! Oder vielleicht ein Instinkt von mir.«

»Ich würde Ihnen das gern glauben. Aber dieses Zusammentreffen ist spektakulär.«

»Ach, Sie können mich mal!«

Sie nickte, demonstrativ zufrieden, damit er sich beruhigen konnte. Alles war gut, er schien die Wahrheit zu sagen.

»Das Ganze ist doch aberwitzig.« Er strebte dem Ende des Flurs zu. »Ein friedlicher Friedhofspförtner erscheint nicht zur Arbeit, belügt die Polizei am Telefon und wird um ein Haar erstochen. Alles ohne ersichtlichen Grund.«

»Nicht wahr?« Sie ging ihm nach. »Uns fehlt der logische Schlüssel.«

Schon standen sie im Wohnzimmer. Die Luft war hier ein wenig besser, Marina schloss die Tür zum Flur, während Hannes van Deest ans Fenster trat. Die Rollläden hingen halb herunter, von draußen fiel das Tageslicht in Streifen auf die gemusterten Möbel. Ein Fernsehsessel, ein Sofa mit hoher Lehne, Deckchen auf dem Tisch.

Die Nachbarn hatten das Ehepaar Strothmann als ruhig beschrieben. Freundlich, ordentlich, das Übliche. Man hatte so unauffällig gelebt, dass die Hausbewohner, als sie endlich aufgescheucht durch die Hilferufe im Eingang der Wohnung erschienen, Schwierigkeiten hatten, die Situation zu erfassen. Der sittsame Gerhard Strohmann leblos auf dem Teppich aus Wolle. Hannes van Deest, den sie nicht kannten, der ihm aber ein Handtuch auf die Brust presste und ihn anflehte, am Leben zu bleiben.

»Wie wahrscheinlich ist es, dass derjenige, der den Pförtner umbringen wollte, etwas mit dem Friedhofsmord und dem Findelkind zu tun hat?«, fragte van Deest jetzt.

»Darauf kann ich leider keine Antwort geben«, sagte Marina.

»Aber Sie halten es für möglich, dass er Gesine aufsucht.«

»Nein. Nicht unbedingt.«

Er zog am Rollladengurt und ließ mehr Licht in den

Raum. Die Pflanzen auf der Fensterbank hatten einige Blüten verloren. Er klaubte sie auf und legte sie in die Töpfe zurück.

»Kannten Sie eigentlich Lucy Daubner von der Bushaltestelle am Friedhof?«, fragte Marina in die Stille.

Er drehte sich um. »Lucy? Von damals, vor ein paar Jahren?«

»Richtig, früher hieß sie ja noch nicht Daubner.«

»Wie kommen Sie jetzt auf Lucy? Wegen der Leiche, die an der Haltestelle lag?«

»Also: Wie gut kannten Sie sie?«

»Wir haben uns manchmal unterhalten. Wir haben auch manchmal in der Pförtnerloge eine Tasse Tee getrunken. Aber ich verstehe nicht?«

»War Herr Strothmann ein Kunde von Lucy?«

»Woher soll ich das wissen?« Er kam näher. »Und selbst wenn er bei ihr war, was sollte das zu bedeuten haben?«

Marina wiegte den Kopf. »Ich frage nur.« Dann wandte sie sich ab.

Das Licht fiel auf einen kleinen Tisch an der Wand. Eine Häkeldecke lag auf dem Furnier, gerahmte Fotos waren aufgestellt: eine Hochzeit in Weiß, offenbar sehr lange her. Urlaub am Meer. Spaziergang Hand in Hand. Ein Cabrio, eine Fahrt auf dem Tandem. Schließlich in cremefarbener Seide die Silberhochzeit, wie man an der Zahl 25 erkannte, die im Präsentkorb steckte. Keine Kinder, keine Enkel.

»Wissen Sie, wo Gerhard Strothmann zuletzt Urlaub gemacht hat?« Sie tippte auf das Bild vom Meer. »In Osteuropa vielleicht?«

»Nein. Wenn überhaupt, war er in Italien.«

»Darüber sind Sie genau informiert?«

»Er hat mir meistens eine Flasche Wein mitgebracht.«
Sie wandte sich um. »Tatsächlich?«

»Er ist ein netter, harmloser Mann, Frau Olbert.«

»Und er versteht etwas von Wein?«

»Es waren keine kostbaren Flaschen, vermute ich, aber ich habe kaum etwas davon getrunken, ich mag lieber Bier.«

»Wenn Sie noch eine seiner Flaschen zu Hause hätten, würde mich das freuen.«

»Wollen Sie ihm irgendetwas Merkwürdiges anhängen?«

»Ich hänge nicht an, ich ermittle, Herr van Deest.«

Denn wenn der Pförtner ein Weinkenner war, kannte er vielleicht die Weinhandlung Daubner. Und wenn er die Weinhandlung Daubner kannte, existierte eine Verbindung zu ihm, die über Lucy lief. Diese Idee war Marina ganz spontan in den Sinn gekommen. War das nicht ein Grund, stolz zu sein?

12

Klaus war unrasiert, seine Haut war blass. Er sah aus, als habe er lange nicht mehr geschlafen. Die Jacke triefte an Schultern und Rücken, die Schuhe waren schlammbespritzt. Er musste schon seit Stunden durchs feuchte Friedhofsgebüsch gekrochen sein, bevor er Gesine auf dem Sandweg entgegengelaufen war. Vielleicht war er auch am Vormittag, als es noch geregnet hatte, draußen gewesen. Aber Kälte und schlechtes Wetter hatten Klaus Cordes ja noch nie etwas ausgemacht.

Und er schwieg. Er erklärte Gesine nichts. Er ging einfach neben ihr her, und es schnürte ihr zunehmend die Brust zusammen.

Auf was musste sie gefasst sein? Er war doch nicht zufällig aufgetaucht, nein, ganz bestimmt nicht. Es gab Gründe. Gründe, die man sich normalerweise erklärte, wenn man sich so unverhofft wiedersah.

Doch er biss sich auf die Lippen. Und sie musste sich fragen, ob jedes Knacken, das sie in letzter Zeit in den Sträuchern gehört hatte, jedes ungute Gefühl, auf sein Konto ging.

Hatte er sich wirklich auf dem Friedhof versteckt? Vor wem? Vor der Polizei, und sollte sie ihn das fragen?

Nein. Sie sollte erst einmal den sicheren Pick-up erreichen.

Sie versuchte, sich zusammenzunehmen. Die Arme locker schwingen zu lassen und den Kopf oben zu halten. Vorhin, als sie planlos weggerannt war, hatte sie sich etwas eingebrockt. Sie hatte sich viel zu weit vom Vorplatz der Kapelle entfernt, anstatt sich in Sicherheit zu bringen, und jetzt würde es Ewigkeiten dauern, die Strecke zurückzugehen. Neben ihm, im andauernden Schweigen.

Klaus Cordes, mit dem sie einmal das kleine gelbe Haus bewohnt und die Küchenstühle lackiert hatte. Mit dem sie Rasen gemäht und Kontoauszüge durchgesehen hatte. Mit dem sie jahrelang ins Präsidium zur Arbeit fuhr. Ein Kind bekam. Es zu Grabe trug. Die Scheidung über sich ergehen ließ.

Und jetzt? Wer war er geworden? Was wollte er von ihr, sieben Jahre später?

Er nahm sie ins Visier, das spürte sie, ohne genauer hinzusehen. Von Kopf bis Fuß musterte er sie. Er blieb an ihrem Gesicht hängen, lange, sie hörte, wie sein Atem ging.

»Tut mir leid, dass ich dich erschreckt habe«, sagte er plötzlich ruhig.

Sie guckte weiter nach vorn. »Du hast mich überrascht. Das trifft es besser.«

»Gehst du jetzt zum Auto zurück, um wegzufahren?«

Sie schnaubte. »Und du? Bist du nicht mehr bei der Kripo?«

Er zögerte. »Doch, allerdings bei einer europäischen Mission in Georgien.«

»Ziemlich weit weg von hier.«

»3700 Kilometer. Ich bin in Tiflis stationiert.«

»Also, was machst du dann hier?«

»Ich habe Urlaub.«

Seine Stimme war rau und dunkel und raspelte sich in ihr Ohr. Eine schäbige Erinnerung.

»Du hättest Bescheid geben können, dass du kommst«, sagte sie.

»Eigentlich«, er setzte mehrmals an, »eigentlich wollte ich nur Philipps Grab besuchen.«

Falsch. Das falsche Thema. Die Haare an ihren Armen stellten sich auf. Aber der Weg war nicht mehr weit, nur noch am Brunnen und am Mahnmal für die Soldaten vorbei, dann würden sie die schmalen Pfade verlassen und auf den Asphalt gelangen.

»Gesine.« Er versuchte, ihre Hand zu berühren. »Ich hätte schon früher Kontakt zu dir aufgenommen, aber ich wusste nicht, ob du mich überhaupt treffen willst.«

»Auf eine höfliche Frage hättest du eine höfliche Antwort bekommen.«

»Verstehst du denn nicht? Ich bin zum Zeugen von Verbrechen geworden.«

»Zum was? Wie redest du denn?«

Ihre Stimme schnitt durch die Luft, obwohl sie genau das hatte vermeiden wollen. Und schon stellte Klaus sich ihr in den Weg und hielt sie fest.

»Ich bin von der Situation überrascht worden. Ich wusste nicht, dass du hier arbeitest, Gesine.«

Egal. Dass er sich nie gefragt hatte, was aus ihr geworden war. Dass er in der langen Zeit, die er in der Ferne zubrachte, keine Kontakte spielen ließ, um sich über sie zu informieren.

»Ich möchte weitergehen. Und über die Verbrechen reden wir besser in Anwesenheit der ermittelnden Beamten.«

Aber schon empfing sie seinen grünen Blick. Die Wimpern, so dicht wie ein Lidstrich, die Iris makellos und das Weiß immer noch wie ein Laken auf der Leine.

Sie drängte sich an ihm vorbei. Er folgte ihr.

»Hast du Angst vor mir?«, wollte er wissen.

»Natürlich nicht.«

»Dann hör mir zu. An dem Morgen, an dem du das Baby gefunden hast, war ich hier. Ich wollte zum Grab unseres Sohnes, aber ich wusste nicht, wann der Friedhof öffnet.«

»Also bist du wirklich schon seit Tagen da?«

»Ich wollte an der Bushaltestelle warten, bis jemand das Tor aufschließt. Aber was finde ich im Unterstand auf der Bank?«

Die Leiche.

Sie ballte die Hände: »Komisch, mir hat niemand erzählt, dass du ein Zeuge bist.«

»Ich wollte den Notruf wählen. Ich stand neben der Leiche und hatte das Telefon schon in der Hand, aber dann habe ich gesehen, wie jemand über die Mauer auf den Friedhof klettert. Wahrscheinlich der Täter, dachte ich, und wollte ihm nachsetzen, und da fuhr ein Pick-up um die Ecke.«

Sie stieß die Luft aus. Das konnte doch alles nicht wahr sein!

»Denk an den Nebel, Gesine!«, rief er. »Und denk daran, dass es für mich ein völlig unbekannter Pick-up war. Eine Person stieg aus, schloss das Tor auf, ging zum Pförtnerhaus, und erst dann habe ich dich erkannt. Dich in einer Gärtnermontur!«

»Du hast dich nicht bemerkbar gemacht, Klaus.«

»Ich konnte doch den Täter, den ich gerade erst auf der Mauer gesehen hatte, nicht auf uns aufmerksam machen. Außerdem bist du mit dem Pick-up weitergefahren, ich kam so schnell nicht hinterher. Aber wozu bin ich Polizist? Ich habe mich durchs Gebüsch geschlagen und wollte den Täter überraschen.«

»Warst du bewaffnet?«

Er ließ die Frage in der Luft hängen. Aber er passte seinen Gang plötzlich an ihren an, so dass sie im Gleichschritt über den Weg marschierten. Es war unerträglich.

»Der Fehler passierte oben an der Kapelle.« Er warf die Haare zurück. »Ich merkte, dass du den Täter selbst gehört hattest. Ich griff nicht ein, um dich nicht mit meiner Anwesenheit zu verwirren. Und dann ging alles durcheinander. Das Babygeschrei, du mit dem Kind auf dem Arm, und der Täter lief weg.«

Schneller. Gesine konnte den Pick-up sehen, schwarz und glänzend hinter den kahlen Sträuchern. Sie fingerte in der Jackentasche nach dem Schlüssel.

»Es ist schrecklich, dass ich dich mit dem Baby habe stehen lassen«, sagte Klaus. »Ich bin weiter über den Friedhof geschlichen, dem Täter hinterher. Ich konnte nicht ahnen, dass du solche Probleme kriegen würdest, und die Leiche musste ich auch nicht mehr melden, weil inzwischen der Frühbus gekommen war.«

Sie öffnete den Pick-up, stieg auf den Sitz und wollte die Autotür zuziehen, aber er stellte sich dazwischen.

»Okay, ich habe an diesem Morgen nicht nur einen, sondern mehrere Fehler gemacht«, sagte er. »Aber wichtig ist, dass wir beide uns jetzt austauschen.«

Sie steckte den Schlüssel ins Zündschloss. »Und am Betriebshof, am selben Nachmittag?«

»Es tut mir so leid. Ich wusste nicht, dass du diejenige warst, die im Gebäude stand. Ich habe es erst begriffen, als du mich durch die Tannen verfolgt hast.«

Sie schüttelte den Kopf. »Mir klingt das zu glatt.«

Er trat zurück, sie riss die Tür ins Schloss und verriegelte sie. Sekundenlang sahen sie sich durch die Scheibe an. Er bat um nichts, natürlich nicht.

Sie wendete den Wagen, sah ihn noch einmal im Rückspiegel auftauchen, und da meinte sie auf einmal, an allem Ungesagten ersticken zu müssen. Ohne zu überlegen, setzte sie zurück und ließ die Scheibe halb herunter.

»Warum, Klaus?«, rief sie. »Warum hast du sieben Jahre lang geschwiegen? Und warum versteckst du dich zweieinhalb Tage lang auf meinem Friedhof, bevor du dich zeigst?«

Er hob die Hände. »Ich konnte dich gestern nicht finden. Du bist nicht zur Arbeit erschienen.«

»Und es gab für dich als Top-Polizisten keine Möglichkeit, herauszufinden, wo ich wohne?«

»Doch. Aber gerade weil ich Polizist bin, musste ich

auf dem Friedhof bleiben und warten, ob der Täter noch einmal zurückkommt. Er wusste nichts von meiner Anwesenheit. Ideale Bedingungen.«

»Blödsinn. Du hast dich vor jedem einzelnen Beamten versteckt, der hier nach Spuren gesucht hat.«

»Gesine, so geht das nicht.«

Er bückte sich zum Fenster. Die silberne Halskette blinkte auf. Immer noch dieselbe Kette wie früher, an deren Ende wohl das Medaillon hing.

»Ich muss so viel erklären«, sagte er. »Und was ist überhaupt mit dir los? Was ist in den vergangenen Jahren mit dir passiert?«

»Nichts, was annähernd so merkwürdig wäre wie dein Verhalten.«

»Ich habe gesehen, dass du vorhin zu den Kindergräbern gegangen bist, aber kurz vor Philipps Grab bist du umgekehrt.«

»Das hat dich gewundert?«

»Nein. Du machst einen Bogen um Philipp, so wie früher. Aber ich frage mich, warum du dann ausgerechnet als Friedhofsgärtnerin arbeiten musst.«

Sie kniff die Augen zu Schlitzen zusammen. »Nicht jeder braucht 3700 Kilometer Abstand, um zufrieden zu sein.«

»Zufrieden?«

Sein Mund verzog sich. Sie schloss die Scheibe, ohne weiter hinzugucken.

»Warte!« Er klopfte. »Gesine, lass uns noch einmal von vorne reden.«

Sie legte den Gang ein, aber Klaus sprang vor die Kühlerhaube, und als sie auf ihn zurollte, wich er nicht zurück.

»Nimm mich mit!«, rief er.

Dich? Sie schüttelte den Kopf, musste aber notgedrungen bremsen. Er stützte sich schwer auf das Blech und versperrte mit dem Oberkörper die Sicht.

»Bitte fahr mich zum Präsidium. Tu es dem Kind zuliebe.«

»Dem Kind? Bist du verrückt?«

»Dem Kind, das du gefunden hast.«

13

Schade, dass Hannes van Deest so einsilbig geworden war. Beinahe bedrückt. Ihm hing wohl der blutige Tatort nach. Immerhin gab er sich Mühe, den Wein zu finden, den der Pförtner ihm geschenkt hatte.

»Ich dachte, er liegt hier im Regal«, sagte er unter der schummrigen Glühbirne im Keller.

»Wer hat Zugang zu diesem Raum?«, wollte Marina wissen, und für sie war es die selbstverständlichste Frage der Welt.

Van Deest aber zuckte zusammen. »Warum sollte jemand bei mir einbrechen und eine Flasche Wein stehlen?«

»Ein interessanter Punkt«, bestätigte Marina.

Van Deests Kellerabteil sah aus wie bei jedem anderen Junggesellen, den sie kennengelernt hatte. Ein Bretterverschlag, durch ein Vorhängeschloss gesichert, in dem sich alles in einem Durcheinander auftürmte. Ein alter Computer, eine Schallplattensammlung. Fußballschuhe mit Stollen und ein Globus aus Plastik. Verstaubte Boxen, ein Sitzsack. Sogar zwei leere Kästen Bier und davor ein kleines, billiges Weinregal, nur eben leider ohne Flaschen. Dafür lehnte ein Madonnenbild daran, gemalt im Stil einer alten Ikone.

»Aus einem Nachlass«, sagte van Deest, als sie es zur Hand nahm. »Als Bestatter bekommen Sie viel geschenkt.«

Er suchte noch eine Weile herum, dann gab er auf. »Es gibt noch die Möglichkeit, dass eine Flasche in meiner Küche steht. Irgendwo in der Ecke.«

Sie stieg hinter ihm die Treppe zur Wohnung hoch. Er legte ein beachtliches Tempo vor, und das war ihr recht, denn sie hatte sich heute viel zu wenig bewegt. In der fünften Etage öffnete er eine Tür und überließ ihr den Vortritt. Galant, aber er sah ihr inzwischen nicht mehr so gern in die Augen.

Die Wohnung roch nach Apfelsinen, die Dielen mussten mit einem Bio-Öl behandelt worden sein. An der Decke hing Stuck, der echt aussah, und ein Kronleuchter funkelte einladend. Toll, empfangsbereit, das erstaunliche Gegenteil von dem, was Marina nach dem Gerümpel im Keller erwartet hatte.

Van Deest führte sie in die Küche und griff hinter einen Brotkasten. »Tatsächlich. Rotwein, und zwar einer, den Gerhard Strothmann mir geschenkt hat.«

Marina zog sich Einweghandschuhe an, für alle Fälle, und studierte das Etikett. Nicht, dass sie besonders viel von Wein verstand, als Sportlerin bevorzugte sie isotonische Getränke, aber die detaillierten Angaben erfreuten sie doch. Ein Weingut in Apulien. Name, Adresse. *Primitivo. Imbottigliato all'origine*, eine Erzeugerabfüllung, deren

Handelsweg sich gut zurückverfolgen ließ. Wenn nötig sogar diskret, zum Beispiel über den Pathologen, der als Genießer bekannt war.

»Was haben Sie jetzt damit vor?«, fragte Hannes van Deest.

Marina stellte die Flasche auf den Tisch. »Herr Strothmann hat Ihnen also versichert, dass er den Wein in Italien im Urlaub gekauft hat?«

Van Deest verschränkte die Arme. »Es ist schon eine Weile her. Anderthalb Jahre, glaube ich.«

»Ich werde das überprüfen.«

Sie fotografierte das Etikett mit dem Handy ab. Van Deest wurde unruhig.

»Überprüfen, ob ich die Wahrheit sage?«

»Nicht doch. Ich möchte wissen, ob der Pförtner wirklich in Italien war oder ob er die Flasche bei einem Weinhandel um die Ecke gekauft hat.«

»Warum sollte er schon wieder die Unwahrheit sagen?«

»Stellen Sie sich vor, er war nicht in Italien im Urlaub, sondern im Krankenhaus, um sich den Guardian einpflanzen zu lassen. Weil er aber nicht gern über Krankheiten spricht und auch vermeiden will, dass Sie sich Sorgen um ihn machen, hat er Ihnen wie immer eine Flasche Wein mitgebracht. Nur stammte sie diesmal aus einem Laden in der Nähe. Würden Sie es als Schwindelei oder als grobe Lüge bezeichnen?«

Die Grübchen über seinen Brauen vertieften sich. »Und inwiefern würde es Ihnen weiterhelfen, wenn es so gewesen wäre, Frau Olbert?«

»Ich sage es ganz offen.« Sie steckte ihr Handy ein. »So offen, wie möglich. Ich suche nach einer Verbindung zwischen dem Friedhof, der Bushaltestelle und der Privatwohnung des Pförtners.«

»Darum Ihre Frage, ob der Pförtner ein Kunde von Lucy war.«

»Ja und nein. Wenn die Verbindung über Lucy Daubner läuft, gibt es mehrere Möglichkeiten. Nicht nur die Prostitution, sondern auch den gewissen Weinhandel.«

Er sah sie an, und sie merkte, dass sie in Versuchung geriet, noch mehr zu sagen. Der Weinhandel Daubner lag ja nur wenige Straßenzüge entfernt, vielleicht wusste van Deest etwas beizutragen?

Aber dann riss sie sich zusammen.

»Ich bräuchte nun mein Rennrad wieder, Herr van Deest, und danke für Ihr Vertrauen, mich in Ihre Wohnung zu lassen.«

Er gab nicht auf. »Wenn es eine Verbindung zwischen dem Friedhof und den Verbrechen gibt: Was bedeutet das für Gesine Cordes? Oder auch für mich?«

»Wenn Sie gefährdet wären, würde ich es Ihnen garantiert sagen.«

Unten auf der Straße hob Marina ihr Rennrad aus dem Kofferraum und ging damit in Richtung Einkaufspassage. Leider war ihr Vorderlicht kaputt, die Akkulampe hatte sich im Laufe des Tages entladen. Aber während des kleinen Spaziergangs konnte sie gut nachdenken und nebenher ein wenig in die Schaufenster schauen.

Die Geschäfte gaben sich schon wieder Mühe, an die

Jahreszeit zu erinnern. Künstlicher Schnee klebte an den Eingangstüren, Tannenzweige steckten in der Auslage. Wie lange war es noch bis zum ersten Advent? Seitdem sie Single war, hatte sie das Gefühl dafür verloren.

In einem Dekogeschäft erstand sie ein Päckchen Strohsterne. Nicht für zu Hause, aber sie könnte sie im Präsidium über den Konferenztisch streuen. Niemand erwartete eine solche Geste von ihr, aber gerade deshalb wäre es interessant. Und es würde sie von dem albernen Ritus, Plätzchen zu backen, befreien.

Am Ende der Einkaufspassage entdeckte sie schließlich die Leuchtschrift, die sie sich schon im Internet angeguckt hatte. *Weinhandlung Daubner.* Der Laden war größer als erwartet. Quer über den Bürgersteig führte ein roter Teppich zum Eingang, zwei große Holzfässer standen rechts und links, fast so wie anderswo Kanonen standen.

Aus diskreter Entfernung schoss sie ein Foto und sondierte die Lage. Ein Lieferwagen parkte in der Nähe. Vielleicht gehörte er zum Geschäft, denn seine Heckklappe stand offen. Wenn sie es geschickt anstellte, würde der Fahrer mit ihr ein nettes Gespräch führen.

Sie schloss ihr Fahrrad an eine Laterne, da flog plötzlich die Tür der Weinhandlung auf und eine Schar Kinder kam heraus. Reflexhaft trat sie zurück in den Schatten.

Die Kinder trugen kleine weiße Kartons zu dem Lieferwagen. Hinter ihnen ging eine Frau mit kurzen, dunklen Haaren. Mittelgroß, auf den ersten Blick sportlich muskulös, in Wahrheit aber wohl pummelig und bloß geschickt gekleidet. Sie überwachte den Transport und schob die

Ware auf der Ladefläche zurecht. Es sah aus, als handle es sich um einige Kartons mit Gläsern, wie man sie sich für ein Fest ausleiht. Die Kinder schwatzten und lachten, und die ersten liefen schon wieder zur Weinhandlung zurück.

Aber war es denn die Möglichkeit? Marina zog den Kopf ein. Sie kannte zwei der Kinder. Es waren die Zwillinge, die Nichten von Gesine Cordes. Eingehüllt in dicke Anoraks, unförmig wie Bonbons, aber in der rötlichen Leuchtreklame flammten ihre Locken auf. Eindeutig. Es handelte sich um Frida und Marta Alvarez.

Sie verbarg ihr Gesicht. Die Zwillinge würden sie wiedererkennen, und sie war unsicher, ob das für die Ermittlungen günstig war. Sie befand sich überhaupt in einem erschreckenden Wissensrückstand: Was hatten die Kinder mit der Weinhandlung Daubner zu tun? Oder mit Lucy? Gab es eine Verbindung, die nun doch wieder über Gesine Cordes lief?

Und wer war die Frau mit den kurzen, dunklen Haaren?

»Frau Band, wie viele noch?«, rief Marta, trotzig wie eh und je.

Marina merkte sich den Namen Band, merkte sich das Nummernschild des Lieferwagens, und als alle wieder in der Weinhandlung verschwunden waren, nahm sie ihr Fahrrad und zog sich zurück.

14

Wie oft hatten Gesine und Klaus früher den Weg zum Präsidium genommen? Vor der Hochzeit zu zweit auf dem blauen Motorroller, den sie in Italien gekauft hatten. Helme ohne Visier, ein öliger Lappen unter der Sitzbank. Nach der Hochzeit hatte Gesines Vater ihnen den alten Mercedes überschrieben. Die Kollegen hatten gelästert, weil sie mit dem Wagen schon am ersten Tag einen Blumenkübel gerammt hatten, der vor dem Präsidium stand.

Der Kübel war ihnen vorher nie aufgefallen. Er trennte die Parkbuchten der leitenden Beamten von den Buchten der übrigen Kollegen ab. Und dann plötzlich dieses hässliche Geräusch und die Schramme an der Stoßstange. Die halbe Kripo hing neugierig an den Bürofenstern. Gesine hatte damals gelacht. Der Mercedes war doch kein Heiligtum, sondern ein Gegenstand, den sie gebrauchen wollten, also durfte er wohl Macken bekommen?

Und trotzdem hatten Klaus und sie die Hände über dem Schaltknüppel verschränkt. Vage verlegen, denn der Dienstgrad von Klaus hätte es zugelassen, auf der linken

Seite des Kübels zu parken, während ihr Dienstgrad sie auf die rechte Seite verwies.

Und dann das Gerede. Als hätte Klaus die Hierarchie im Präsidium ausgenutzt, um sich an Gesine heranzumachen. »Wir werden sehen, wie lange es funktioniert«, hieß es in der Kantine, doch sie beide wollten sich unter keinen Umständen irritieren lassen.

Bis zu dem Tag, an dem Philipp starb.

Klaus hatte an jenem Nachmittag fünf Überstunden gemacht, Gesine weniger. Unterm Strich waren sie beide zu spät gekommen und hatten noch im Schock begreifen müssen, wie dumm sie gewesen waren.

Und jetzt, so viele Jahre später, bogen sie tatsächlich wieder gemeinsam auf den Parkplatz des Präsidiums ein. Ein schriller Albtraum, ein wahnwitziger Irrweg des Lebens.

Überhaupt, im Pick-up der Friedhofsgärtnerei nebeneinanderzusitzen. Klaus auf dem Beifahrersitz, aufrecht und still. Gesine am Steuer, erschöpft, ohne Kraft in Armen und Beinen, keine Spur mehr von der Energie, mit der sie den Tag im Wohnwagen begonnen hatte.

Das Gespräch war inzwischen wieder beendet, alles war ferngerückt, und der heranbrechende Abend warf sein gnädiges Tuch: halb durchsichtig, um Gesine noch die grobe Richtung in die Parkbucht zu weisen, und halb blickdicht, um ihr das Aushalten der Umstände zu erleichtern.

Sie hielt rechts, möglichst weit weg vom Präsidium, am Ende des Asphalts, wo nur noch wenige Laternen standen. Die Hecke krümmte sich im Schatten, pelzige Büschel wuchsen aus den Fugen der Pflastersteine. Im Rinnstein ragte etwas Höheres auf, das gefürchtete Schlafkraut. Sie drehte die Scheinwerfer aus.

»Kommst du mit rein?«, fragte Klaus, aber sie schüttelte nicht einmal den Kopf. Sie ließ nur den Motor laufen.

»Okay.« Er beugte sich vor, verrenkte den Hals und suchte durch die Windschutzscheibe nach der alten Kripoetage.

Schräg vorne erstrahlte der Aufgang zum Gebäude. Kaltblaues Licht, acht Stockwerke hoch. Die Fahne hing schlaff am Mast. Die Fenster schimmerten gelb wie infektiöse Flecken.

Und Klaus hatte hohle Wangen. Und eine kantige Stirn. Er war wirklich älter geworden. Lachfalten wie Krähenfüße oder umgekehrt: Krähenfüße wie angelacht, und dann die verwegenen Haare, der Stoppelbart und die immer noch feinen Lippen. Marina Olbert würde ihre Freude an ihm haben.

Er öffnete die Beifahrertür. »Gibt es noch die Waschräume im Keller?«

»Ich nehme es an«, sagte Gesine müde. »Aber ohne Dienstmarke wirst du sie nicht benutzen können.«

Er fasste in die Innentasche seiner Jacke und zog einen Ausweis hervor. *European Union, Klaus Cordes, Monitoring Mission in Georgia.*

Sie zuckte mit den Schultern. Er stieg aus und drückte sachte die Tür zu. Mit seinem leicht wiegenden Schritt ging er über den Parkplatz, die Schultern betont nach hinten gezogen. Wie früher.

Hatte er eigentlich gefragt, wo Gesine wohnte, um sie

noch einmal zu treffen? Nein. Und er hatte auch nicht erklärt, wie lange er selbst noch in der Stadt bleiben würde.

Marina Olbert würde es natürlich erfahren.

Sie würde auch seinen Ausweis prüfen. Den europäischen Sternenkreis auf dem blauen Grund. Der Ausweis war ein Türöffner, denn die EU, dieses schwammige Gebilde, wurde im Präsidium durchaus respektiert.

Und dann würde Klaus offiziell in die Akten zum Findelkind und zum Friedhofsmord aufgenommen. Als weiterer wichtiger Zeuge. Er sei dem Täter auf den Fersen gewesen, würde er sagen, und er habe seitdem viel Zeit investiert, um ihn noch ein zweites Mal aufspüren zu können. Endlose Stunden, die er auf dem Friedhof zugebracht hatte, mit einer bemerkenswerten Ausdauer, und das während eines bloßen Heimaturlaubs.

Würde die Olbert ihm glauben? Würden sich die beiden gut verstehen? Und würde Klaus ihr aus alter Gewohnheit vorschlagen, ihn in die Ermittlungen einzubeziehen?

Gesine legte ihren Kopf auf das Lenkrad. Sie drehte den Zündschlüssel um, und der Motor ging endlich aus.

Die Zeit hüllte sie ein, nahm sie gefangen und verstrich, so wie sie es auch in den vergangenen sieben Jahren getan hatte.

NOTIZBUCH

Schlafkraut oder Schwarzes Bilsenkraut

Krautig, meist 30 bis 60 cm hoch, aber auch über 1 m möglich.
An Wegrändern, Mauern, Schuttplätzen.
Ein- oder zweijährig.
Klebrig, unangenehmer Geruch.
Stängel von den unteren Blättern umschlossen.
Obere Blätter gestielt, eiförmig bis länglich, behaart.
Blüte glockenartig, gelblich bis weiß, am Grund dunkellila, lila geädert.
Blütezeit von Juni bis Oktober.
Frucht als Deckelkapsel, mohnartiger Samen.
Sehr giftig, alle Pflanzenteile, besonders aber Samen und Wurzeln.
Tropan-Alkaloide Hyoscyamin, Scopolamin und andere Alkaloide.
Rote Haut, Schluckbeschwerden, Sehstörungen, Herzbeschwerden, Benommenheit oder Erregung, Halluzinationen.
Koma, Tod durch Atemlähmung.
Bei Verdacht sofort ins Krankenhaus.

15

Schließlich wurde es im Pick-up kalt. Gesine knipste das Lämpchen aus und steckte das Notizbuch weg. Es war Abend geworden, sie sollte nach Hause. Der Parkplatz hatte sich geleert, vor dem kalten Blau des Präsidiums sammelte sich Dunst.

Sie dachte an den Pförtner, der noch immer mit dem Tod rang, und an das Findelkind, das vermutlich still in seinem Bettchen aus Plexiglas lag. Der bittere Geschmack auf ihrer Zunge wurde stärker.

Im Handschuhfach fand sie ihre Notration, die salzigen Nüsse, dann warf sie den Motor an. Doch während sie ausparkte, rauschte ein großer SUV neben ihren Wagen und hupte. Hannes?

Er sprang auf den Parkplatz. »Was machst du hier, Gesine?«

Sie stieg ebenfalls aus. »Und du?« Ihre Knie zitterten.

Er griff nach ihr: »Du siehst schlimm aus.«

»Ich habe für jemanden Taxi gespielt. Du wirst kaum glauben, für wen.«

Prüfend schaute er in den Pick-up, aber da klackte an

seinem eigenen Wagen noch eine weitere Tür. Gesine drehte sich um.

»Frau Olbert!«

»Frau Cordes, ich bin auch verblüfft, Sie hier am Präsidium zu sehen.«

Die Ermittlerin lächelte, aber Gesine entglitten beinahe die Gesichtszüge, denn die Olbert öffnete die Kofferraumklappe am SUV und hob ihr Rennrad heraus. Hannes sprang ihr zu Hilfe, sie falteten eine Decke zusammen und verstauten sie in trauter Teamarbeit. Wie gut kannten sie sich eigentlich?

»Taxifahrten sind heute wohl besonders angesagt«, sagte Gesine spitz.

»Das Licht an Frau Olberts Fahrrad funktioniert nicht«, erklärte Hannes. »Ich habe sie aufgegabelt.«

Natürlich. Und ob sie wohl manchmal eine weiße Regenjacke trug, mit einem Fleecefutter in Rosé?

»Zuvor waren wir bei einer Tatortbegehung und wir haben Beweismittel gesichert, durchaus erfolgreich«, ergänzte die Ermittlerin. »Aber nun würde mich doch interessieren, warum Sie hier am Präsidium sind, Frau Cordes.«

Gesine wollte zu einer Erklärung ansetzen, da wurde sie durch ein lautes Rufen unterbrochen, das von hinten kam. Über den Parkplatz lief Klaus auf sie zu: »Warte! Nicht wegfahren. Nimmst du mich noch einmal mit?«

»Wer ist der Typ?«, fragte Hannes.

»Mein Exmann.«

Hannes sah sie ungläubig an, aber Marina Olbert reagierte schnell. Sie lehnte das Rennrad an den nächsten Pfahl und nahm Klaus in Empfang.

»Schön, Sie persönlich kennenzulernen. Olbert mein Name.«

»Klaus Cordes, guten Abend. Ich habe schon nach Ihnen gesucht, Frau Olbert.«

»Sie sind ein ehemaliger Kollege aus dem Präsidium, richtig?«

»Ja, allerdings arbeite ich derzeit bei der Kripo in Tiflis, im Rahmen einer EU-Mission.«

»In Osteuropa?« Marina Olbert straffte sich. »Wunderbar.«

»Ich bin nur privat hier, aber ich muss in Ihrem Friedhofsfall als Zeuge aussagen.«

Privat. Gesine trat unwillkürlich einen Schritt zurück. Klaus trug keine Jacke mehr, sondern einen frischen Pullover der Polizei und duftete nach Seife. Erst jetzt begrüßte er Hannes, der nur mühsam aus einer Starre erwachte.

»Und Sie sind der Bestatter, ein Freund von Gesine, oder?«

»Hannes van Deest, ja, hat Gesine von mir erzählt?«

»Wir hatten bisher kaum Zeit, aber das kommt bestimmt noch.«

Klaus' Tatkraft war zurück, ebenso sein Selbstbewusstsein. Er hatte sich während des Aufenthalts im Präsidium erstaunlich rasch erholt. Es störte ihn auch gar nicht, dass ihm der Polizeipullover zu eng und zu kurz war oder dass er die halblangen, lässigen Haare nur flüchtig gekämmt hatte. Er präsentierte sich mit seiner alten Energie, und Marina Olbert war empfänglich dafür.

»Also gehen wir in mein Büro, Herr Cordes. Einen Ausweis können Sie sicher vorlegen?«

»Selbstverständlich.«

»Und wir müssen Ihre Dienststelle kontaktieren.«

»Nicht nötig, es ist ja, wie gesagt, privat. An dem Morgen, an dem das Findelkind ausgesetzt wurde, war ich auf dem Friedhof.«

»Bitte? Und da melden Sie sich erst jetzt?«

Marina Olbert warf Gesine einen Blick zu, und auch Hannes fixierte sie, als sei es ihre Verantwortung, die Worte von Klaus zu erklären.

»Ich wusste nichts davon«, sagte Gesine mit rauer Stimme.

»Sie hat es eben erst erfahren«, bestätigte Klaus. »Aber vielleicht sollte sie bei meiner Aussage dabei sein, Frau Olbert, und ihre Sicht der Dinge ergänzen.«

»Wenn Gesine nichts von Ihnen wusste, kann sie auch nichts ergänzen«, widersprach Hannes.

»Das stimmt«, sagte die Olbert. »Aber auch das müssen wir zu Protokoll nehmen.«

»Ja? Dann möchte ich auch ins Protokoll.« Hannes drückte die Fernbedienung und verschloss den SUV.

Marina Olbert berührte seinen Arm. »Herr van Deest, ich bedanke mich für alles, und Sie hören ganz bald von mir. Aber Herrn und Frau Cordes muss ich jetzt alleine sprechen.«

Diese Namen, diese Bezeichnung, Herr und Frau Cordes! Und schön, dass die Olbert und Hannes sich in der Öffentlichkeit noch siezten.

»Ich rufe dich an«, sagte Gesine zu Hannes.

»Ich bitte darum.« Er schob die Hände in die Hosentaschen und blieb unter der Laterne zurück.

139

Das Büro war überheizt. Marina Olbert warf ihre Satteltasche auf einen Aktenschrank und öffnete das Fenster.

»Leider kann ich Ihnen gar nichts anbieten. Ich habe nicht mal einen Schluck Wasser.«

»Kein Problem.« Klaus gab ihr seinen Ausweis und sah sich um. »War das hier früher nicht dein Büro, Gesine?«

Gesine winkte ab und setzte sich an den Besprechungstisch. Die Olbert pflegte die Methode Eichhörnchen. Ordner und Papiere stapelten sich und die Ecken waren zugestellt.

»Es riecht immer noch wie damals.« Klaus setzte sich neben sie. »Ich glaube, ich habe das vermisst.«

Die Ermittlerin schaltete am Schreibtisch den Computer an. »Beginnen Sie ruhig mit Ihrer Aussage, Herr Cordes, ich höre aufmerksam zu.«

Klaus nickte. »Es geht um den Ostfriedhof, vorgestern Morgen. Ich wollte das Grab meines Sohnes besuchen, aber der Friedhof war noch verschlossen.« Er lehnte sich auf seinem Stuhl zurück und schilderte alle Details, die er auch Gesine genannt hatte: den Fund der Leiche an der Haltestelle, die schemenhafte Gestalt, die über die Mauer kletterte, die Verwirrung und Eile, als er Gesine am Pförtnerhaus erkannte.

Marina Olbert klapperte mit der Computertastatur, ließ ihn reden und spitzte nur leicht die Lippen. Offenbar lag es ihr fern, den internationalen Kollegen in die Mangel zu nehmen.

»Warum haben Sie sich nicht sofort bei der Polizei gemeldet?«, fragte sie, als er fertig war.

»Vielleicht ein Fehler«, räumte er ein. »Ich wollte Gesine nicht zumuten, über drei Ecken von meiner Anwesenheit zu erfahren, sondern mit ihr persönlich sprechen. Allerdings wusste ich nicht, dass sie erst zwei Tage später wieder zur Arbeit erscheinen würde.«

»Ich bin nicht zur Arbeit erschienen«, stellte Gesine klar.

Bittend sah Klaus sie an. Aber merkte er nicht, wie brüchig und hohl seine Sätze klangen? Besonders hier, unter den Neonröhren, in der trockenen Luft und zwischen all den Papieren, die vor unerledigter Arbeit und Detailversessenheit strotzten?

Die Ermittlerin verfolgte das Blickduell vom Schreibtisch aus und wartete ab, bevor sie sich einmischte.

»Ihre Fürsorge in allen Ehren, Herr Cordes«, sagte sie sanft, »aber hätten nicht gerade Sie als Kollege die Ermittlungsarbeit über Ihre private Geschichte stellen sollen?«

»Gesines Zeugenaussage war für Sie viel wertvoller als meine. Ich wäre nur interessant gewesen, wenn ich den Täter genauer gesehen oder gar geschnappt hätte.«

»Gut.«

Gesine konnte es nicht fassen. Die beiden unterhielten sich, als meinten sie es ernst. Als sei es nicht offensichtlich, welche Theaterkulissen hin- und hergeschoben wurden.

Sie ging zur Fensterbank. Der alte gelbliche Marmor, stumpf unter den Fingerspitzen. In der Scheibe spiegelte sich der Raum mit seinen Lichtern: Die Olbert tippte am Computer, Klaus wippte auf dem Stuhl, und dazwischen stand ihr eigenes verzerrtes Spiegelbild mit wirrer Lockenmähne und Augenhöhlen, leer wie dunkle Reifen.

Draußen, unter den Laternen, erstreckte sich der Parkplatz. Ob Hannes schon weggefahren war? Sie konnte es nicht erkennen.

»Klaus«, sie legte die Hand an die Scheibe, »wenn du dich so lange auf dem Friedhof verstecken konntest, hat die Polizei das Gelände nicht besonders sorgfältig abgesucht, oder?«

»Wie man es nimmt.« Er zögerte. »Ich bin durchaus in eine Kontrolle geraten. Aber ich habe angegeben, dass ich bloß ein Grab besuche, was ja in gewisser Weise auch stimmte.«

»Wie bitte?« Das Klappern der Computertastatur riss ab. »Man hat Ihre Personalien notiert?«, fragte die Ermittlerin.

Gesine drehte sich um. Klaus kniff die Lider zusammen, als müsste er nachdenken.

»Ja, das war eine gewisse Schwachstelle für mich, Frau Kollegin. Allerdings bin ich ziemlich weit unten auf der Liste gelandet.«

»Was heißt das?« Gesine zeigte auf die Olbert. »Heißt das, Ihnen ist der Name Klaus Cordes bei den Personendaten nicht aufgefallen?«

Die Ermittlerin griff nach den Armlehnen ihres Bürostuhls. »Ich konnte die Liste noch nicht persönlich in Angriff nehmen.«

»Sie nicht? Sondern wer?«

»Gesine, du weißt doch, wie das läuft«, beschwichtigte Klaus. »Man verteilt die Aufgaben im Team, und wenn die Jugendsachbearbeitung mit im Boot sitzt, möchte sie natürlich auf ihre Weise mithelfen.«

»Woher wissen Sie von der Jugendsachbearbeitung?«, fragte die Olbert scharf.

Der Bonus, den Klaus bei ihr gehabt haben mochte, löste sich sichtlich auf. Er jedoch ließ sich davon nicht beeindrucken, sondern antwortete gelassen:

»Ich habe mitbekommen, wer die Liste am Friedhof abgeholt hat und der Kollege war mir noch von früher bekannt.«

»Ich will die Liste sehen.« Gesine wurde lauter. »Ich will sehen, was hier alles verschlampt wird!«

»Das sind Polizeiangelegenheiten, Frau Cordes!«

Marina Olbert saß kerzengerade hinter dem Schreibtisch und sah Gesine auf eine Weise an, die nicht ganz zu ihren strengen Worten passte. Vielsagend, nur für den Bruchteil einer Sekunde, aber Gesine verstand das Signal nicht.

Schon nahm die Olbert sich Klaus vor. »Hatten Sie eigentlich gefrühstückt, Herr Cordes, als Sie an jenem fraglichen Morgen zum Friedhof kamen?«

»Ich verstehe nicht?«

»Verspürten Sie Hunger?«

Klaus schwieg. Gesine unterdrückte ein Schnauben. Wurde jetzt etwa Bezug auf die Papiertüte vom Bäcker genommen, die die Spurensicherung übersehen hatte und wegen der Gesine neulich noch gerügt worden war? Von wegen Einmischung in die Polizeiarbeit?

Bedächtig rieb sich Klaus über die Bartstoppeln. »Ich frühstücke in der Pension, in der ich ein Zimmer habe. Möchten Sie das überprüfen?«

»Nein.«

»Dann weiß ich nicht, worauf Sie hinauswollen.«

»Ach, es ist bloß eine Marotte von mir.« Marina Olbert stand auf. »Meine Zeugen vergessen gern die banalen Verrichtungen. Essen, trinken, eine Toilette aufsuchen.«

»Ein guter Ansatz. Aber ich bin ein besonders geschulter Zeuge, wenn ich das sagen darf.«

»Trotzdem müssen auch Sie Ihren Körper versorgen, und manchmal ergeben sich daraus neue Zeitabläufe.«

»In meinem Fall nicht.« Klaus schob seinen Stuhl zurück. »Ich war die ganze Zeit auf dem Friedhof. Ich habe ihn nicht verlassen, um zu frühstücken. Außerdem gibt es Toiletten auf dem Gelände und in den einzelnen Gebäuden habe ich Wasser zum Trinken gefunden.«

»Zum Beispiel am Waschbecken im Betriebshof?«, fragte Gesine.

»Genau dort.«

Marina lächelte schmal. »Mit Ihnen kann man draußen überleben, was? Sie sind ein Ermittler der alten Schule.«

»Lassen Sie es nicht auf einen Versuch ankommen, Frau Olbert.«

Sie schüttelten einander die Hand, doch Gesine konnte die Eiswürfel klirren hören. Zwei hochgewachsene, hochdekorierte Ermittler, die sich wohl kaum etwas schenken würden.

»Wie lange werden Sie noch in der Stadt bleiben?«, fragte die Olbert.

»Mir stehen so viele Urlaubstage zu, dass ich sie kaum abbummeln kann.«

»Ich würde das Protokoll in Ruhe fertigmachen und Sie dann noch einmal zur Unterschrift treffen.«

»Sehr gerne.«

»Wir müssen natürlich auch darüber reden, welche dienstrechtlichen Folgen es für Sie hat, dass Sie sich erst so spät bei uns gemeldet haben, Herr Kollege.«

»Ich könnte Ihnen zur Wiedergutmachung anbieten, trotz meines Urlaubs bei der Aufklärung des Falls zu helfen.«

»Ja, vielleicht ist das eine gute Idee.«

Sie drückte ihm noch einmal die Hand und nickte auch Gesine zu. Katastrophal. Was war aus der Polizei geworden? Rechtlich war diese Kooperation unmöglich, und doch tat jeder, als gebe es keinen Grund zur Irritation.

»Willkommen in der alten Heimat«, sagte die Olbert. »Was für eine Überraschung. Für uns alle, oder, Frau Cordes?«

»Heimat ist ein großes Wort«, entgegnete sie kühl.

Klaus lächelte verhalten. »Das muss ich bestätigen. Und wenn man das große Wort begreift, hat man die Heimat meist schon verloren.«

16

Nicht geschlafen. Es gar nicht gewagt, die Augen zu schließen. In die Wolldecke gewickelt auf dem Polster gesessen und nach draußen geschaut, gegen die Dunkelheit, die ans Plexiglas drückte.

Auch drinnen kein Licht gemacht, erst recht keine Kerze entzündet. Keine Gemütlichkeit, auf gar keinen Fall Heimeligkeit. Nur sitzen und warten. Gesine musste vorsichtig sein.

Denn Heimat war eine Waffe. Und die Erinnerung brannte.

Die Umarmung, wenn man nach Hause kam. Durchs Gartentor, über den Plattenweg, am Staudenbeet vorbei ins gelbe Reihenhaus. Kochen, dann das Essen auf den Tisch. Die Wäsche in die Maschine und die Stromrechnung in den Aktenordner.

Das Kind, das im Garten Verstecken spielte und später in die Badewanne stieg. Weich und quirlig. Das Kind, das seine Gutenachtgeschichte auswendig mitsprach, und noch einmal und noch einmal von vorn.

Der Mann, der auf dem Sofa wartete. Dessen große

Hände zärtlich waren. Der nie so gut gelebt hatte wie in dieser Zeit und überhaupt kein Ende sah.

Gesine wusste es erst seit heute. Heimat war eine Waffe, eine Samenkapsel, die bei Berührung explodierte.

Das Kind am Staudenbeet, vergiftet und weg. Die Umarmung von jetzt an nur steif. Der Mann jeden Tag länger im Präsidium, also ebenfalls weg, und man selbst auf dem Sofa, aber allein, und zwar gerne allein.

Brennen im Mund, Brennen auf der gesamten Haut bis hin zur Gefühllosigkeit. Atemlähmung, Herzversagen.

Nein, von Heimat sollte man nicht sprechen. Nicht in Gesines Nähe.

Gegen Morgen gingen drüben auf dem Bauernhof die Lichter an. Das Zeichen, den Tag zu beginnen. Gesine stand auf. Sie fühlte sich weder müde noch fit. Sie fühlte sich gar nicht. Sie kochte Kaffee.

Nur flüchtig dachte sie daran, dass sie heute wieder arbeiten durfte und dass sie sich gestern noch darauf gefreut hatte. Heute kam ihr diese Anwandlung fremd vor. Sie würde zum Friedhof fahren, wie immer, und selbstverständlich tun, was getan werden musste. Warum hatte das zur Debatte gestanden? Und wenn es nicht zur Debatte stand, warum sollte es dann einen Grund geben, über das alles nachzudenken?

Sie setzte sich zum Frühstücken an den Tisch, da schrie drüben am Waldrand ein Tier. Heiser und asthmatisch, rau und drängend. Ein junger Fuchs, der die Eltern verlassen hatte, um noch vor dem Winter ein neues Revier aufzubauen.

Sie zog sich an und stapfte über die Wiese, weil sie wusste, dass sie es an anderen Tagen auch getan hätte. Die Kälte kratzte an ihrer Haut, und auf den Disteln lag Nebel in bauschigen Kissen. Die Hosenbeine wurden klamm. Der Fuchs jagte davon.

Später, auf dem Weg zum Friedhof, hielt sie beim Bäcker, aber dann wusste sie doch nicht, ob sie etwas einkaufen sollte. Sie fädelte sich wieder in den Berufsverkehr ein, bog auf die kleine Landstraße ab und passierte schließlich die Bushaltestelle, die einsam zwischen den Bäumen lag, genauso wie sonst auch. Die Neonröhre im Unterstand brannte, die Sitzbank war leer. Das Flatterband der Polizei hing still davor wie eine gestickte Borte auf einem Bild.

Sie öffnete das Friedhofstor, die Loge des Pförtners war dunkel. Und erst als sie an der Kapelle hielt und ausstieg, spürte sie, wie verkrampft sie geatmet hatte.

Sie hatte Seitenstiche. Großartig, Seitenstiche vom Sitzen. Und dann musste sie sich auch noch neu orientieren: Der alte Rhododendron hatte sich verändert. Gestern noch der Inbegriff jahrzehntealter Gleichmut, duckte er sich heute an der Bruchsteinmauer wie ein ertappter Verräter.

Weil er Gesine getäuscht hatte. Weil er sich tagelang mit Absicht gewiegt und mit den Zweigen geraschelt hatte, um sie zu verwirren. Weil er die dunklen Blattlappen übereinandergeschoben und sein knorriges Holz nach vorne gestreckt hatte, um Klaus zu verstecken.

Sie kehrte dem Strauch den Rücken und belud ihre Schubkarre mit Harke und Spaten. Beim Gehen schlurfte sie, um sich zu beruhigen.

Es war natürlich ihr Friedhof, ihr Alltag, aber wenn sie ehrlich war, hatte sie schon vor Tagen die Verwandlung bemerkt. Zum ersten Mal am Mittag, nachdem sie das Findelkind ins Krankenhaus gebracht hatte. Sie war doch über den Hauptweg zurück zur Kapelle gefahren und hatte sich plötzlich nicht mehr wohl gefühlt. Das Licht, die Farben, der Betrieb an den Beeten, alles war ihr fremd vorgekommen. Und dann, später, hatte sich der Eindruck noch verstärkt: wegen der Polizisten, die am Brunnen standen, wo sie nicht hingehörten, und wegen der gestriegelten Grabsteine hinter den gleißenden Astern, die so taten, als sei nichts passiert.

Herbst, ein anderer Herbst als sonst. Ein Manöver der Sinnesorgane, das gefährlich werden konnte. Fremd und unwirklich.

So unwirklich wie der bohrende Hunger, der sie jetzt überfiel. War sie nicht eben erst beim Bäcker gewesen? Was hatte sie gekauft?

Sie stieß auf Herrn Dinkelbach zwischen den Handtuchgräbern. Er mühte sich wie schon oft mit einem Grablicht ab. Der Docht saß tief im Gehäuse, und das Feuerzeug kam nicht heran.

»Frau Cordes! Da sind Sie ja wieder.«

»Und Sie sind heute früh dran.« Sie half ihm mit der Flamme.

»Danke«, seine Augen leuchteten. »Und ich wollte Ihnen noch sagen, dass ich auf Sie gehört habe. Mit der Polizei ist alles geklärt.«

»Wie schön.«

Seine Hand war warm und schloss sich kräftiger als

sonst um ihre Finger. Er trug eine neue Daunenjacke und versank fast darin. Die Kapuze hing hinter seinem Kopf wie eine Auffangschale, aber das Blau stand ihm gut und es machte Gesine froh, ihn nicht frieren zu sehen.

»Mich hat unser Gespräch auch noch beschäftigt«, sagte sie. »Ich wüsste gern, wie der Mann ausgesehen hat, den Sie neulich am Nordeingang beobachtet haben.«

»Groß und breit. Ein echter Kerl, das habe ich auch der Polizei gesagt.«

»Haben Sie sein Gesicht gesehen? Hatte er zum Beispiel so hohe, ausgeprägte Wangenknochen, ein bisschen wie ein Indianer?«

»Frau Cordes«, er lachte, »so genau gucke ich mir das doch nicht an. Aber wenn Sie einen Indianer suchen, könnte er es trotzdem sein. Seine Haare waren ziemlich lang, fand ich.«

»Und er ist durch das Tor gekommen, als sei es nicht abgeschlossen? Am Tag, an dem das Findelkind auf den Friedhof kam?«

»Sie kennen ihn, stimmt's?« Herr Dinkelbach zog eine schelmische Miene. »Also haben Sie an jenem Morgen tatsächlich Ihren gewissen Schlüssel verliehen.«

»Nein, das habe ich nicht.«

»Ich schweige darüber, das schwöre ich!«

Sie zwang sich zu einem Lächeln. »Ich vermute, dass dieser Mann gar keinen Schlüssel braucht. Er kommt überall herein, die Schlösser öffnen sich wie von selbst.«

»Ein Detektiv mit einem Dietrich? Das passt. Er hatte Muskeln«, er imitierte einen Bodybuilder, »aber er war unrasiert und ein bisschen schlampig.«

Klaus, wenn er im Einsatz war. Wenn ihn nichts mehr aufhielt, wenn ihn nichts mehr interessierte, nur noch die Lösung des Falls.

Aber hinter dem Nordeingang lag doch nur Wald. Schmale Wanderwege, wucherndes Gestrüpp. Warum war Klaus dort unterwegs gewesen? War von dort aus auf den Friedhof gekommen und nicht von unten durch den Haupteingang? Und warum hatte er gelogen? Er hatte bei Marina Olbert angegeben, ohne Unterbrechung auf dem Gelände gewesen zu sein, noch stundenlang, nachdem das Findelkind aufgetaucht war, doch Herrn Dinkelbachs Aussage stand klar dagegen.

»Können Sie ungefähr sagen, um wie viel Uhr der Mann am Nordeingang war?«, fragte sie.

»Das wollte die Polizei auch wissen. Ich habe gesagt, so ungefähr um zehn. Aber, Frau Cordes, beschwören kann ich es nicht.«

»Danke, Herr Dinkelbach.«

»Sie ermitteln doch hoffentlich nicht wieder? Ich mache mir manchmal Sorgen, Frau Cordes.«

Ein Eichhörnchen flitzte über den Grabstein seiner Frau, aber er nahm es nicht wahr. Er hielt Gesine am Ärmel fest.

»Es wird sich doch außer mir noch jemand um Sie kümmern?«, fragte er.

Sie hielt dagegen: »Sie müssten mir noch erzählen, was Sie eigentlich selbst am Nordeingang zu tun hatten.«

Prompt ließ er den Ärmel los. »Eigentlich nichts.«

»In der Gegend war ein Loch im Zaun. Wir hatten Besuch von einem Fuchs.«

»Oh. War das schlimm?«

»Der Fuchs kommt, um zu fressen.«

Herr Dinkelbach verzog sich tiefer in die bauschige Jacke. »Ich füttere ihn nicht. Ich füttere nur die Kaninchen.«

»Für ein frisches Kaninchenherz zwängt sich der Fuchs durch das kleinste Loch.«

»Hat er ein Tier gerissen?«

»Meine Kollegen haben am Nordeingang Fellreste und eine abgerissene Pfote gefunden.«

Außerdem Möhren-, Kohlrabi- und Apfelstücke, die auf einem Taschentuch angerichtet waren. Gesine hatte das Tuch erkannt. Es sah aus wie das, mit dem Herr Dinkelbach sich die Nase putzte, und es war keine Kombinationsgabe nötig, um zu verstehen, was passiert war. Er liebte die Kaninchen, und im vergangenen Jahr, als die Jäger kamen, um auf Geheiß der Stadtverwaltung möglichst viele Tiere zu erschießen, hatte er schlimme Tage verbracht. Der Pförtner hatte ihn schließlich zur Ablenkung ins Kino eingeladen.

»Das wollte ich nicht!«, rief er jetzt. Sein Kopf wackelte. »Ich wollte ihnen nur Futter geben, damit sie die Blumen in Ruhe lassen.«

»Sie sind sehr nett, Herr Dinkelbach, aber wenn Sie so weitermachen, bekommen Sie Schwierigkeiten mit meinen Kollegen.«

»Fressen und gefressen werden, ich verstehe schon«, er wurde fast trotzig. »Aber warum sich der Detektiv mit meinem Futter beschäftigt hat, das verstehe ich nicht.«

»Was hat er?«

»Er hat darin herumgestochert.« Herr Dinkelbach sagte es mit Abscheu. »Als ob er etwas sucht, aber zum Glück hat er nichts weggenommen.«

Gesine bückte sich nach der Kerze. Klaus? Am Kaninchenfutter?

»Entschuldigung, Frau Cordes, dass ich Ihnen das bisher nicht sagen konnte.«

Sie richtete sich auf. »Unterm Strich kommt alles raus. Das war doch jetzt alles, was am Nordeingang passiert ist, oder?«

Er nickte und seufzte, die Hände tief in den warmen Jackentaschen vergraben. Ein Etikett fiel ihr auf, das unten am Saum aufgenäht war. Diskret und doch markant, so wie es bei Nobelmarken üblich ist.

»Darf ich?« Sie griff danach, aber er zog den Arm zurück.

»Ich muss weitermachen.«

Als ob er sich schämte in der hochwertigen Jacke, und es war ja auch tatsächlich seltsam: In all den Jahren, die Gesine ihn kannte, hatte er praktisch jeden Cent umgedreht. Wenn er sich einmal etwas gönnte, waren es immer nur Pflanzen für das Grab seiner Frau. Er fror, immer, und für eine warme Jacke hatte bisher das Geld gefehlt.

17

Der Anruf von Schwester Monika kam kurz vor Feierabend. Gesine hatte auf dem Friedhof den Zaun kontrolliert und erneut die Schlösser der Nebeneingänge geprüft. Den Beamten, die vereinzelt über die Wege liefen, war sie ausgewichen. Sie hatte sich sogar auf die Bank zwischen den Haselnusssträuchern gesetzt. Aber nur kurz.

Es kam ihr vor, als ginge es ihr nicht gut, wenn sie eine Pause einlegte, oder als geriete die Umgebung in Aufruhr. Die Sträucher wurden höher und lauter. Im Zwielicht formten sich Skulpturen und beunruhigten sie. Dabei dröhnte ihr Kopf, und es hätte bestimmt gutgetan, sich lang auf die Planken zu legen. Doch dann fiel ihr ein, wie sie gestern erst an dieser Bank auf der Flucht vor Klaus vorbeigerannt war, und schon sprang sie hoch.

Sie ärgerte sich. Sie musste sich dringend wieder fangen und auch ihrem Exmann den Platz zuweisen, den er verdiente. Er hatte sich im Umfeld von Kapitalverbrechen zwielichtig verhalten. Er hatte Gesine belauert und an der Nase herumgeführt. Wenn er damit erreichen wollte, dass sie ihre Fähigkeit verlor, zu kombinieren und, ja, in gewisser Weise auch zu ermitteln, dann sollte sie ihn eines Besseren belehren.

Und wie? Wenn sie nicht einmal mit Bestimmtheit wusste, dass Marina Olbert auf ihrer Seite stand?

In diesem Moment klingelte das Handy mit dem Anruf aus dem Krankenhaus. Schwester Monika benutzte drastische Worte: »Das Baby krepiert. Mitten in unserer medizinischen Superversorgung, wenn nicht noch ein Wunder geschieht. Ganz ehrlich, wir sind mit unseren Nerven am Ende.«

»Was sagt der Arzt?«

»Das Problem ist, dass wir auch andere Babys auf der Station zu versorgen haben. Und Thomas braucht mehr als nur Schläuche und Monitore, davon bin ich fest überzeugt, auch wenn ich es Ihnen nur im Vertrauen sagen kann.«

Eine halbe Stunde später lief Gesine schon über den Krankenhausflur. Ihre Miene musste wohl finster aussehen, denn die Leute, die ihr entgegenkamen, wichen bereitwillig aus. Ihr war es egal. Egal, wie die Lehmspuren, die ihre Gärtnerstiefel auf dem Linoleum hinterließen.

Monika wartete im Zimmer des Babys. Die Alarmanlage, die den Raum sicherte, hatte sie ausgeschaltet.

»Fieber, aber nicht sehr hoch«, sagte sie leise. »Das kann also kein Grund sein. Es bekommt auch genügend Flüssigkeit über die Infusionen, und sein Herzschlag ist relativ stark und gleichmäßig.«

»Also gibt es insgesamt eine Verbesserung.«

»Nein. Und es nützt auch überhaupt nichts, wenn es an den Geräten hängt.«

Gesine wagte kaum, sich über das Bettchen zu beugen. Das Baby hielt die Augen geschlossen und schien zu schlafen. Das kleine Gesicht war schmaler geworden, wenn das überhaupt noch möglich war. Die Haut um die Augen war dunkel, und über die Lider liefen violette Streifen.

Die Krankenschwester drehte am Durchflussregler der Infusion. »Wir tun alles, wir heben ihn hoch und reden mit ihm, wann immer wir Zeit haben. Und er? Wie reagiert er?« Sie wandte den Blick ab. »Er macht sich still und heimlich aus dem Staub.«

Gesine warf ihre Jacke auf einen Stuhl. Am Waschbecken in der Ecke hingen medizinische Seife und ein Behälter mit Desinfektionsmittel. Sie reinigte sich sorgfältig die Hände und steckte die Arme dann in einen Kittel, den Monika bereithielt.

»Es ist nur ein Versuch.« Die Schwester verknotete die Bänder am Rücken. »Sie dürfen sich keine Vorwürfe machen, wenn es nicht klappt, und auf der Station habe ich es auch nicht an die große Glocke gehängt.«

»Neulich haben Sie gesagt, es sei wichtig, mit welcher Einstellung wir dem Baby begegnen. Also lassen Sie uns jetzt nicht über Zweifel reden.«

Monika zog die kleine Bettdecke weg, löste die Kabel von dem mageren Körper und koppelte den Schlauch ab. »Sagen wir eine halbe Stunde? Es sei denn, wir können etwas Positives berichten.«

»Bleiben Sie im Zimmer?«

»Leider werde ich dazu keine Zeit haben.«

Thomas lag schlaff auf dem Rücken, die Hände neben dem Kopf. Er zuckte nicht einmal, als Gesine über seine

Stirn strich. Nur sein Brustkorb bewegte sich, ruckartig und flach. Auf dem Strampelanzug war ein Schaf abgebildet, weiß und wollig auf rotem Samt. Auch das Schaf schlief.

»Monika, Entschuldigung, warum haben Sie ausgerechnet mich angerufen?«

»Habe ich mich etwa getäuscht, Frau Cordes?«

»Nein. Auf keinen Fall.«

Sie setzte sich. Die Krankenschwester hob das Baby aus dem Bett und reichte es ihr vorsichtig an. Sie legte noch ein Spucktuch dazu, gab ein paar Anweisungen und Ratschläge und verschwand.

Es wurde still, bis auf das winzige, angestrengte Atemgeräusch. Gesine versuchte, sich nicht darauf zu konzentrieren. Sie musste die kraftlosen, zarten Glieder stützen. Mit rechts hielt sie Beine und Po, mit links den knochigen Oberkörper. Der kleine, runde Kopf war gegen ihre Brust gekippt. Er hatte eine kahle Stelle. War das auf dem Friedhof auch schon so gewesen? Wegen der Mütze hatte sie es vielleicht nicht gesehen.

Sie umfasste ihn enger. Die Windel knisterte im roten Samt. Gesines eigener Sohn hatte auch rote Anzüge gehabt. Allerdings in einer anderen Größe.

»Thomas«, flüsterte sie.

Die nasse Zunge. Speichel rann seitwärts aus seinem Mund und lief über die Wange bis in die fedrigen Haare. Sie tupfte die Spur mit dem Tuch auf. Thomas rührte sich nicht. Schicksalsergeben lag er da, die Augenlider wie Papier, die Nase eine winzige Erhebung mit einem zarten, verschorften Kratzer.

Kein Babygeruch, sondern nur der Geruch nach Krankenhaus. In sämtliche Poren gedrungen, in den Mund, in die kleine Lunge.

Schließlich knöpfte Gesine den Strampelanzug auf und löste den Baumwollbody, bis sie die flache Hand unter den Stoff schieben konnte. Die Haut war heiß, angespannt und trocken. Eine einsame Haut.

Sie streichelte die Brust, glitt über die Rippenhuckel bis zum Schlüsselbein, dann über das klopfende Herz bis in die kleine Achselhöhle.

»Du bleibst noch eine Weile. Du bleibst und wirst trinken und älter werden und bald eine Familie finden, die dich mag.«

Einmal öffneten sich seine Fäuste, er seufzte, dann lag er wieder still.

»Ich bin ja auch geblieben. Hatte nicht immer Lust dazu, aber auf diese Weise haben wir uns immerhin kennengelernt.«

Seine Haut schien auf die Berührung zu lauschen, und mit der Zeit bekam Gesine den Eindruck, dass sie weicher wurde. Sie verstärkte den Druck und begann mit einer sanften Massage, und plötzlich begann der Junge, sich zu rühren.

Er streckte die Beine und wölbte den Bauch nach vorn, und als sie weitermassierte, schlug er sogar die Augen auf. Blinzelnd erkundete er ihren Pullover, den er dicht vor sich sah, dann drehte er das Gesicht nach oben und suchte ihren Blick.

»Sieh an, das kleine Fuchskind ist da. Hallo, du.«

Sie erkannte seine Augen wieder. Die Farbe zwischen

Blau und Hellbraun, die besondere Form der Lider, die sich schräg zu den Schläfen zogen. Und wie schon auf dem Friedhof wechselten sich auf seinem Gesicht Angst und Neugier ab.

Er betrachtete sie, während ihre Hand unter dem Stoff über seinen Rücken wanderte. Er fing an zu schwitzen, aber sie strich unbeirrt über seine Schulterblätter, langsam, quer und senkrecht und zurück.

Endlich zog sich sein Mund in die Breite. Vielleicht nur ein Spiegelbild ihrer eigenen Miene, aber er lächelte sie an. Er hielt ihren Blick fest, und als sie unvermutet auflachte, leise und zärtlich, antwortete er, wenn auch ein wenig gequält.

Da knarrte die Türklinke, und Schwester Monika trat auf Zehenspitzen ein. »Herzlichen Glückwunsch«, flüsterte sie.

»Haben Sie durch die Scheibe geguckt?«

»Wenn Sie ihm jetzt noch etwas zu trinken geben könnten?«

Sie stellte ihr eine Babyflasche hin und huschte wieder aus dem Raum.

Die sattweiße Milch, Gesine und das Fläschchen, eine Szenerie wie aus Watte. Sie prüfte die Temperatur der Flüssigkeit und berührte Thomas' Lippen mit dem Sauger. Seine Zunge war im Weg, aber er schmatzte bei den ersten Tropfen, und es gefiel ihm gut.

Er trank. Langsam und matt. Die Lider halb geschlossen, behielt er Gesine mit letzter Kraft im Auge. Manchmal musste er kämpfen, wenn das Atmen mit dem Schlucken kollidierte.

Nachdem ein Viertel der Flasche leer war, schlief er ein. Kaum zwei Schnapsgläser Milch waren in seinen Magen gelangt, aber es war ein Vielfaches der Menge, die er üblicherweise zu sich nahm.

Draußen lehnte Monika mit geröteten Augen an der Scheibe.

Zwei Stunden später verließ Gesine das Krankenhaus. Sie war müde und stolz. Schwester Monika hatte zum Abschied Käsekuchen aus der Cafeteria besorgt und im Schwesternzimmer Tee gekocht. Voller Zuversicht hatten sie einen Plan angelegt, wann Gesine wiederkommen und sich um Thomas kümmern könnte.

Am Ende hatte sich die Krankenschwester sogar darauf eingelassen, die falsche Amaryllis zu entsorgen, die auf der Fensterbank austrieb.

»Warum gibt es ausgerechnet in einem Krankenhaus so viele giftige Pflanzen?«, hatte Gesine gefragt, und Monika hatte eine Kanüle um den Stängel geschlungen und den Topf hoch auf den Schrank gestellt.

Es war ein Tag, der nach einem anstrengenden Beginn unerwartet schön geworden war.

Gesine schob sich auf dem Parkplatz zwischen den Autos hindurch. Es nieselte schon wieder und war bereits dunkel geworden. Manchmal blieb sie mit der Jacke an einem Außenspiegel hängen und war froh, nicht in Diskussionen verwickelt zu werden. Die Autos standen dicht an dicht, aber Menschen waren kaum unterwegs.

»Frau Cordes?«

Jetzt kam ihr doch eine Frau entgegen. Sie trug eine

Kapuze und war erst spät zu erkennen: Es war die junge Lehrerin, die sie getroffen hatte, als sie mit Frida und Marta im Krankenhaus gewesen war.

»Frau Band, guten Abend.«

»Waren Sie wieder bei dem Baby?«

»Ja. Es hat heute ein wenig getrunken.«

»Wie schön.« Die Lehrerin schob die Kapuze halb zurück. »Aber Frida und Marta sind nicht mitgekommen, oder?«

»Warum? Haben sie wieder die Schule geschwänzt?«

»Nein, ich dachte nur, beim letzten Mal mussten sie sich so aufregen, als sie das Baby gesehen haben.«

»Ich habe das mit ihnen geklärt«, sagte Gesine. »Und ich habe mit ihnen auch schon über das Schuleschwänzen gesprochen.«

»Aber Sie haben keinen Termin mit mir vereinbart, oder?«

»Ich wollte mir erst noch Gedanken machen. Frida und Marta haben ein Problem mit der Jahreszeit. Sie möchten sich in der Schule nicht daran beteiligen, Weihnachten vorzubereiten.«

»Oje, das hatte ich befürchtet. Das Fest wird sehr anstrengend für sie.«

Die Lehrerin legte die Stirn in Falten. Mitfühlend, wie Gesine fand. Überhaupt hatte die Frau etwas sehr Engagiertes an sich, beinahe etwas Fiebriges, vielleicht war sie noch neu im Beruf, und sicher würde sie mit den Kindern nicht so streng sein.

»Meine Nichten erleben die Vorweihnachtszeit zum ersten Mal ohne ihre Mutter«, sagte Gesine. »Also sollte man sie in der Schule nicht zwingen, alles mitzumachen, was andere Kinder tun. Beim Basteln oder beim Krippenspiel.«

»Aber man sollte sie auch nicht in eine Außenseiterposition bringen«, erwiderte Nicole Band.

»Das wäre nicht schlimm. Als Halbwaisen fühlen die beiden sich ohnehin anders als andere.«

»Trotzdem. Es wäre pädagogisch nicht klug. Wie gehen Sie denn zu Hause mit den Festivitäten um?«

Gesine suchte nach Worten. Sie musste solche Schulgespräche wohl üben, denn spontan wäre ihr eine solche Frage übergriffig erschienen.

»Die Kinder und ich wohnen nicht zusammen«, sagte sie. »Nicht einmal nebeneinander.«

»Aber Sie sind doch eine wichtige Bezugsperson, Frau Cordes?«

»Ich hoffe es.«

»Gut, denn mir kommt es so vor, als ob Frida und Marta Sie brauchen.«

Eine Böe trieb den Regen vor sich her. Der Pick-up stand in einiger Entfernung direkt unter einer Laterne, vertraut und verlockend in dem Meer aus Blech.

»Entschuldigung«, sagte Nicole Band. »Sie tun sicher Ihr Bestes.«

Ihre Stirn lag immer noch in Falten, und dass der Regen ihr ins Gesicht lief, schien sie gar nicht zu stören. Gesine reichte ihr die Hand.

»Es ist schön, dass Sie sich so viel Mühe geben, Frau Band, und ich bin sicher, dass Frida und Marta es Ihnen danken würden, wenn sie in der Schule mehr Freiheiten bekämen. Aber wir werden uns auf dem Adventsbasar sehen. Ich begleite die Mädchen dorthin, und vielleicht findet sich eine Gelegenheit, das Problem zu viert zu bereden.«

»Eine gute Idee, und Sie kommen zum Basar? Dann freue ich mich umso mehr darauf. Auf Wiedersehen.«

Die Lehrerin hielt ihre Kapuze fest und schob sich vorbei. Gesine musste lächeln: In was für Situationen sie geriet.

Sie nahm den Zickzackkurs über den Parkplatz wieder auf und freute sich auf die Fahrt nach Hause. Sie würde endlich einmal früh ins Bett gehen und genügend schlafen. Möglicherweise würde sie auch davon träumen, wie Baby Thomas getrunken hatte.

Doch bevor sie den Pick-up erreichte, wurde sie noch ein weiteres Mal aufgehalten. Ein Rettungswagen näherte sich von der Seite. Das Blaulicht blendete, und der Wagen rollte so langsam durch die Gasse zwischen den Parkbuchten, als wisse er nicht genau, wohin. Gesine blieb stehen und hob die Hand vor die Augen.

Dann bremste der Wagen, und plötzlich sprang von unten etwas hoch. Es kam aus dem Schatten und stürzte sich auf sie. Groß und gewaltig, mit Wucht riss es sie zu Boden.

Sie schrie, und im selben Moment fiel ein Schuss. Die Kugel peitschte auf ein Autodach, ein schrilles, scharfes Geräusch. Ein zweiter Schuss, Glas splitterte, aber das konnte Gesine nur noch dumpf hören, denn sie lag unter einem großen Menschen begraben, der ihren Kopf auf das Pflaster drückte.

Aus Leibeskräften wehrte sie sich, sie bekam keine

Luft. Eine Hand presste sich auf ihre Lippen, sie versuchte zu beißen.

Aber dann: Das Handgelenk. Sie erkannte den Arm, sein Gewicht auf ihrem Rücken und den Geruch seiner Jacke.

»Klaus!«

»Nicht bewegen und keinen Ton.«

Seine Stimme war kalt und dünn, dicht über ihr. Ihr Herz hämmerte. Sie bäumte sich auf, um ihn abzuwerfen, aber er nutzte sein Gewicht und zwang sie nach unten, Arme und Beine ausgebreitet wie ein Adler mit wuchtigen Schwingen.

»Du bist sicher, Gesine, hab keine Angst, aber wir müssen in Deckung bleiben.«

Ihre Wange schrappte über das Betonpflaster, die Hüftknochen schmerzten. Dann hörte sie es klicken. Er hatte eine Waffe gezogen.

»Lass mich los!«

»Still!«

Er verlagerte sein Gewicht. Mit entsicherter Pistole belauerte er die Umgebung und hielt Gesine dabei unerbittlich am Boden.

»Der Krankenwagen.« Sein Atem fuhr in ihr Ohr. »Ich hab gewusst, dass da etwas nicht stimmt. Die Notaufnahme hat von hier aus gar keine Zufahrt.«

»Geh runter, verdammt noch mal!«

Aber er harrte aus, die Waffe weiterhin ins Dunkle gerichtet, und sie entschied, so tun, als fügte sie sich. Sie wurde schlaff und konzentrierte sich darauf, zur Besinnung zu kommen.

Sie war unverletzt, hatte sich höchstens eine Prellung am Becken zugezogen, nichts von Belang. Nichts, was sie daran hindern würde, loszulaufen, sobald Klaus von ihr abließ.

Und die Schüsse? Waren wirklich Schüsse gefallen?

Es dauerte lange, aber irgendwann rutschte er zur Seite. Sie rollte sich augenblicklich weg, über Glassplitter und feuchte Steine, und er ließ sie in Ruhe. Er blieb am Boden, stützte sich auf die Arme und lauschte in die Ferne. Auf seinem Haar glitzerten Splitter und eine dunkle Spur zog sich über sein Kinn.

»Ich glaube, sie sind weg«, sagte er leise.

»Wer?« Sie rang nach Luft.

»Du warst beim Findelkind. Ich wusste, dass etwas passieren wird. Es sind extrem gefährliche Typen.«

»Wer denn? Und gehörst du dazu?«

Er sprang in die Hocke. »Marina hat mir erzählt, dass die Limousine bei dir zu Hause war. Stimmt das?«

»Also kennst du die Leute?«

»Ich kenne zumindest ihr Verhalten.« Er nahm sein Handy. »Und jetzt rufe ich Hilfe.«

Sie lehnte sich mit dem Rücken an ein Auto. Im Schatten, in Deckung, war sie nun doch nicht in der Lage wegzulaufen. Klaus telefonierte mit der Notrufzentrale, meldete einen Anschlag auf sie, die Zeugin im Friedhofsmord, und sie blickte auf ihre Beine und stellte fest, dass sie unkontrolliert bebten.

Dann legte Klaus das Handy aufs Pflaster und kam geduckt herüber. »Bleib ganz ruhig, die Kollegen kommen.«

»Warum bist du hier? Schon wieder hier, wo ich bin?«

»Weil ich wusste, dass Marina Olbert die Sache nicht ernst genug nimmt. Ich wollte dich beschützen, verdammt noch mal, und ich bin sehr froh, dass ich es geschafft habe.«

Aber sie kapierte es nicht. Verstand die Zusammenhänge nicht. Oder hatte Klaus ihr gerade wirklich das Leben gerettet?

Er rutschte noch näher. Die Lippen schmal, das Blut aus der Schnittwunde am Kinn lief den Hals herunter. »Die Olbert muss sich auf jeden Fall ein paar Fragen gefallen lassen.«

Sie stemmte sich hoch. »Ich gehe lieber ins Gebäude.«

»Du bleibst hier unten. Du stehst unter Schock.«

»Sie sind weg, hast du gesagt, und ich brauche Licht.«

Er schnellte hoch und packte ihre Jacke am Kragen. »Jetzt reiß dich noch einen Moment zusammen!«

Sie schloss die Augen. Das Echo der Schüsse kam zurück. Das helle Peitschen auf dem Blech und das Splittern der Scheibe. Die unerträgliche Stimme von Klaus.

Sie fiel.

Und endlich, endlich hörte sie die Sirenen der Streifenwagen.

NOTIZBUCH

Falsche Amaryllis, auch Ritterstern

Weitverbreitete Zimmerpflanze, beliebt in der Vorweihnachtszeit.

Blütenschaft und Blätter treiben ab dem Spätsommer aus einer Zwiebel.

50 bis 80 cm hoch.

Schmale, grundständige Blätter.

Kräftiger Schaft mit auffälligen Blüten.

Blüten gestielt, trichterförmig in Dolden, leicht hängend.

Blütendurchmesser bis 20 cm.

Verschiedene Farben, oft Rot-, Rosarot- oder Weißtöne, auch gesprenkelt oder gestreift.

Kapselfrucht.

Gift in allen Pflanzenteilen, vor allem in der Zwiebel.

Alkaloide, vor allem Lycorin.

Übelkeit, Erbrechen, Durchfall, Benommenheit, starkes Schwitzen.

In hohen Dosen Krämpfe und Lähmungen, auch Atemlähmung, Kreislaufversagen.

Flüssigkeitszufuhr, ggf. medizinische Kohle, Sauerstoff, ggf. intubieren.

18

Der Innenhof des Präsidiums war dunkel und lausig kalt, aber wenigstens zog es nicht durch. Die Fassaden ragten im geschlossenen Viereck auf, und Marina fühlte sich wie im Innern eines römischen Kastells. Sie befand sich in einer Lagebesprechung mit dem Pathologen.

»In meiner Zeit als Mediziner habe ich mein Fachgebiet stets korrekt vertreten, Frau Olbert, und daran werde ich nichts ändern. Ich bin kein Ermittler in Ihrem Sinne, ich bin kein Spion, und mit Verlaub, bisher hat auch niemand gewagt, einen solchen Wunsch an mich heranzutragen.«

»Sie sind ein Mann, dem ich vertraue, und ich hatte gehofft, es beruht auf Gegenseitigkeit.«

»Wir respektieren einander. Das kennzeichnet uns«, entgegnete der Pathologe.

»Richtig, und ich respektiere auch Ihre Bedenken. Ich würde sogar darauf eingehen, aber wir wissen weder, woher das Baby stammt, noch, um wen es sich bei der erschlagenen Frau handelt. Also bleibt mir keine andere Wahl, als Sie um diesen kleinen Gefallen zu bitten.«

»Haben Sie denn die Detailarbeit erledigt? Das Baby

trug eine ungewöhnliche Mütze, ein Modell mit auffallend langen Bändern, habe ich mir sagen lassen. Für viele Kollegen wäre das eine Spur, der man nachgehen könnte.«

»Wir sind der Mütze nachgegangen und haben bei den verkauften Exemplaren in der Tat niedrige Zahlen vorliegen. Aber die wenigsten Geschäfte kennen ihre Kunden persönlich. Es gibt kaum Auskünfte, also muss die Spur liegenbleiben, bis wir ein weiteres Element finden, das sie belebt«, erklärte Marina.

»Und wenn Sie daran denken, dass heute Nachmittag auf Gesine und Klaus Cordes geschossen wurde? Haben Sie da keine Skrupel, Klaus auch noch ins Zwielicht zu setzen?«

»Im Gegenteil. Die Schüsse verleihen meinem Anliegen eine ganz besondere Dringlichkeit, und auf dem offiziellen Ermittlungsweg würden wir viel zu viel Zeit verlieren. Oder ist Ihnen der Rückstau an DNA-Proben im Labor nicht bekannt? Es würde Wochen dauern, bis wir an der Reihe sind.«

»Vielleicht befürchten Sie auch eine internationale Krise, wenn Sie Klaus Cordes so offensiv angehen.«

Marina nutzte die Finsternis, um verstohlen die Augen zu verdrehen. Der Pathologe sollte sich weniger Gedanken um sie machen als um den Fall.

Jetzt zündete er sich natürlich eine Zigarette an. Es roch versengt.

»Ich erinnere mich an Klaus«, sagte er, »auch wenn er schon lange im Ausland ist. Sein Ruf im Präsidium war hervorragend.«

»Ich habe davon gehört.«

»Knallhart im Job und immer fair zu den Kollegen.«

Sie wippte auf den Fußballen. Ausnahmsweise würde sie seitwärts atmen und es sich nicht anmerken lassen, wie sehr sie der Nikotinqualm störte.

»Ich müsste Sie ja gar nicht um den Gefallen bitten«, sagte sie, »wenn Ihnen nicht das Missgeschick mit den Personendaten unterlaufen wäre.«

»Oh nein!« Der Pathologe inhalierte tief. »Nicht auf die Tour.«

»Sie haben gesehen, dass in Ihrem Obduktionssaal ein Umschlag lag, der an mich adressiert war, und Sie haben ihn trotzdem nicht weitergeleitet.«

»Der Kollege von der Jugendsachbearbeitung trägt die Verantwortung. Wenn er aus meinem Saal läuft, um sich zu übergeben, muss ich mich nicht um die Klamotten kümmern, die er bei mir vergisst.«

»Aber wenn ich die Liste zügig bekommen hätte, hätte ich den Namen von Klaus Cordes entdeckt.«

»Ja und?«

»Ich hätte mir eine Geschichte ausgedacht, um ihn erkennungsdienstlich zu behandeln. Wohingegen ich jetzt ein wenig überrumpelt worden bin.«

Sie knisterte mit dem Plastikbeutel, in dem das Haar von Klaus Cordes steckte. Der Pathologe lachte los. Er lachte sie tatsächlich aus mit seiner tiefen, dröhnenden Stimme, die sie üblicherweise als sanft empfand. Sie steckte den Beutel wieder ein, lehnte sich mit dem Rücken an die Mauer und verschränkte die Arme. Der Himmel wölbte sich über dem Präsidium, schwarz wie der Rücken eines Panthers.

Das Lachen des Pathologen ging in ein Husten über. »Wissen Sie, was mir an Ihnen gefällt? Sie sind ein offenes Buch.«

»Der Eindruck täuscht. Außerdem gibt es Bücher, deren Schrift selbst Sie nicht entziffern können.«

Die Glut wurde heller und tauchte seine Mund-Nase-Partie in einen warmen Schimmer. »Wollen wir gemeinsam herausfinden, ob das stimmt?«

»Wir haben eine Leiche mit schönen Zähnen, die in Osteuropa gefertigt wurden. Wir entdecken zeitgleich ein Findelkind, das mit der Leiche nicht verwandt ist. Und jetzt taucht Klaus Cordes auf, der in Osteuropa lebt. Was müssen Sie denn noch herausfinden, bevor Sie sich als Kriminalist, wenngleich Pathologe, in Bewegung setzen?«

»Manche Verhältnisse sind allzu geschmeidig, Frau Olbert.«

»Ich sehe nur Ecken und Kanten. Vor zehneinhalb Jahren ist das Cordes-Kind unter dramatischen Umständen gestorben. Vielleicht ist Klaus als Vater traumatisiert. Vielleicht hat er sich bei einem zweiten Kind zu etwas hinreißen lassen.«

»Auweia.« Der Pathologe drückte die Zigarette an der Mauer aus und steckte den Stummel in die Schachtel. »Ihre Logik dreht atemberaubende Loopings.«

»Ich nenne es ein Cluster. Jeder Täter bewegt sich in einer einzigartigen Wolke aus Motiven. Findelkind, Tod, Trauma, Osteuropa. Da ist etwas zu holen, ich weiß es einfach.«

»Es kribbelt?«

»Ja.«

»Es kribbelt so sehr, dass Sie sich über Vorschriften hinwegsetzen wollen?«

Sie sah ihn forschend an. Sie roch eine heiße Welle, das Blut einer Katze auf der Jagd.

»Ich ermittle, Herr Kollege.«

»Gut. Ich kümmere mich um den DNA-Abgleich, aber wenn sich herausstellt, dass Klaus nicht der Vater des Babys ist, gehen Sie mit mir essen.«

Sie zögerte. »Ist das eine Bedingung oder sehen Sie es als sportliche Wette auf unser Testergebnis?«

»Es wird kein Arbeitsessen, so viel ist sicher.«

Als Marina vom Präsidium aus durch den Feierabendverkehr radelte, wählte sie einen niedrigen Gang, um schneller treten zu können. Die Bewegung tat gut und baute die Verkrampfung ab, die das unerquickliche Gespräch im Innenhof hinterlassen hatte.

Der Pathologe konnte es nicht lassen, sie anzugraben. Wie ärgerlich, auf ihn angewiesen zu sein. Immerhin würde er sich mit dem Test beeilen. Wobei anschließend natürlich noch weitere Aufträge auf ihn zukämen: Er müsste die Cordes-DNA auch mit den Spuren an der Babyschale vergleichen. Denn wenn Klaus der Vater war, bedeutete es ja nicht automatisch, dass er das Kind ausgesetzt hatte. Und andersherum: Wenn er nicht der Vater war, konnte er das Kind trotzdem ins Gebüsch geschoben haben.

Viel Arbeit für das Labor und für sie alle. Aber für Gejammer war keine Zeit.

Sie ließ das Rennrad rollen. Es war kurz vor Ladenschluss, und Menschen in dicken Jacken schoben sich über die Straßen und Bürgersteige. Falsche Fellstiefel schienen wieder in Mode zu kommen, am besten schaute man nicht hin.

Oben, quer über die Straße, spannte sich der erste Weihnachtsschmuck. Nach dem Wochenende, wenn Totensonntag vorbei war, würde man die Lichter in voller Pracht entzünden.

Ihr fielen die Strohsterne ein, die sie neulich für das Präsidium gekauft hatte. Sie steckten immer noch in der Satteltasche, denn die Gelegenheit, den Teamraum zu schmücken, hatte sich nicht ergeben. Außerdem war ihr der Konferenztisch plötzlich so groß erschienen, das Strohzeug dagegen so farblos und klein. Es wäre besser, ein paar Glaskugeln zu besorgen, die an den Fenstergriffen baumeln könnten. Dann erst würden die Kollegen staunen.

Kurz entschlossen bremste sie und kaufte ein. Kleine und große Kugeln mit silbernen und weißen Verzierungen. Ein wirklich stimmungsvolles Ensemble.

Dann fuhr sie zufrieden weiter. Die Pedale traten sich wie von selbst, und die Autofahrer schienen ein wenig freundlicher geworden zu sein. Es war ganz gut, an diesem Abend nicht den Rennanzug zu tragen, der manchmal provozierte, sondern Jacke und Jeans. Auch wegen der Gegend, in die Marina noch eintauchen musste.

Der georgische Kulturverein lag am Rand des alten Industriegebiets. Marode Gebäude, Abbruchzonen. Umgekippte Mülleimer und eine zerklüftete Fahrbahndecke.

Eine Gruppe Halbwüchsiger streunte vorbei, als Marina versuchte, sich zu orientieren. Die Straßenlaternen hatten keine Masten, sondern waren mal hier, mal da über den Fabrikeinfahrten verschraubt. Die Zäune bestanden aus Brettern oder massiven Metallplatten, es gab keine Möglichkeit, das teure Fahrrad anzuschließen.

Sie betrat das Brachland, auf dem der Container des Kulturvereins stand, und klopfte an das helle Fenster. Drinnen saßen Männer zusammen, ein Backgammon-Brett vor sich auf dem Tisch. Sie merkten auf, einer wollte sich erheben, aber da lief schon von hinten eine jüngere Frau herbei. Sie bedeutete Marina, um den Container herumzugehen, und öffnete dort, an der Rückseite, die Tür, ohne etwas zu sagen.

Marina wies sich aus. »Ich komme von der Kriminalpolizei. Können Sie mich verstehen?«

Die Frau zeigte auf Ohren und Mund. Sie war hübsch mit den langen schwarzen Haaren. Am Handgelenk klimperte geschmackvoller Schmuck. Aber was meinte sie: War sie taub und stumm?

Sie nickte und nahm Marinas Rad, um es in den Flur zu stellen. Anschließend führte sie sie in den Raum, in dem die Männer saßen. Alle erhoben sich von den Stühlen. Einer, offenbar der Älteste, reichte Marina die Hand.

»Gamardschoba, herzlich willkommen, nehmen Sie bei uns Platz.«

»Kriminalpolizei, ich bin Marina Olbert.«

»Gamardschoba heißt ›Guten Tag‹.«

»Sehr freundlich. Ich habe ein paar Fragen.«

»Ihre Finger sind kalt, und draußen ist es dunkel. Machen Sie es sich bitte bei uns gemütlich.«

Er sprach mit einem starken Akzent, aber dennoch flüssig, wie jemand, der schon lange in Deutschland war. Sein Gesicht war von Runzeln durchzogen, und die blauen Augen blickten freundlich. Er gab den jüngeren Männern ein Zeichen und auch sie reichten Marina der Reihe nach die Hand.

»Gamardschoba«, sagte sie mühelos, denn selbstverständlich hatte sie sich im Vorfeld informiert.

Ihre Jacke hing bald an einem Haken, sie saß auf einem gepolsterten Stuhl und sah zu, wie der Tisch umdekoriert wurde. Das Backgammon-Brett verschwand, helles Brot wurde aufgetragen, Spieße mit kaltem Fleisch, Hühnerbeine in Tonschalen und eingelegtes Gemüse. Alles in Mengen und mit der größten Selbstverständlichkeit, wie im Internet beschrieben.

»Wein!«, rief der alte Mann und schenkte aus einer Karaffe ein.

Die junge, gehörlose Frau zog sich einen Stuhl heran, dicht neben Marinas Platz. Sie schien damit ein Signal zu setzen, denn sämtliche Gespräche und Geräusche am Tisch erstarben. Der Alte sah in die Runde und erhob sein Glas.

»Vielleicht haben Sie schon einmal davon gehört, dass wir Georgier den Trinkspruch schätzen. Wir schätzen auch den Gast, wir schätzen das Essen und den Wein. Gott hat uns den Kaukasus geschenkt, weil er uns liebte. Gagimardschos!«

Und damit stürzte er den Wein hinunter, als sei es Wasser.

»Wir trinken auf die Polizei, die uns heute beehrt. Eine

Schildkröte schwamm durch einen Fluss. Auf ihr saß eine Schlange. Die Schlange dachte: Wenn die Schildkröte mich abwirft, beiße ich sie. Die Schildkröte dachte: Wenn die Schlange mich beißt, werfe ich sie ab. Und so konnten sie eine weite Strecke gemeinsam schwimmen. Trinken wir auf die Freundschaft, die uns zusammenhält.«

Und wieder goss er den Wein in sich hinein. Einige Männer zogen entschuldigende Mienen, aber auch sie tranken mit. Marina nippte und stand auf.

»Trinken wir auf die deutsche Polizei.« Sie legte eine Kunstpause ein. »Trinken wir auf die Schildkröte, der beim Schwimmen langweilig wurde. Sie fing an, ihre Beine aus dem Wasser zu heben und sie der Schlange unter die Nase zu halten, damit endlich etwas passierte. Die Schlange geriet in Versuchung und rutschte auf dem Panzer hin und her. Wirf mich ab, rief sie, sonst weiß ich nicht, was ich tue. Gagimardschos!«

Vom allgemeinen Gelächter getragen, trank Marina ihr Glas leer, und damit begann das große Essen. Unmöglich, sich zu entziehen. Unmöglich auch, sich zu merken, was im Einzelnen auf dem Teller lag, obwohl zu jeder Speise eine Erklärung gereicht wurde. Walnusskerne überall, Granatäpfel, auch in den scharfen Pasten, und selbst die junge, schlanke Frau aß, als habe sie eine Woche lang gefastet.

Marina dachte an das Mordopfer, das mangelernährt und ausgezehrt war. Was war da los gewesen? Zum ersten Mal, seitdem Klaus Cordes aus Georgien aufgetaucht war, kam es ihr unwahrscheinlich vor, dass die Tote aus dieser Gegend stammte.

Oder war es der Wein, der sie plötzlich versöhnlicher stimmte? Zeit, dienstlich zu werden.

Sie holte die Fotos aus ihrer Jackentasche. »Ich bedanke mich sehr herzlich für alles. Aber jetzt sehen Sie ein paar Bilder, und ich möchte wissen, ob Sie die Personen kennen.«

Als Erstes zeigte sie Klaus. Die Männer nahmen sich Zeit, den Schnappschuss zu betrachten, aber niemand wusste, wer er war. Marina wandte sich an die gehörlose Frau, sie schüttelte ebenfalls den Kopf.

Als Zweites zeigte sie das Mordopfer, beziehungsweise das Bild mit den rekonstruierten Gesichtszügen. Jetzt erschrak man am Tisch.

»Ist sie tot? Warum sieht sie so seltsam aus?«

»Ja, sie ist leider gestorben. Kennen Sie die Frau?«

»Warum kommen Sie damit zu uns?«

»Wer ist es?«

»Keine Ahnung«, sagte der Alte. »Wie ist es mit euch? Hat jemand sie schon einmal gesehen? Nein?«

Niemand. Man starrte das Bild an, aber möglicherweise starrte man nur, weil man noch nie eine Tote gesehen hatte. Marina musterte jeden einzelnen der Männer und blieb unsicher.

Bloß bei der Gehörlosen nicht. Denn sie hielt das Bild nur sehr kurz in der Hand und reichte es dann rasch und allzu ungerührt weiter.

Das letzte Foto zeigte Lucy Daubner. Eine Aufnahme, die aus den alten Polizeiakten stammte, aber im Vergleich zu heute hatte Lucy sich nicht entscheidend verändert. Sie gefiel den Männern, natürlich, und ihr Bild wurde lächelnd betrachtet. Leider aber ohne ein Ergebnis für die Ermittlungen. Man fand sie gut und kannte sie nicht.

Marina wandte sich noch einmal an die junge Frau. »Lesen Sie von den Lippen?«

Sie nickte.

»Wie heißen Sie?«

»Das ist Carmela«, sprang einer der Männer ein. »Entschuldigung, wenn wir uns nicht ausführlich genug vorgestellt haben. Aber wir wussten auch nicht, dass wir von Ihnen verhört werden.«

Er rief etwas in die Runde, das Marina nicht verstand, und erntete lauten Protest.

»Nein, nein«, sie hob die Hände, »Sie werden weder verhört noch verdächtigt. Ich habe nur die Aufgabe, die Familie der toten Frau ausfindig zu machen. Sie stammt vermutlich aus Osteuropa, möglicherweise aus Georgien.«

»Entsetzlich«, sagte der Alte. »Sie können das Foto bei uns lassen, wir hängen es am Schwarzen Brett auf.«

Carmela blinzelte dazu, als würden ihr die Augen brennen.

»Gute Idee«, sagte Marina, »vielleicht komme ich später darauf zurück. Im Moment bin ich einfach froh, dass niemand von Ihnen von dem Fall betroffen ist.«

Jetzt schob Carmela ihren Stuhl zurück und wollte verschwinden, doch Marina trat ihr in den Weg.

»Eine Kleinigkeit noch: Ich würde gern wissen, welchen Wein Sie in die Karaffe gefüllt haben.«

»Warum interessiert Sie das?«, fragte der alte Mann. Sein Lächeln wurde schmaler.

»Ist es ein georgischer Wein?«

Wieder brach ein lautes, empörtes Gerede aus. Jemand schlug auf den Tisch, dass das Porzellan klirrte.

»Bitte!« Marinas Stimme schnitt durch den Raum. »Ich habe mich unklar ausgedrückt. Es ist selbstverständlich ein Wein aus Georgien, aber woher beziehen Sie ihn? Von einem hiesigen Weinhändler?«

Die Männer blickten ratlos auf Carmela. Sie zögerte, dann nahm sie Marinas Arm und führte sie in den hinteren Raum, in dem eine kleine, saubere Küche eingerichtet war. Die Regale hatten ihre besten Zeiten hinter sich, aber es stapelten sich Lebensmittel, die für eine monatelange Belagerung gereicht hätten.

Marina schloss die Tür. »Als ich vorhin am Fenster stand, waren Sie hier in der Küche, stimmt's? Wie haben Sie mitbekommen, dass ich draußen war und klopfte?«

Carmela sah sie mit großen Augen an und antwortete nicht.

»Sie können also doch etwas hören?«, hakte Marina nach.

Die junge Frau schüttelte langsam den Kopf.

»Dann haben Sie hinter der Ecke gestanden und das Fenster beobachtet? Weil Sie auf jemand gewartet haben, heimlich, ohne dass die Männer es wussten?«

Ein schlimmer Anblick, wie sie sich von innen auf die Wangen biss, aber Marina schwieg geduldig. Schließlich ging Carmela in die Knie, zog einen Karton aus der Ecke und öffnete ihn. Nudelpakete, Spaghetti und Penne. Und darunter verborgen lag Wein. Landwein aus Frankreich.

»Ah!« Marina lächelte. »Der Wein kommt aus dem Supermarkt?«

Carmela nickte und deckte die Ware wieder zu.

»Ich werde Sie nicht verraten. Aber was hat der französische Wein damit zu tun, dass Sie auf jemanden gewartet haben?«

Wieder schüttelte die Frau den Kopf, diesmal energischer, doch ihre Augen füllten sich mit Tränen. Marina holte das Bild des Mordopfers hervor. Carmela stieß ihre Hand weg, lief zum Tisch und schrieb hastig etwas an den Rand einer Zeitschriftenseite.

Irma. Was ist passiert?

In diesem Moment klapperte die Türklinke und der Alte kam in die Küche. Marina riss die Seite aus der Zeitschrift, faltete sie seelenruhig zusammen und steckte sie ein. Carmela zwängte sich an dem Mann vorbei nach draußen.

»Alles in Ordnung mit dem Wein?«, fragte der Alte.

»Bestens sogar. Ein Geheimtipp, kann ich versichern.«

»Das habe ich mir gedacht. Seitdem Carmela unser Vereinslokal bewirtschaftet, werden wir verwöhnt. Hat sie Ihnen die Adresse des Händlers korrekt aufgeschrieben?«

»Sie hat mir gar nichts aufgeschrieben.«

»Auf den Zettel eben.«

»Ach, nein, das ist nur ein Rezept. Ich hoffe, es stört Sie nicht, dass ich es aus der Zeitschrift gerissen habe.«

»Nicht unbedingt. Aber manchmal steht auf der Rückseite etwas, das man noch braucht.«

»Sicher, da sollten wir nachgucken.« Umständlich fischte Marina das Papier aus der Tasche. »Wobei Carmela mir verraten hat, dass georgische Männer noch echt sind.«

»Inwiefern?«

»Dass sie keine Frauenzeitschriften lesen.«

Seine Hand blieb in der Schwebe. Im Raum nebenan wurde gelacht und gerufen, einer stimmte ein getragenes Lied an. Der Alte wiegte den Kopf, sah auf das Papier und wies es zurück.

19

Es war die Idee von Hannes, sich zu dritt zu treffen. Seitdem vor dem Krankenhaus die Schüsse gefallen waren, ließ er Gesine nicht mehr aus den Augen.

»Wir sollten herausfinden, was mit deinem Exmann los ist«, sagte er. »Die Erklärungen, die er für sein Verhalten abliefert, sind mir zu dürftig.«

»Er war es nicht, der auf mich geschossen hat«, erwiderte Gesine.

»Aber er hat gewusst, dass etwas passieren wird, und er hat es darauf ankommen lassen.«

»Er hat etwas geahnt. Mehr nicht, denn sonst hätte er wohl Alarm geschlagen, anstatt sich selbst in die Schussbahn zu werfen.«

»Du traust ihm plötzlich über den Weg?«

Nicht unbedingt, aber es war kein Thema, das Gesine mit Hannes erörtern wollte. Nicht nur, dass er Klaus gegenüber großen Argwohn hegte, er legte auch alles auf die Goldwaage, was sie über ihren Exmann von sich gab. Wenn sie etwas Positives sagte, hinterfragte er es beharrlich, und wenn sie sich negativ äußerte, bauschte er es auf.

Er machte sich Sorgen, selbstverständlich, aber ein nüchternes Gespräch, an dessen Ende ein Erkenntnisgewinn stand, war auf diese Weise nicht möglich.

Gesine trieb zum Beispiel die Frage um, ob die Schüsse tatsächlich ihr gegolten hatten. Vielleicht war ja auch Klaus das Ziel des Anschlags gewesen? Zwar sprach der merkwürdige Vorfall mit der Limousine bei ihr zu Hause dagegen, aber wenn es jemand ernsthaft auf sie abgesehen hatte, wäre sie draußen im Grünen viel leichter zu erledigen gewesen als mitten in der Stadt auf einem Parkplatz.

Und Klaus? Was dachte er als erfahrener Ermittler darüber? Hatte er vielleicht lebensgefährliche Feinde?

Sie wurde das Bild nicht los, wie er auf dem Boden gelegen hatte, den Kopf angehoben, um die Gegend zu observieren. Glassplitter im Haar, Blut am Kinn, aufs Äußerste angespannt. Was wusste sie noch über ihn? Sie waren seit sieben Jahren geschieden und er hatte sich seitdem zu einem Unbekannten verändert. Genauso wie sie sich verändert hatte.

»Mir wäre nicht wohl dabei, wenn du ihn schon wieder alleine triffst«, sagte Hannes.

»Ich habe doch keine Angst vor Klaus Cordes.«

»Was ist denn mit Marina Olbert? Wie steht sie eigentlich zu ihm?«

»Warum fragst du sie nicht selbst?«, gab sie zurück.

Er guckte irritiert, denn der Tonfall war ungewohnt zwischen ihnen, aber sie winkte bereits wieder ab. Für amouröse Geheimnisse und unbekannte Regenjacken, die auf Rückbänken lagen, hatte sie keine Kapazitäten frei.

Und so saßen sie mittags zusammen beim Italiener in einer Nische, Hannes und Gesine auf der einen Seite des Tisches, Klaus auf der anderen. Weil das Restaurant in einer Fußgängerzone lag, zog ein dichter Strom Menschen an den Fenstern vorbei. Ein Trubel, in dem sich Klaus sichtlich unwohl fühlte. Den Personenschutz, der ihnen nach dem Anschlag angeboten worden war, hatte er abgelehnt, ebenso wie Gesine es getan hatte, aber er zuckte zusammen, wenn draußen jemand stehen blieb, und er beobachtete die Leute an den Nachbartischen: die Bürogemeinschaft, die zu Mittag aß, die Familie, die ein Dutzend Einkaufstüten um sich ausgebreitet hatte, und das Männerpaar, das in der Nachbarnische tuschelte.

Hannes tat, als ginge er ständig mit Gesine zum Italiener. »Nehmen wir wieder die Margerita?«

»Nein, mir reicht ein Salat.«

»Mir auch«, sagte Klaus und lächelte. »Ich habe spät gefrühstückt.«

Vor allem hatte er sich sorgfältig rasiert und trug einen Skipullover in der Farbe seiner Augen. Die Schatten waren aus seinem Gesicht verschwunden. Die Kellnerin beugte sich gern in seine Richtung, als sie ihm Wasser einschenkte.

Hannes verschränkte die Hände. »Wie verbringen Sie eigentlich im Normalfall Ihre Urlaube, Klaus?«

»Normalerweise bleibe ich in Georgien. Ich wandere gerne.«

»Mit Schlafsack und Einmannzelt auf dem Rücken?«

»Sie möchten wissen, ob ich allein unterwegs bin?«

Gesine ging dazwischen. »Könntet ihr euch bitte duzen? Und könntet ihr aufhören, euch mit den Speisekarten zu duellieren?«

Sie legten die Karten fort und Klaus lehnte sich zurück. Die italienischen Schnulzen, die hinter der Theke plärrten, wurden lauter, aber er störte sich nicht daran.

»Ich habe gehört, was im Sommer vorgefallen ist«, sagte er. »Deine Schwester ist tot, Gesine, das tut mir sehr leid. Und ihr habt sogar den Tod unseres Sohnes neu aufgerollt.«

»Ich hatte dir einen Brief geschrieben, aber er kam zurück.«

»Kannst du mir bitte erzählen, was los war? Ich möchte alles erfahren, und zwar nicht von Marina Olbert, sondern von dir. Immerhin bin ich Philipps Vater.«

Hannes lehnte unterm Tisch sein Knie an Gesines Bein. »Es ist kein gutes Thema für heute Mittag, Klaus. Außerdem hast du dich doch jahrelang ferngehalten und auch keine Adresse hinterlassen.«

»Auf Gesines Wunsch hin.«

»Es machte jedenfalls nicht den Eindruck, als ob du an einer Vergangenheitsbewältigung interessiert bist.«

»Ich muss dir das nicht erklären. Nimm es nicht persönlich, Hannes, aber wir beide haben in dieser Sache keinen gemeinsamen Erfahrungshorizont.«

Nach außen blieb er ruhig, aber seine Stimme wurde verdächtig glatt. Am Nachbartisch brandete Gelächter auf, Prosecco wurde verteilt. Hannes stand auf, um die Bedienung zu bitten, die Musik leiser zu machen.

Klaus beugte sich weit über den Tisch. »Wir sind immer noch Eltern, Gesine«, drängte er.

»Natürlich können wir über den Sommer reden. Bloß nicht jetzt, bitte, nicht in diesem Restaurant.«

»Entschuldige. Es ist nicht leicht.«

Die Musik wurde leiser, Hannes kehrte zurück und setzte sich noch dichter neben Gesine als eben. Klaus würdigte ihn keines Blickes.

»Wie geht es eigentlich dem Findelkind?«, fragte er stattdessen.

»Schlecht«, antwortete Gesine.

»Und? Was noch?«

»Eigentlich wollten wir vor allem über dich sprechen«, warf Hannes ein. »Dein Auftauchen kommt uns ziemlich merkwürdig vor.«

Klaus drückte seine Hände flach auf den Tisch und sah Gesine an, als müsse sie für ihn Partei ergreifen. Aber sie blieb still. Trotz der grünen Augen. Trotz der kleinen Narbe an seiner Schläfe, von der sie wusste, wie sie sich anfühlte. Trotz der bedeutungsvollen Wunde am Kinn.

Hannes verschränkte die Arme. Niemand sagte mehr ein Wort.

In der Nische nebenan schob sich das Männerpaar von den Bänken. Einer von ihnen blieb im Gang stehen und griff in seine Hosentasche. Klaus schnellte hoch und Gesine packte instinktiv ihr Besteck. Aber der Mann zog nur ein Smartphone hervor und verließ das Restaurant.

Entgeistert schüttelte Hannes den Kopf. »Du kannst mein Gästezimmer haben, Gesine. Dort hast du deine Ruhe und kannst abwarten, bis sich alles geklärt hat.«

»Ich sag euch was.« Klaus schob seine Ärmel hoch.

»Die Kripo hat mich gefragt, ob ich das Ermittlungsteam offiziell ergänzen möchte, und ich werde es tun.«

Gesine meinte, sich verhört zu haben. »Das kann die Olbert nicht machen. Du gehörst nicht zum Präsidium.«

»Ich werde als Experte hinzugezogen, und zwar wegen der Munition, die vor dem Krankenhaus benutzt wurde. Es gibt Hinweise auf eine Waffe, die typischerweise in Osteuropa verwendet wird.«

»Was?«, rief Hannes.

»Ich werde meinen Urlaub beenden.«

»Osteuropa? Also könnte es sein, dass die Schüsse eher mit dir zu tun haben als mit Gesine?«

Klaus bedeutete ihm, leiser zu sein. »Ich habe natürlich darüber nachgedacht. Als Mitglied der EU-Mission habe ich harte Gegner, aber niemand würde vor einem deutschen Krankenhaus auf mich schießen.«

»Warum nicht?«

»Weil ein Anfahrtsweg von 3700 Kilometern keine Kleinigkeit ist. Und weil ich so lange auf dem Parkplatz herumgestanden und auf Gesine gewartet habe, dass es Dutzende Möglichkeiten gegeben hätte, mich aus dem Weg zu räumen. Aber man hat erst geschossen, als sie dazukam.«

»Warum bist du überhaupt so lange auf dem Parkplatz geblieben?«, fragte Gesine. »Du hättest mir doch auf die Station folgen können, vor allem wenn du Angst um mich hattest. Oder dachtest du, dass mir im Gebäude nichts passieren kann?«

»Du hast es nicht mitgekriegt, aber ich war tatsächlich auf der Station. Ich habe mich durchgefragt, wo das Findelkind liegt, und dann habe ich gesehen, dass eine Krankenschwester vor dem Zimmer patrouillierte. Man kam überhaupt nicht an dich heran, das fand ich beruhigend.«

Ihr Rücken versteifte sich, die Haut über ihren Nieren zog sich zusammen. So nah war er wieder gewesen. Unbemerkt, während sie das Baby im Arm hielt. Und während unten auf dem Parkplatz osteuropäische Killer lauerten?

Hannes schnaubte. »Ich finde es abstoßend, wie du Gesine hinterherschleichst.«

»Ich hätte auch das Findelkind gerne wiedergesehen.«

»Natürlich. Das Kind.«

»Ja. In Tiflis kümmere ich mich jeden Tag um kleine Kinder. Im Waisenhaus.«

Hannes schnaubte ungläubig. Klaus sah aus dem Fenster, als könne er ihn nicht ertragen.

»Ich bringe Lebensmittel ins Heim«, sagte er mit fester Stimme. »Ich wasche Hosen. Manchmal spiele ich mit den Kleinen Fußball, und die Säuglinge nehme ich hoch.«

»Nur mal zum Verständnis: Das ist die Arbeit deiner EU-Mission?«

»Nein. Das ist meine Initiative in der Freizeit.«

Sie schwiegen. An der Theke zischte der Milchschäumer auf. Gesine legte die Hände in den Schoß.

»Was ist da los im Waisenhaus, dass du Hosen waschen musst?«

»Die Babys liegen in abgedunkelten Zimmern, damit sie ruhig bleiben. Wenn sie krabbeln können, kommen sie in Gitterställe. Sie haben Läuse, Geschwüre an den Beinen und Husten, denn die Fenster sind permanent gekippt.«

»Oh nein.«

»Es ist nicht so, dass die Betreiber des Heims Unmenschen sind. Es gibt schlichtweg kein Geld für eine bessere Versorgung.«

»Das ist furchtbar.«

Verlorene, verlassene Kinder. Gesine konnte sich gut vorstellen, dass Klaus seine Zeit damit verbrachte, ihnen zu helfen.

Klaus in Tiflis im Waisenhaus, Klaus auf dem Friedhof, wo ein Baby ausgesetzt wurde. Klaus und das Findelkind.

Er schob sich das Haar aus dem Gesicht. »Ich habe jedenfalls gelernt, dass man mit wenig Einsatz sehr viel bewegen kann.«

Natürlich! Sein Interesse galt dem Findelkind! Er war auch nicht am Krankenhaus gewesen, um sie, seine Exfrau, vor einem Angriff zu schützen, sondern er hatte versucht, zu dem Baby vorzudringen. Was wusste er über das Kind?

»Schrecklich«, sagte Hannes leise. »Es tut mir leid.« Er sah von einem zum anderen. Schuldbewusst, als habe seine kritische Haltung zu Klaus an Substanz verloren.

Das Essen wurde serviert, aber niemand schien Hunger zu haben. Gesine und Klaus saßen still da, und Hannes spielte mit Essig und Öl.

»Weißt du eigentlich, dass du gewissermaßen Onkel geworden bist?«, fragte er plötzlich.

Klaus runzelte die Stirn. »Ich? Wie denn?«

»Die Schwester von Gesine hatte Zwillinge. Zwei Mädchen.«

»Nein, das wusste ich nicht! Wo wohnen sie?«

Gesine stieß Hannes an, aber zu spät. »Ganz in der Nähe«, erzählte er schon.

Sie musste das klarstellen: »Wir sind geschieden, Klaus. Also bist du wohl kein Onkel im eigentlichen Sinn.«

Er aber freute sich. »Wann sind sie geboren worden? Waren wir da noch verheiratet?«

Hannes schüttelte den Kopf. »Entschuldigung, ich wollte kein neues Fass aufmachen.«

»Also, wie alt sind sie? Auf welche Schule gehen sie? Wie geht es ihnen nach dem Tod ihrer Mutter?«

Gesine fegte die Krümel vom Tisch. »Dritte Klasse Grundschule.«

»Zwillinge, ich fasse es nicht. Ich hoffe, du hast ein Foto. Ich will sie unbedingt kennenlernen.«

»Ich glaube nicht, dass das nötig ist.«

»Haben sie denn nie nach mir gefragt?«

Hannes klopfte auf den Tisch. »Nun beruhige dich. Du hast doch auch nie nach jemandem gefragt. In all den Jahren.«

»Leute!« Klaus langte über den Tisch und legte je eine Hand auf Gesines und Hannes' Arm. »Wovor habt ihr eigentlich Angst?«

20

Es hatte sich stets bewährt, die Arbeit in den Mittelpunkt zu stellen, wenn es im Leben eng wurde. Aber das Wochenende stand bevor, mitsamt Totensonntag, und Gesine fühlte sich in die Enge getrieben.

Frida und Marta riefen an und erzählten, dass ihr Vater freihabe und sie einen gemeinsamen Ausflug planten. Marina Olbert dagegen ließ gar nichts von sich hören, und Hannes war in seinem Bestattungsinstitut beschäftigt. Zwar meldete er sich zwischendurch, um sicherzustellen, dass es Gesine gut ging, aber sie wollte ihn auch nicht aufhalten. Die stillen Feiertage waren seine Hochsaison, und außerdem brauchte er bestimmt einmal Zeit für seine Affäre.

Sie fuhr auf den Friedhof, obwohl es nicht nötig war, und konnte dort immerhin die Tochter eines Selbstmörders treffen, die sich in die Rituale des Totensonntags einweisen ließ. Anschließend musste sie eine Schwester zu der Urne ihres Bruders geleiten, doch dann war Schluss. Alles war erledigt, und es galt das stille Gedenken.

Und es regnete weder, noch schien die Sonne. Es war trübe und knapp über null. Zu Hause kauerte der Bauernhof auf dem dunklen Land. Josef hatte sich zurückgezogen, der Hund lag im Stall auf dem Stroh und mochte nicht aufstehen.

Sie beschloss, den Pförtner und seine Frau im Krankenhaus zu besuchen. Sie hatte gehört, dass er noch nicht ansprechbar war, aber seine Frau hätte vielleicht etwas zu erzählen. Wer hatte den armen Mann niedergestochen und warum war es in seiner Wohnung passiert? Hatte er eine Bemerkung darüber gemacht, und sei sie noch so klein?

Sie kaufte Schnapspralinen an der Tankstelle, doch im Krankenhaus drang sie nicht so weit vor wie gedacht. Das Zimmer des Pförtners wurde von einem Beamten bewacht, und Frau Strothmann hielt es für besser, ihren Mann zusätzlich abzuschirmen. Sie kam auf den Flur und nahm Gesine beiseite.

»Gerhard hat alles vergessen«, sagte sie. »Er weiß nicht einmal, dass er Pförtner auf dem Friedhof ist. Sie würden ihn erschrecken, Frau Cordes, es geht leider nicht.«

»Möchten Sie denn mit mir eine Runde durch den Park spazieren? Zur Entspannung?«

»Ich muss doch bei ihm sein. Vielleicht kommt er heute noch einmal zu sich?«

Hinter den Brillengläsern wirkten die Lider der alten Dame wie feuchtes Krepppapier. Als sie die Zimmertür öffnete, um wieder zu ihrem Mann zu schlüpfen, gab sie für einen Moment die Sicht frei. Der Kopf des Pförtners lag auf einem zitronengelben Kissen. Wange, Hals und Unterarme trugen violettschwarze Flecken.

Im nächsten Krankenhaus, bei Baby Thomas, wurde Gesine herzlich empfangen. Schwester Monika zeigte ihr in einer Tabelle, wie viel das Kind zugenommen hatte. Sie legte es ihr gern in den Arm und gab ihr Zeit, es zu massieren. Es war ein fast schon vertrautes Gefühl: Das Baby lächelte und patschte Gesine ins Gesicht, und als sie ihm die Flasche gab, trank es ein wenig.

Sie ging mit ihm auf und ab und sang ihm zärtlich etwas vor. Nur der Gedanke an Klaus schob sich immer wieder dazwischen. Wusste er etwas über das Kind, das er weder ihr noch Marina Olbert verraten hatte? Bestand eine Verbindung zwischen ihm und Thomas?

Als es Abend wurde, nahm sie den Aufzug nach unten. Aus dem Augenwinkel sah sie eine Frau auf dem Flur und meinte, es handle sich schon wieder um Nicole Band. Doch bevor sie sie ansprechen konnte, schlossen sich die Türen, und sie ließ es dabei bewenden.

Draußen auf dem Parkplatz ging alles gut. Sie spitzte die Ohren, benutzte nur die breiten Wege mit den hellen Laternen und hatte auch günstig geparkt, und bevor sie losfuhr, verriegelte sie den Pick-up von innen.

Ob der Totensonntag Klaus etwas bedeutete? Ob er an Philipps Grab gewesen war? Ihr wurde flau im Magen.

Zu Hause fand sie schließlich eine Flasche Rotwein auf der Trittstufe vor ihrem Wohnwagen. Ein Zettel, den Hannes geschrieben hatte, hing daran: *Passende Gläser stehen in meinem Gästezimmer.*

Sie nahm die Flasche mit hinein, öffnete sie noch vor dem Abendbrot, und griff später noch auf zwei Tabletten zurück.

Am Montagmorgen erreichte sie eine Nachricht von Marina Olbert. Die Ermittlerin bat sie ins Präsidium, aber Gesine konnte nicht sofort darauf antworten, denn sie hatte sich überlegt, dass sie ihre eigenen Kenntnisse erweitern müsste, bevor sie noch einmal das vollgestopfte Büro der Olbert betrat. Sie musste in Erfahrung bringen, woran sie mit Klaus war, gerade wenn er jetzt zum Ermittlungsteam gehörte. Sie hatte auch schon eine Idee, wie sie dazu vorgehen wollte.

In der Kapelle auf dem Friedhof kontrollierte sie, ob sich niemand versteckte, der ihr zugucken könnte. Sie sah im Abstellraum nach und schaute sogar hinter das Sargpodest. Der Kerzenduft der Trauerfeier von gestern hing noch in der Luft, aber durch die Oberlichter strömte eine feuchte, herbstliche Frische.

Dann setzte sie sich in die vorderste Reihe, knapp auf die Stuhlkante, und versuchte, für einige Minuten keine Friedhofsgärtnerin mehr zu sein.

Klaus und sie hatten genau hier nebeneinandergesessen, vor zehneinhalb Jahren. Schulter an Schulter, gemeinsam vor dem Sarg ihres Kindes. Der Tiefpunkt ihrer Ehe, oder nein, es ging danach noch tiefer, denn hier in der Kapelle waren sie damals noch als Paar aufgetreten. Zum letzten Mal als Eltern.

Klaus hatte nicht nach vorn zum Podest geschaut, sondern nach unten auf seine gefalteten Hände. Die Tränen strömten aus seinen Augen, tropften auf seine Finger und von dort aus zum Boden. Zwischen seinen schwarzen Schuhen bildete sich eine Pfütze.

Wie regungslos er weinen konnte, anders als Gesine. Ein großer Stein war er, dem eine Quelle entsprang.

Und dann hatten sie beide aufstehen müssen, denn es ging weiter, aber der steinerne Mann drehte sich nicht zu ihr, zu der Mutter seines Sohnes, die an allem schuld war. Er drehte sich auch nicht zum Sarg, sondern nach hinten, zu den leeren Plätzen. Wurde weiß und rot angesichts der Leere in der Kapelle, obwohl sie die Plätze in gegenseitiger Absprache unbesetzt gehalten hatten. Niemand sollte da sein, wenn sie ihr Kind zu Grabe trugen. So wie für Philipp niemand da gewesen war. Weil seine Eltern Polizisten waren und meinten, auf der Arbeit dringender gebraucht zu werden als zu Hause.

Und es war stickig gewesen, damals in der Kapelle. Gesine war nach vorne gestolpert, mit unklarem Ziel, als der Sarg hinausgetragen wurde.

Fürchterlich. Und heute war es kalt. Sie sprang auf, hob die Arme über den Kopf und atmete tief durch.

Heute. Was wollte Klaus heute von dem Findelkind? Sie musste nachdenken.

Fühlte er sich davon angezogen, wenn Kinder in Not waren? Wollte er helfen, weil er alte Schuldgefühle lindern musste? Etwas gutmachen, weil er bei seinem Sohn etwas versäumt hatte?

Oder – war er wieder Vater geworden? Ein Vater, der es nicht aushielt, ein neues Kind zu haben?

Sie ließ die Arme sinken. Die Morgensonne schien in

die Kapelle, auf die Wachsflecken, die das Schieferimitat auf dem Boden sprenkelten, und auf den Papierkorb, der schon wieder überquoll.

Draußen an der Tür klopfte es. »Frau Cordes? Ich habe Ihren Pick-up gesehen. Könnten Sie bitte öffnen?«

»Frau Olbert, ich brauche einen Moment für mich.«

»Und ich brauche die Gewissheit, dass bei Ihnen alles in Ordnung ist.«

Gesine spürte, wie heftig ihr Herz schlug. Klaus. Das konnte doch alles nicht sein! Widerstrebend öffnete sie die Tür: »Kein Attentäter in Sicht.«

»Aber Sie haben nicht auf meine Nachricht geantwortet, und wir müssen über Ihren Exmann reden.«

»Warum? Sie haben ihn in Ihr Ermittlungsteam aufgenommen, was soll ich dazu noch sagen?«

»Das war nur eine Taktik von mir. Haben Sie das denn nicht durchschaut?«

Marina Olbert nahm sich einen Stuhl und schlug die Beine übereinander. Sie trug Fellstiefel, offenbar neu, man roch das Imprägnierspray.

»Sie werden jetzt unter der Hand etwas erfahren«, sagte sie. »Ich habe Kontakt zu der Dienststelle Ihres Exmannes in Tiflis aufgenommen, und zwar ohne sein Wissen. Ich wollte mich ganz diskret bei seinem Chef nach ihm erkundigen, allerdings habe ich nur die Sekretärin erreicht. Ein schwieriges Gespräch auf Russisch und Englisch, aber Ihr Exmann, Frau Cordes, hat es wohl versäumt, sich für seinen Urlaub abzumelden.«

»Was bedeutet das?«

»Er ist aus Tiflis abgehauen. Er bleibt dem Dienst ohne

Erlaubnis fern. Und das Beste ist: Sein Chef ist auf dem Weg zu uns, um ihn wieder einzufangen.«

»Der Chef der EU-Mission reist Klaus hinterher?«

»Alexis Wolkow, ein interessanter Mann. Er stammt sogar hier aus der Gegend, war Internatsschüler in England, wurde ausgebildet in der Schweiz und hat seine Karriere in Brüssel gemacht.«

Gesine setzte sich zu ihr. »Es klingt vollkommen unwahrscheinlich, dass er sich auf den weiten Weg gemacht hat, um eine arbeitsrechtliche Sache zu klären.«

»Aber so wurde es mir von seiner Sekretärin erzählt. Alexis Wolkow sucht persönlich nach Klaus Cordes. Und nun denken Sie an die Schüsse auf Sie und Ihren Exmann vor dem Krankenhaus. Mit der osteuropäischen Munition.«

»Sie wollen doch nicht andeuten, der Chef der EU-Mission in Tiflis wollte uns um die Ecke bringen? Das ist ja absurd!«

Die Olbert kniff die Augen zusammen. »Ich verrate Ihnen noch etwas. Die Frau, die ermordet wurde und an der Bushaltestelle lag, stammt vermutlich auch aus Osteuropa.«

»Und das Kind?«

»Das Mordopfer ist nicht seine Mutter. Aber vielleicht haben Sie Hinweise, dass Ihr Exmann eine Freundin hatte? Eine neue Lebensgefährtin vielleicht?«

Gesine schüttelte den Kopf. »Überlegen Sie doch: Wenn sie seine Freundin war, versteckt er sich nach ihrem Tod doch nicht auf dem Friedhof, ohne jemanden zu alarmieren. Und er spaziert anschließend auch nicht unbefangen herum.«

»Besonders unbefangen finde ich ihn nicht, aber Sie kennen ihn besser. Hat er Ihnen etwas anvertraut?«

»Nein.«

»Was sagt Ihnen denn Ihr Bauchgefühl?«

»Nichts.«

Die Fellstiefel wippten. »Das Mordopfer hieß Irma. Ich bin im georgischen Kulturverein auf ihre Spur gestoßen. Eine zweite junge Frau namens Carmela betreibt das Vereinslokal und hat Irma auf einem Bild identifiziert. Leider konnte ich Carmela nur ein einziges Mal befragen. Ich finde sie nicht wieder, es gibt keine gültige Adresse von ihr. Und eine Irma ist natürlich auch nicht als vermisst gemeldet worden. Bei beiden Frauen hängen wir völlig in der Luft.«

»Komisch. Aber wenn Klaus mit Irma verbandelt gewesen wäre, würde er nicht im Stillen ermitteln. Er würde schreien. Er würde Himmel und Hölle in Bewegung setzen, damit der Mörder gefunden wird.«

»So einer ist er, wenn er an jemandem hängt?«

Gesine schwieg.

Die Olbert holte Luft: »Und wenn er es war, der Irma erschlagen hat?«

»Niemals.«

»Es ist schwierig, den eigenen Exmann unter einem neuen Aspekt zu betrachten.«

»Und wie passt das Findelkind in Ihre Phantasie? Und der Überfall auf den Pförtner? Erst wenn sich alles zueinanderfügt, gewinnt man ein Täterprofil.«

»Einverstanden.« Die Olbert sammelte sich. »Wir nehmen an, dass der Täter den Pförtner, Gerhard Strothmann, töten wollte. Vielleicht hatte Herr Strothmann zu viel gesehen. Er könnte den Täter beobachtet haben, als Irmas Leiche an die Bushaltestelle gelegt wurde.«

»Möglich«, Gesine stockte. »Darum brannte morgens das Licht in der Loge, als ich ankam. Der Pförtner war bereits zum Dienst erschienen, überraschte aber den Täter und wurde von ihm überwältigt.«

»Anschließend fuhr der Täter mit ihm in die Wohnung der Strothmanns, in der es zum Tötungsversuch kam.«

»Und warum hat der Versuch nicht schon auf dem Friedhof stattgefunden?«

»Weil Sie dazwischenkamen, Frau Cordes. Als Sie an das Fenster klopften, könnte der Täter gerade mit dem Pförtner in der Loge gewesen sein.«

Gesine schob die Hände unter ihre Beine. »Und ich habe es nicht bemerkt.«

»Aber Sie haben das Findelkind bemerkt, das wenig später ausgesetzt wurde. Verstehen Sie? In der Loge saß Täter Nummer eins, und Täter Nummer zwei war draußen mit dem Baby unterwegs.«

»Möglicherweise.«

Und was für eine Vorstellung: Wie Gesine am Fenster stand und unter der Gardine hindurchspähte, während der Pförtner im toten Winkel dahinter um sein Leben bangte.

Marina Olbert hob die Brauen. »Wenn Sie Ihren Exmann zuordnen müssten, wäre er dann eher Täter Nummer eins beim Pförtner oder Nummer zwei beim Kind?«

»Ich lasse mich nicht provozieren.«

»Kommen Sie. Sie haben doch auch schon über Klaus und das Kind nachgedacht.«

Gesine schob den Stuhl zurück. Sie verabscheute es, in eine bestimmte Richtung gelenkt zu werden, aber die Olbert hatte vielleicht Fakten ermittelt, an die sie selbst nicht herankommen konnte.

»Ist Klaus der Vater?«, fragte sie barsch.

»Nein, er ist es nicht.« Die Olbert tat ganz entspannt. »Und es ist inzwischen auch klar, dass sich keine Spuren von ihm an der Babyschale oder an der Babykleidung befinden. Und auch nicht an der Tüte mit den Croissants.«

Gute Nachrichten. Befreiende Nachrichten, aber Gesine wandte sich ab. Sie brauchte Ruhe und Zeit, um alles zu verarbeiten, wohingegen die Olbert noch weiterreden wollte. In einem aufreizenden Rhythmus fing sie an, die Stuhlreihen abzuschreiten. Die Fellstiefel tappten wie Pantoffeln auf dem Schieferimitat.

»Sie haben also eine Genanalyse durchgeführt«, hielt Gesine fest. »Ich nehme an, ohne das Einverständnis von Klaus einzuholen.«

»Der Test gehörte zu einem Cluster, mit dem ich arbeite.«

»Seit wann sind Cluster eine valide Methode?«

»Heutzutage sind sie das.« Die Ermittlerin blieb vor dem Jesuskreuz stehen und legte den Kopf in den Nacken. »Warum gibt Ihr Exmann vor, er sei im Urlaub? Und warum taucht er ausgerechnet an dem Tag auf, als eine osteuropäische, mutmaßlich georgische Leiche an der Bushaltestelle liegt?«

200

»Ich weiß es nicht, verdammt noch mal!«

»Was wissen Sie denn stattdessen, Frau Cordes? Da ist doch etwas, das Sie belastet.«

»Klaus ist kein Mörder.« Gesine atmete aus, so lange wie möglich. »Aber es könnte sein, dass er hinter dem Findelkind her ist, nicht als Vater, sondern als jemand, der helfen will.«

Die Ermittlerin lauschte dem Echo der Worte. »Wie kommen Sie darauf?«, fragte sie dann.

»Wegen seiner Art. Wegen der Dinge, die er über die Kinder erzählt hat, um die er sich in seiner Freizeit in Tiflis kümmert. Und jetzt brauche ich frische Luft.«

Sie trat durch die Tür ins Freie und die Ermittlerin folgte ihr: »Gehen wir einige Schritte. Das beruhigt.«

Sie eilten nebeneinanderher, als hätten sie einen Termin. Es roch nach Nässe und Öllichtern, überall brannten Kerzen vom Tag zuvor, und die frisch geharkten Beete ließen die Welt sauber und sortiert erscheinen.

»Wenn Sie Klaus für gefährlich halten, warum ziehen Sie ihn nicht aus dem Verkehr?«, fragte Gesine. »Sie könnten so tun, als ob Sie Amtshilfe leisten, weil er sich von seiner Dienststelle in Tiflis entfernt hat.«

»Erstens wissen wir nicht, ob die Erzählung der Sekretärin in Georgien stimmt. Alexis Wolkow ist bisher jedenfalls nicht in Erscheinung getreten. Zweitens bin ich Mordermittlerin. Ich muss herausfinden, wer Irma getötet hat, und in dieser Sache habe ich noch zu wenig gegen Ihren Exmann in der Hand.«

»Sie kommen mir sehr unentschieden vor, Frau Olbert.«

Die Ermittlerin zog fröstelnd die Schultern hoch. »Sie haben ausgesagt, dass Sie am Abend der Schießerei die Lehrerin Ihrer Nichten auf dem Parkplatz getroffen haben.«

»Nicole Band, ja. Ich habe kurz mit ihr gesprochen und bin weitergegangen.«

»Und sagt Ihnen der Weinhandel Daubner etwas?«

»Nein. Daubner?«

»Ein hochklassiger Laden. Derselbe, in dem übrigens auch der Pförtner Wein gekauft hat.«

»Ist das eine Spur zu unserem Fall?«

»Ich weiß nicht. Könnte Ihr Exmann bei Daubner verkehren?«

»Woher soll ich das wissen? Fragen Sie ihn doch.«

»Das würde ich, wenn ich sicher sein könnte, dass er nicht lügt.«

»Ein übliches Problem in der Ermittlungsarbeit.«

Marina Olbert verzog amüsiert den Mund. »Zum Beispiel hat er versichert, den Friedhof am Tattag nicht verlassen zu haben. Aber ein Zeuge hat gesehen, wie er den Nordeingang benutzte.«

»Ich weiß.« Gesine seufzte. »Ich kenne den Zeugen. Er hat mir auch erzählt, dass Klaus in dem Kaninchenfutter herumgestochert hat, das am Nordeingang ausliegt.«

»Tatsächlich? Hunger?«

»Es war Tierfutter, altes Obst und Gemüse.«

»Nein«, die Olbert hauchte in die Hände. »Hunger ist ein Cluster, Sie müssen es nicht wörtlich nehmen.«

»Wir drehen uns im Kreis.«

»Ich mich nicht. Und ich will Ihnen nicht zu nahe treten, aber Sie hätten wahrscheinlich auch festeren Boden unter den Füßen, wenn Ihnen nicht diese anstrengende Vergangenheit in den Knochen säße.«

21

Da der Pförtner nicht im Dienst war, wurden die Nebeneingänge nur noch sporadisch geöffnet – dann, wenn einer der Gärtner Lust hatte, sich den passenden Schlüssel aus der Loge zu holen und sich bei den Friedhofskunden beliebt zu machen, denn durch die Nebeneingänge konnten sie eine Abkürzung nach Hause nehmen.

Gesine hatte es leichter. An ihrem Bund hing der Universalschlüssel, den der Pförtner ihr einmal unter der Hand zugesteckt hatte. Theoretisch kam sie jederzeit überallhin, sie konnte jedes Gebäude auf dem Friedhof öffnen. Nur ausgerechnet an jenem fatalen Morgen war sie zu scheu gewesen, den Schlüssel an der Loge zu benutzen.

Sie hatte, als sie beim Pförtner ans Fenster klopfte, die Befangenheit gespürt, die einen plagt, wenn man nicht weiß, ob man willkommen ist. Ob man alles richtig macht oder eher stört. Ob man drauf und dran ist, in eine peinliche Situation zu latschen, weil man einen alten Mann zu Tode erschreckt, der einfach nur zehn Minuten allein sein wollte.

Aber Gerhard Strothmann hätte Hilfe gebraucht: Er kauerte in der Ecke, eine Waffe am Hals, den Atem eines Mörders hinter sich. Und Gesine hatte ihm Croissants an den Türknauf gehängt.

Schlecht gelaunt öffnete sie das Tor am Nordeingang. Das Schloss war ein Witz, für Klaus musste es eine Sache von Sekunden gewesen sein, es zu knacken. Welche Geheimnisse verbarg er noch?

Irma? Die Spur des Mordopfers führte offenbar zum georgischen Kulturverein, vielleicht sogar bis nach Tiflis. War Klaus wegen Irma unterwegs? Hatte er seine Dienststelle verlassen, weil er wusste, dass sie ermordet würde? Seine Irma?

Sie war jung, hieß es. Vielleicht so jung wie Gesine damals, als sie mit ihm zusammenkam. Und allein dieser Gedanke zeigte, dass sie nicht objektiv war.

Ja, sie musste einräumen, dass die Anwesenheit von Klaus ihr schwer zu schaffen machte. Ihn wiederzusehen hielt ihr einen Spiegel vor. Zu wissen, dass sie einmal die Frau dieses Mannes gewesen war, dass sie ihn als vertrautesten Menschen erwählt hatte, seinen Geruch geliebt hatte, seine Haut, die kratzigen Stellen, das alles quälte sie. Er war gutaussehend, kräftig und interessant, man konnte es schlecht leugnen, aber es bedeutete, dass sie damals aus dem Vollen geschöpft haben musste. Sie musste mit ihm glücklich gewesen sein, oder nüchterner betrachtet: Sie war einst eine vollkommen andere Frau gewesen. Und es fühlte sich neuerdings an wie ein Verlust.

Das Tor am Nordeingang schepperte, als sie es zuzog,

und dann stand sie im Wald. Der Boden duftete, frisches Herbstlaub bedeckte die moderne Schicht der Jahre. Ein einziger Weg führte vom Friedhof fort, hinein in den Wildwuchs.

Verflochtene Kiefern und Fichten filterten das Licht. Rechts, um ein Vielfaches höher, stand eine alte Birke. Die Rinde klaffte auf, schwarze Spalten, aus denen es triefte. Weiter hinten drängten sich Schösslinge. Ein perfektes Versteck für einen Täter. Klaus könnte ihn bis hierher verfolgt haben.

Sie suchte nach Spuren, aber der Regen der vergangenen Tage hatte alles egalisiert. Einige Abdrücke von Pfoten kamen aus dem Unterholz, Fuchskot, sonst nichts. Auch keine frisch gebrochenen Zweige oder abgerissenen Nadelbüschel, erst recht keine Kampfspuren. Klaus wusste, wie man sich in der Natur bewegt.

Am Waldrand, wo die Bäume lichter waren, fand Gesine einen Teppich aus Blüten. Herbstzeitlose, auch sie waren unbeschädigt. Rosa Tupfen auf dem braunen Grund, als hätten sich Krokusse in der Jahreszeit vertan. Eine tödliche Täuschung.

Sie wanderte noch eine Weile umher, aber es blieb zwecklos, sie kam zu keinem Ergebnis. Im Gegenteil, die Fragen nahmen zu und lasteten immer schwerer auf ihr.

Als sie zum Nordeingang zurückkehrte, wollte sie den Tag abhaken, doch da hörte sie aus den Sträuchern am Brunnen Geräusche. Jemand hantierte im Gebüsch, dass die Zweige wackelten. Ein hellblauer Stoff blitzte auf. Herr Dinkelbach in der dicken neuen Daunenjacke.

»Ich möchte nicht glauben, was Sie da tun!«, rief Gesine.

»Frau Cordes?« Mit erhobenen Händen tauchte er auf. »Es ist nicht so, wie Sie denken.«

Seine Kapuze blieb an einem Ast hängen, vor Aufregung konnte er sich kaum befreien. Auf dem Boden neben dem Brunnen sah Gesine Möhren und einen angefressenen Apfel, ein kleiner Stoffbeutel lag daneben.

»Ich sammle gerade alles wieder ein«, erklärte Herr Dinkelbach. »Die Kaninchen hatten eine Stunde Zeit zum Knabbern, und jetzt nehme ich das restliche Futter mit nach Hause, um Ihnen keinen Ärger zu machen.«

Er meinte es nur gut. Sie schüttelte seufzend den Kopf und bückte sich, um ihm beim Aufsammeln zu helfen. Er lächelte unsicher und zog umständlich den Stoffbeutel auseinander. Lange Bänder hingen herab. Besonders lange. Bänder, die mit den Henkeln einer Tragetasche keinerlei Ähnlichkeit hatten. Es durchfuhr Gesine wie Eis.

»Wo haben Sie das her?«

Sie riss ihm den Beutel aus der Hand. Eine Möhre fiel heraus.

»Was machen Sie denn da?«, beschwerte sich Herr Dinkelbach.

Sie kippte alles auf den Boden und drehte den Stoff hin und her. Kein Beutel. Eine Mütze. Eine helle Baumwollmütze mit ungewöhnlich langen Bändern, sie sah genauso aus wie die Mütze, die das Fuchskind getragen hatte.

»Das gehört mir, ganz eindeutig.« Herr Dinkelbach bekam Angst.

»Wo haben Sie das her, und vor allem, seit wann besitzen Sie dieses Ding?«

»Sonst habe ich immer mein Taschentuch genommen. Aber das ist praktischer, nicht zu klein und nicht zu groß. Ich binde es zusammen und stecke es ein.«

»Es handelt sich um eine Babymütze, Herr Dinkelbach.«

»Ja? Vielleicht. Aber sie gehörte zu der Jacke und die Jacke gehört mir. Ich habe nichts falsch gemacht.«

»Zu welcher Jacke?«

»Sie haben doch gesehen, dass ich eine neue Jacke trage, oder nicht?«

Sie verbarg die Mütze hinter ihrem Rücken. Sie musste sich beruhigen, der alte Mann geriet völlig durcheinander.

»Es tut mir leid, dass ich so forsch rede«, sagte sie. »Aber würden Sie mir bitte erzählen, warum die Mütze zu Ihrer Jacke gehört?«

»Weil sie in der Innentasche steckte, als ich die Jacke bekommen habe.«

»Von wem bekommen?«

»Ganz allgemein bekommen.«

»Gekauft?«

»Nein.«

Er rückte an der Kapuze, er strich über den Saum, um seine Ansprüche zu betonen. Aber er zitterte und wagte kaum mehr, Gesine anzuschauen. Was konnte er denn getan haben? Die Jacke gefunden und mitgenommen haben? Am Tag, als das Findelkind auf den Friedhof gestellt wurde?

»Herr Dinkelbach, ich kann es nicht fassen. Sie wissen,

dass die Polizei tagelang nach Spuren von dem Baby gesucht hat. Sie wissen, dass es im Krankenhaus liegt, dass es vielleicht nie erfahren wird, wo es hingehört. Und da finden Sie eine Jacke und ziehen sie an? Drehen die Babymütze um und benutzen sie als Futterbeutel?«

»Was hat denn die Mütze mit dem Findelkind zu tun?«

»Die Polizei hätte die Spuren dringend gebraucht.«

Ihr brannten die Augen. Vor Enttäuschung und Verzweiflung. Wenn sie an das Baby dachte. Das kleine Gesicht. Und wie es unter dem hellen Stoff hervorgeguckt hatte. Und sie hatte neulich erst mit Herrn Dinkelbach am Grab seiner Frau gestanden und sich gefreut, dass er in seinen Daunen nicht mehr fror!

»Jetzt verstehe ich das«, sagte er bebend. »Aber so ist es nicht gewesen, Frau Cordes. Bitte denken Sie so nicht von mir.«

»Ich denke gar nichts.«

»Ich gehe doch nur zur Tafel.«

»Zu welcher Tafel?«

»Ich esse und muss nichts bezahlen.« Er zog die Schultern hoch. »Man könnte denken, es sei sehr unangenehm dort, aber es kommen lauter nette Menschen. Obdachlose und andere.«

Ihr Herz schlug bis zum Hals. »Die Armenspeisung?«

»Das heißt jetzt anders.«

»Und dort haben Sie die Jacke bekommen?«

Er kniff die Augen zu. »Ohne meine Frau müsste ich eigentlich mehr Geld haben, weil ich nur noch für eine Person einkaufen muss. Aber es klappt nicht.«

Sie umfasste seine Schultern mit beiden Händen. Behutsam, so gut sie konnte. »Ich schäme mich, Herr Dinkelbach. Ich wollte Sie nicht erschrecken.«

»Sie machen sich Sorgen um das kleine Baby, das weiß ich doch.« Eine Träne rutschte über die faltige Wange. »Ich hätte es gleich zugeben sollen: Ja, es ist eine Babymütze, und sie stammt von der Speisung, aber es ist schwierig, meine Umstände einfach so bekanntzumachen.«

»Und neulich waren Sie bei der Tafel, um zu essen, und jemand hat Ihnen angeboten, diese Jacke zu übernehmen, weil er gesehen hat, dass Ihnen kalt war.«

»Nein.« Er flüsterte fast. »Sie hing an der Stange. Ich durfte mir umsonst etwas aussuchen und habe mir das Schönste genommen.«

Vorsichtig ließ sie ihn los. Es gab keinen Zusammenhang mit dem Findelkind. Es war der reinste Zufall, dass er eine solche Mütze besaß. Oder?

Er konnte nicht aufhören, sich zu rechtfertigen. »Außerdem kann diese Mütze nicht dem Baby gehören, wenn das Baby seine Mütze doch auf dem Kopf hatte. Es müssen zwei verschiedene sein.«

»Richtig. Ich habe nicht nachgedacht«, sagte sie.

Aber es handelte sich um kein gängiges Modell. Vielleicht hatte jemand einen besonderen Gefallen an den langen Bändern gefunden und die Mütze gleich zweimal gekauft. Die erste wurde aus Versehen mit der Jacke in die Kleidersammlung gegeben. Die zweite diente als Ersatz.

Unwahrscheinlich.

Erst dann von Bedeutung, wenn diese Spur eine andere Spur kreuzen würde, die ebenfalls auf den Friedhof oder zur Obdachlosenhilfe zeigte. Man musste ermitteln, nach guter Tradition.

»Schenken Sie mir die Mütze, Herr Dinkelbach?«

NOTIZBUCH

Herbstzeitlose

Widerstandsfähige, krautige Pflanze, 8 bis 20 cm hoch.

Verbreitet auf feuchten Böden, Sonne und Halbschatten, auf Wiesen, Böschungen und an Wegesrändern.

Knolle bis 20 cm tief in der Erde.

Blätter im Frühjahr. Länglich lanzettlich, bis 40 cm, grundständig (Verwechslungsgefahr mit dem Bärlauch).

Kapselfrucht in der Mitte, wird von den Blättern aus dem Boden geschoben (Bärlauch: ohne Frucht).

Braun nach der Reife, schwarzbraune Samen.

Blüte ab dem späten Sommer bis in den Herbst. Rosa bis hellviolett, trichterförmig (Verwechslungsgefahr mit dem Krokus).

Lange Blütenröhre, die als Stiel erscheint.

Sechs Staubblätter (Krokus: drei Staubblätter).

Hochgiftig, in geringen Dosen bereits tödlich. Gift enthalten in allen Pflanzenteilen.

Alkaloide, besonders Colchicin, das sogenannte pflanzliche Arsen. Konzentriert in der Blüte.

Symptome erst nach 2 bis 6 Stunden. Brennen der Mundschleimhaut, Erbrechen, blutige Durchfälle. Nierenschädigung, unerträgliche Schmerzen, Anschwellen der Gelenke.

Heftiger Durst, blaue Rippen, Ohren, Nase. Abfallen der Körpertemperatur. Tod durch Atemlähmung oder Kreislaufversagen.

Schon bei Verdacht Notarzt. Magen spülen. Kreislauf aufrechterhalten, Infusionen.

22

Man hörte die Weihnachtslieder schon auf der Straße. Noch vor dem Eingang der Grundschule stand ein erleuchtetes Rentier mit Schlitten, an der Fassade hing ein aufgeblasener Nikolaus. Es roch nach heißer Holzkohle und Vanille, und die Luft flirrte vom Schwatzen und Lachen der Leute.

Frida und Marta umklammerten Gesines Hände, als sie den Schulhof betraten. Finger, starr wie Pflanzendraht. Hannes und Josef hielten sich dicht hinter ihnen.

Hier kamen sie, das wohl merkwürdigste Gespann auf dem gesamten Adventsbasar. Mutterlose Zwillinge mit einer Tante, die Friedhofsgärtnerin war. Mit einem Bestatter als onkelähnlichem Freund und einem Bauern als Opa-Ersatz.

Der Vater der Mädchen, der eigentlich Zuständige, blieb wieder einmal fern. Er musste arbeiten.

Gesine lächelte den Kindern zu und bewunderte demonstrativ die vielen Lichter. Die Schule hatte sich in ein Festgelände verwandelt. Der Laubengang war mit LED-Schläuchen geschmückt, selbst das Klettergerüst war bunt erleuchtet. Aus den Lautsprechern klang »Stille Nacht«. Handgemalte Schilder priesen geröstete Kastanien und Punsch an, und in der Mitte des Schulhofs war Holz aufgeschichtet, um später ein Feuer zu entzünden.

Mädchen und Jungen verschiedener Altersklassen liefen umher und lachten. Manche grüßten Frida und Marta, und auch der ein oder andere Erwachsene nickte ihnen zu. Gesine versuchte, angemessen zu reagieren, aber das Wichtigste war, die Nichten im Auge zu behalten.

»Ich rieche Glühwein.« Josef zwinkerte den Zwillingen zu.

»Im Foyer gibt es Punsch«, sagte Frida. »Auch welchen mit Saft.« Aber sie wagte es nicht, Gesine loszulassen.

Hannes zog lange Streifen Getränkemarken aus der Tasche. »Ich gebe einen aus, wenn ihr mir beim Tragen helft.«

Er hielt den Mädchen die Hände hin und sie wechselten zu ihm hinüber. Nach einigem Zögern verschwanden sie zu dritt im Gewühl.

Der alte Bauer sah den Kindern nach und räusperte sich. »Sag mir, wenn ich irgendetwas tun muss, Gesine. Ich kenne mich mit Schulbasaren nicht aus.«

»Du könntest andere Musik auflegen.«

»So schlimm?«

Er hakte sich bei ihr unter und hatte einen Ausdruck im Gesicht, den sie nicht gut aushalten konnte. Sie wies auf die Tische, an denen Bastelarbeiten verkauft wurden.

»Wir müssen ordentlich Geld ausgeben«, sagte sie. »Genau wie die anderen Familien.«

»Gerne«, entgegnete Josef. »Weihnachtsschmuck für Frida und Marta.«

»Ja, aber sei bitte vorsichtig mit ihnen. Du musst sie erst einmal fragen, ob sie zu Hause überhaupt schmücken wollen.«

»Wieso? Ein bisschen Weihnachten heilt alle Wunden.«

»Nein, außerdem brauchen sie nicht in einem Museum zu leben.«

»Ich glaube, es ist gut, dass ich mitgekommen bin.«

Der Schulhof füllte sich. Sie versuchten, dem Gedränge auszuweichen und sich abseits zu halten. Nur selten wurden sie angesprochen. Ein alter Bekannter von Josef kam vorbei, der vom Dorf in die Stadt gezogen war, und zwei oder drei Leute, die Gesine dem Friedhof zuordnen konnte, winkten herüber.

Als Hannes und die Kinder wieder auftauchten, war der Geräuschpegel auf ein enormes Niveau gestiegen. Frida und Marta hielten Becher mit Punsch in die Höhe und mussten aufpassen, nichts zu verschütten. Einer der Becher war überzählig, Marta behielt ihn in der Hand.

»Der ist für Mama«, sagte sie, »aber wenn du willst, kannst du auch einen Schluck davon trinken, Gesine.«

Sie schüttelte den Kopf und pustete auf das heiße Getränk. Früher hatte sie Kardamom und Sternanis geliebt, heute bekam sie bei dem Geruch eher Durst auf klares, frisches Wasser. Dennoch tat sie, als würde sie seinen Duft genießen, und als sich alle zuprosteten, stieß auch sie mit dem Extrabecher an. Dabei fiel ihr der Aufdruck auf dem

Porzellan ins Auge: *Weinhandlung Daubner.* Daubner, der Name, den Marina Olbert erwähnt hatte.

Hannes schlug vor, über den Basar zu schlendern. Gesine nahm die Kinder und flanierte mit ihnen an den Verkaufstischen vorbei. Windspiele klimperten, Bienenwachskerzen flackerten. Filzuntersetzer, Strickhandschuhe und Krippenfiguren waren kunstvoll drapiert. So viele Menschen hatten für den Basar gebastelt, und die meisten von ihnen schienen an Engel zu glauben, die Posaune spielten.

»Ich könnte etwas für die Gärtnerei kaufen«, sagte sie, und als die Kinder mit den Achseln zuckten, entschied sie sich für einen Wandschmuck und einen beleuchteten Stern. Beim Bezahlen verdoppelte sie die Summe als Spende.

Josef besorgte in der Zwischenzeit scharfes Schlehenwasser für die Erwachsenen und trank selbst noch einen Honigschnaps hinterher. Er mühte sich ab, mit den Kindern zu witzeln, aber sie blieben wortkarg und wehrten sich nicht einmal, wenn sie angerempelt wurden. Ihre Augen waren groß und dunkel. Marta kämpfte mit dem Extrabecher in der Hand, immer wieder schwappte etwas über, und Frida schien bald den Tränen nahe zu sein.

»Wir brauchen etwas zu essen«, befand Hannes und suchte den Nikolaus, der über den Hof stiefelte und Weckmänner verteilte. Der Mann schwitzte in dem roten, dicken Kostüm, aber aus dem Jutesack duftete es nach Gebäck. Er beugte sich freundlich zu den Mädchen, ohne Erfolg. Sie wanden sich verlegen und wollten nichts annehmen. Schließlich legte Hannes die Arme um sie und schob sie in den Laubengang zurück.

»Sollen wir nach Hause fahren?«

»Nein, unsere Lehrerin hat uns noch nicht gesehen. Sie soll wissen, dass wir mitmachen.«

»Frida, wenn ihr euch schlecht fühlt, können wir nicht hierbleiben.«

»Sondern?«

»Vielleicht solltet ihr einmal erzählen, wie ihr früher Weihnachten gefeiert habt, dann kann ich überlegen, was gut für euch ist.«

»Hannes.« Gesine stieß ihn an. »Wenn es nur darum geht, dass die Lehrerin euch sehen soll, löse ich das Problem. Wartet hier auf mich.«

Sie strich den Kindern über den Kopf und tauchte ins Getümmel, den Becher mit dem Punschrest an sich gedrückt. Sie fragte wildfremde Menschen nach Nicole Band und fand sie nach einer Weile am Maronen-Stand, wo sie die heißen, gerösteten Früchte in Tüten füllte. Sie war von Eltern umringt und musste sich nach allen Seiten unterhalten. Als sie Gesine erkannte, rief sie ihr etwas zu, das im allgemeinen Lärm unterging. Gesine musste mit Gesten zu verstehen geben, man würde drüben am Laubengang auf sie warten. Die Lehrerin spreizte die Finger und nickte: In zehn Minuten würde sie herüberkommen. Und schon drängte der Pulk Gesine zur Seite.

Sie ließ sich zu den Waschräumen treiben und goss den Punsch in den Abfluss. Klebrig und kalt. Die Aufschrift *Daubner* auf dem Becher beunruhigte sie. Sie sah in den Spiegel. Vielleicht sollte sie die zehn Minuten nutzen, bis

Nicole Band Zeit für sie fand? Laut den Wegweisern war es bis zum Ausschank nicht weit.

Sie drängelte sich durch und stand bald vor dem dampfenden, elektrischen Kessel. Ein Mann mit feuerrotem Haar bediente die Anlage. Auf dem Tisch lag ein Stapel Prospekte. *Weinhandlung Daubner*, Werbung in der Schule, offenbar sponserte der Laden das Fest.

»Hat es Ihnen geschmeckt?«, fragte der Mann und streckte die Hand nach ihrem Becher aus.

»Sind Sie von der Weinhandlung?«

»Ich bin die Weinhandlung«, er lächelte. »Karl Daubner, und Sie können ruhig noch einen trinken. Meine Einnahmen werden der Obdachlosenhilfe gespendet.«

Sie ließ sich einen neuen Becher geben und spendierte die doppelte Anzahl Getränkebons. Der Mann war ihr auf den ersten Blick sympathisch, aber ihre Skepsis blieb. Was hatte die Olbert genau über Daubner gesagt? Hatte sie gefragt, ob Klaus früher ein Kunde dieser Weinhandlung gewesen war? Ja, allerdings, und sie hatte auch noch erzählt, dass der Pförtner bei Daubner Wein kaufte. Außerdem hatte sie die Lehrerin, Nicole Band, erwähnt. Alles ein Zufall? So viele Verbindungslinien?

»Entschuldigen Sie die Frage«, sagte Herr Daubner. »Haben Sie Kinder hier an der Schule?«

Sie drückte sich vor einer konkreten Antwort. »Dritte Klasse«, sagte sie und legte die Finger um den Becher.

»Zwillinge, stimmt's? Die beiden sind mir aufgefallen, als wir das Fest vorbereitet haben. Sie sehen Ihnen verdammt ähnlich.«

»Danke.«

»Ich weiß, wie das ist«, Daubner zog eine scherzhafte Grimasse. »Ich werde selbst oft auf die Ähnlichkeit zu meiner Tochter angesprochen. Belinda!«

Er winkte zum Treppenaufgang an der Rückwand des Foyers. Ein Mädchen lehnte am Geländer und langweilte sich. Die gleichen roten Haare wie er, die gleiche weiße Haut und die gleiche Art zu winken.

»Geht Ihre Tochter auch in die Klasse von Nicole Band?«, fragte Gesine.

»Natürlich nicht. Aber warum fragen Sie nach Nicole?«

Zwei andere Kunden drängten sich an den Tisch. Gesine trat beiseite und führte den Becher zum Mund, ohne zu trinken. Nicole. Er duzte die Lehrerin?

Sie nahm einen neuen Anlauf. »Ich glaube, Frau Band und Sie haben eine gemeinsame Bekannte. Marina Olbert, oder?«

»Nie gehört.«

Er wischte über den Kessel und kontrollierte seine Kasse, wie jemand, der nicht hochschauen wollte. Gesine blickte noch einmal zu seiner Tochter hinüber und erlebte eine Überraschung. Eine Frau hatte sich zu Belinda gesellt und überreichte ihr eine Wolke Zuckerwatte. Sie drehte dem Ausschank halb den Rücken zu, doch von ihren Bewegungen und ihrer Figur her erinnerte sie an Lucy von damals, die Prostituierte von der Bushaltestelle am Friedhof.

»Lucy?«

Das war ein Zufall zu viel. Gesine schob sich nach vorne, der heiße Punsch schwappte aus dem Becher und erwischte die Jacke eines Vordermanns. Eine Entschuldigung, ein harmloses, aber langwieriges Hin und Her, und dann waren sowohl Lucy als auch Belinda von der Treppe verschwunden. Verärgert kehrte Gesine um. Karl Daubner wischte immer noch über den Kessel, nickte ihr aber jetzt wieder freundlich zu. Sie grüßte, möglichst gelassen, und zog sich aus dem Foyer zurück.

Die zehn Minuten waren längst überschritten. Auf dem Schulhof hatte sich ein kleiner Chor aufgebaut, der mit Triangel und glockenhellen Stimmen »Jingle Bells« sang. Am Maronen-Stand hatte das Personal gewechselt. Gesine verschenkte ihren Punschbecher und spreizte die Ellbogen ab, um schneller voranzukommen.

Die Lehrerin jedoch hatte sich noch nicht bei Frida und Marta gemeldet. Die Mädchen standen im Laubengang wie eben, nur dass die Stimmung erfreulich umgeschlagen war. Marta hatte den Punsch für ihre Mutter auf den Boden gestellt und aß eine Waffel, ebenso wie Frida. Auch an Josefs Nasenspitze klebte Puderzucker, und Hannes war damit beschäftigt, jedem einen Sticker an die Jacke zu heften, einen blinkenden Weihnachtsmann mit Mütze.

»Frida und Marta wollten nun doch etwas von früher erzählen«, sagte er bedeutungsvoll zu Gesine. »Wusstest du, dass deine Schwester gern Plätzchen gebacken hat?«

Sie runzelte die Stirn. »Nein.«

»Und sie ging gerne auf Weihnachtsmärkte.«

Er hielt auch ihr einen Sticker hin, sie verdrängte die Gedanken an Daubner und Lucy, nahm das Ding und befestigte es am Kragen. Das Blinken störte, aber die Mädchen grinsten.

»Mama hat jedes Jahr eine neue Christbaumkugel gekauft«, sagte Frida. »Sie mochte besonders die roten.«

»Unser Tannenbaum war am Ende ziemlich voll«, schob Marta nach.

Josef freute sich. »Heute kaufen wir eine besonders schöne rote Kugel für euch. Oder was meint ihr, welche Farbe würde eure Mutter aussuchen, wenn sie hier wäre?«

Marta zuckte zurück, als sei ihr etwas eingefallen. Gesine legte dem Bauern eine Hand auf die Schulter, um ihn zu bremsen, doch er setzte schon nach: »Ihr wollt doch wieder einen Tannenbaum haben?«

Frida stopfte sich den Rest der Waffel in den Mund. Sie war kaum zu verstehen: »Mama würde gerne eine neue Kugel kaufen.«

Doch Marta sah zu Gesine, dann auf den Punschbecher am Boden und schwieg. Auf dem Schulhof riss der Chorgesang ab, es wurde geklatscht und gepfiffen. Gesine kniete sich vor das Kind.

»Hab keine Angst.«

Wie in Trance hob Marta den Becher hoch. »Was wollen wir mit Mamas Punsch machen, wenn keiner ihn trinken will?«

Sie fing an zu weinen und Gesine schloss sie in die Arme. »Ich kann nichts davon trinken, Marta, es geht einfach nicht.«

Das Mädchen schluchzte, dass sein gesamter Körper zuckte. Gesine streichelte das wirre Haar. Sie wusste ja, dass es sich schön anfühlte, sich zu erinnern, aber das galt nur für den ersten Moment. Im zweiten Moment konnte schon das Schlimmste passieren.

Frida legte ebenfalls die Arme um sie. »Wir können Mama nie wiedersehen. Nie wieder!«

»Doch, das können wir«, sagte Gesine.

»Sie ist tot!«

»Das stimmt, und es ist furchtbar traurig, aber weil sie euch liebgehabt hat, gibt es einen Trick.« Sie umschlang die beiden und bat sie, die Augen zu schließen und an ihren letzten Tannenbaum zu denken, so fest sie konnten. »Denkt daran, wie eure Mama ihn geschmückt hat. Wie sah sie dabei aus?«

Die beiden weinten, und sie ließ ihnen Zeit.

»Ich glaube, ich sehe sie«, flüsterte Frida nach einer Weile, und Marta nickte verzagt.

»Dann versucht, sie festzuhalten.«

»Ein komischer Trick.«

Sie rieben die Gesichter an Gesines Jacke und gaben sich hin. Hannes und Josef machten den Eindruck, als wünschten sie sich meilenweit fort.

Schließlich hob Marta den Punschbecher auf und kippte ihn aus. »Reicht das Pfandgeld für eine neue Christbaumkugel?«

Gesine zuckte mit den Schultern und lachte. Sie war erleichtert, so wie die Kinder wohl auch. Der Schrecken war vorübergezogen, und im besten Fall konnten die Mädchen daraus etwas mitnehmen, das ihnen in Zukunft noch helfen würde.

Hannes zog sie auf die Beine. Bauer Josef fing wieder an, die Mädchen zu necken, und es dauerte nicht lange, da fielen sie gemeinschaftlich in einen Zustand, den man nur als Kaufrausch bezeichnen konnte. Sie nahmen alles mit, was ihnen gefiel, auch Filzuntersetzer und Engel. Josef bestand darauf, zu zahlen, und genehmigte sich weitere Schlehenwasser. Hannes' Augen glänzten, und Gesine dachte nur kurz noch einmal an Lucy und Daubner zurück.

23

Marina Olbert lehnte am Zaun, der das Brachland des georgischen Kulturvereins vom Abbruchgelände daneben trennte. Sie hatte ihr Rennrad im Büro gelassen und trug dunkle Kleidung, und weil die blonden Haare dazu neigten, unter der Strickmütze hervorzurutschen, hatte sie sich ein schwarzes Tuch um den Kopf geschlungen. Sie wollte unsichtbar sein. Schweigend in der Finsternis lauern und auf Carmela warten.

Keine Meldeadresse, keine Informationen über die junge Frau, die den Kulturverein bewirtschaftete. Und da hieß es immer, die deutschen Behörden seien streng. Für den georgischen Wohncontainer hatte sich jedenfalls noch keine Aufsicht interessiert.

Zwei Möglichkeiten hatte Carmela als Gehörlose im Alltag. Sie konnte sich aktiv am Leben beteiligen, indem sie mit ihrer Gebärdensprache umging wie andere Menschen mit Mund und Ohren. Oder sie konnte unsichtbar bleiben. Nicken, lächeln, herumhuschen, niemand würde sich an sie erinnern.

Allerdings war sie doch mit dem Mordopfer Irma bekannt oder befreundet gewesen. Sie musste ein Interesse haben, den Mord aufzuklären. Immer wieder ging Marina durch, wie Carmela auf die Nachricht von Irmas Tod reagiert hatte. Entsetzt. Entgeistert. So aufgewühlt, dass sie zu Papier und Stift gegriffen hatte: *Was ist passiert?*, aber Marina war es nicht gelungen, ihr Zutrauen zu nutzen.

Hatte sie als Ermittlerin den Eindruck erweckt, als nähme sie den Fall nicht ernst? Weil sie mit den Georgiern gegessen und getrunken hatte? Aber was wusste Carmela denn von den Methoden der Polizei?

Sie war jedenfalls noch in der Nacht danach untergetaucht. Marina hätte den Kulturverein beinahe durchsuchen lassen, aber dann war es ihr zu offensiv erschienen. Sie brauchte ein vertrauensvolles Gespräch mit Carmela, das spürte sie. Bei diesen Ermittlungen ging sie am besten leise vor.

Sie bückte sich zu ihrem Rucksack und zog die Thermoskanne heraus. Die Stiefel mit der Wärmesohle leisteten gute Dienste, ebenso wie die Jacke und die Hose aus der Polizei-Kollektion. Sie verschmolz in diesen Klamotten mit der Dunkelheit und fühlte sich wohl.

Drüben zogen Jugendliche über die Straße. Aus mindestens zwei Handys schepperte Rapmusik. Ein Mädchen grölte, und als es durch den Kegel der Laterne stolperte, sah Marina, dass es seine schillernde Jacke heruntergezogen hatte, so dass die Schultern bloßlagen.

Manchmal war es gut, nicht mehr in diesem Alter zu sein. Noch jung zu sein, was sonst, aber ohne die Jämmerlichkeit.

Ein Auto hielt. Eine dunkle, schwere Limousine, sie

duckte sich tiefer in den Schatten. Was für ein Schlitten. Derselbe Wagen, der bei Gesine Cordes am Waldrand vorgefahren war? Mit einem schnellen Handgriff richtete Marina die Videokamera aus. Verdunkelte Scheiben, eine diffuse Bedrohung. Aber anders als am Waldrand gab es diesmal ein Nummernschild.

Die Beifahrertür öffnete sich. Ein Mann stieg aus. Mit Glatze oder einem kahlgeschorenen Schädel. Sein Mantel war elegant, seine Schuhe hatten eine harte Sohle, der Dreck knirschte. Er spähte durch das Fenster in den Wohncontainer. Die Autotür blieb offen, und ein warmer Lichtschein fiel aus dem Innern.

Alexis Wolkow. Marina hatte sich sein Bild am Computer gut eingeprägt. Wolkow von der EU-Mission in Tiflis, der nach Klaus Cordes suchte und nun am georgischen Kulturverein gelandet war. Sollte sie sich als Kollegin zu erkennen geben? Erst einmal abwarten.

Sie ließ die Kamera laufen, es musste ja niemand erfahren. Wolkow sah sich um, trat an die Limousine und gab einen Befehl. Auf der Fahrerseite stieg ein zweiter Mann aus, ein drahtiger Typ, der sich auf den schlammigen Weg zur Rückseite des Containers machte. Marina schwenkte die Linse. Wegen ihrer günstigen Position konnte sie sowohl zur Straße als auch zum Brachland filmen.

Wolkow, am Wagen, säuberte sich an der Bordsteinkante die Sohlen. Er schien die Ruhe selbst zu sein. Der Drahtige erreichte unterdessen den Eingang. Er rüttelte an der Klinke, dann klirrte etwas, die Tür wurde geknackt und der Kerl verschwand nach drinnen. Ein Einbruch, Marinas Herz klopfte. Sie hatte alles im Kasten, EU hin oder her.

Sie pirschte weiter nach hinten, bis sie selbst in den Container gucken konnte. Das Licht war an, der Drahtige fühlte sich verblüffend sicher. Er schritt umher, prüfte Ecken und Schränke, tastete routiniert und rasch ein paar Stellen ab, löschte das Licht und kam wieder heraus. Marina folgte ihm, als er zur Straße ging.

Wolkow wies den Drahtigen an, sich die Schuhe zu säubern, bevor er in die Limousine stieg. Dann fuhren sie weiter.

Marina stoppte die Kamera und verstaute sie in ihrer Tasche. Aufgeregt wegen der Aufnahmen. Sie waren belastend. Hatten Wolkow und der Drahtige wirklich nach Klaus Cordes gesucht? Oder vielleicht nach Carmela?

Sie trank den Fitness-Tee aus ihrer Thermoskanne, schulterte den Rucksack und stapfte über den feuchten Boden zur Eingangstür. Der Drahtige hatte das Schloss zügig und unprätentiös geknackt, aber ihr selbst fehlte ein wenig die Übung. Oder war sie nervös?

Sie knipste die Taschenlampe an, um sich einen Eindruck von den Gegebenheiten zu verschaffen, da klackerte über ihr etwas. Ganz zart und flüchtig. Sie löschte das Licht. Nein, es war kein Klackern. Es war ein leises, intensives Fingerschnippen! Von hoch oben, über der Tür. Jemand lag auf dem Dach des Containers und gab Signale.

»Carmela?«, rief sie gedämpft.

Keine Antwort. Aber wer sonst würde auf dem Dach liegen und Geräusche machen, anstatt zu sprechen?

»Carmela!«

Eine Männerstimme antwortete von der Seite des Containers: »Suchen Sie jemanden?«

Eilig knipste sie die Lampe wieder an und leuchtete dem Mann ins Gesicht. Alexis Wolkow. Er kam auf sie zu, der Lehm schmatzte schwer.

Sie hielt ihren Ausweis hoch. »Polizei. Bleiben Sie stehen.«

»Ah, eine Kollegin!« Auch er präsentierte einen Ausweis. Eine schmuckvolle Holographie, die in Regenbogenfarben schillerte. »Alexis Wolkow mein Name. EU-Mission Tiflis. Darf ich mich bewegen?«

»Marina Olbert. Mordkommission.«

Er lächelte und ging weiter auf sie zu, als könne ihn die Lampe nicht blenden. Sie zog das dunkle Tuch von ihren Haaren und straffte die Schultern. Wie viel hatte er gehört?

»Mordkommission also. Marina? Und Sie interessieren sich für den georgischen Kulturverein?«

»Ich bin hier verabredet.«

»Richtig, Sie haben nach jemandem gerufen.«

»Darf ich fragen, was Sie hier machen?«

»Ich wollte nachgucken, wer mich eben beobachtet hat. Oder dachten Sie, wir hätten Sie nicht bemerkt?« Er lachte. »Verzeihung, ich bin nur weggefahren, um wiederzukommen und zu sehen, was Sie treiben.«

Sie bemühte sich, gleichmäßig zu atmen. Die Kamera schien im Rucksack zu glühen.

»Erklären Sie mir, was Sie im Kulturverein zu suchen hatten«, forderte sie sachlich.

»Wollen wir uns gemeinsam den Film anschauen?«, entgegnete er.

»Welchen Film?«

»Ein Gerät hat gefunkelt, als Sie im Dunkeln am Zaun standen. Etwas Metallisches oder etwas aus Glas.«

»Ach! Meine Thermoskanne.«

Nun lachte Marina, und zwar nicht minder kühl als er. Und es funktionierte. Sie sah, wie Wolkow unsicher wurde. Jetzt konnte sie nur noch hoffen, dass Carmela sich oben auf dem Dach klug verhielt. Wusste sie, wie viel Lärm es machen würde, wenn sie sich in ihrer Winterjacke bewegte? Und schaffte sie es, ihre Angst zu bezähmen, obwohl sie nicht mitkriegen konnte, was man unten besprach?

»Wissen Sie«, sagte Wolkow, »ich habe einen weiten Weg hinter mir, und es geht um eine heikle, dienstliche Angelegenheit.«

»Vertrauen Sie mir an, um was es geht, bevor ich eigene Schlüsse ziehe.«

»Sie ahnen vielleicht, dass ich nach Klaus Cordes suche? Der Name sagt Ihnen etwas?«

»Selbstverständlich. Aber den Einbruch in den Kulturverein erklärt es nicht.«

»Sie könnten mich von weiteren Taten abhalten, indem Sie mir klipp und klar sagen, wo Klaus sich aufhält.«

»Darüber müsste ich nachdenken.«

»Ah, Sie wissen es also? Wollen wir uns nicht in mein Fahrzeug setzen und plaudern?«

»Gern, aber dann muss ich meiner Verabredung einen Zettel hinterlassen, damit sie nicht wartet.«

Sie fand einen Notizblock im Rucksack und schrieb offen, so dass Wolkow die Worte mitlesen konnte:

Musste los, aber nur wegen des Jobs. Marina

Dann klemmte sie den Zettel an die Tür und fragte beiläufig: »Kennen Sie den Trinkspruch mit der Schildkröte und der Schlange?«

»Selbstverständlich. Georgische Tradition.«

»Ich habe mit meiner Verabredung gewettet, wie es ausgeht: Bleibt die Schlange auf der Schildkröte oder rutscht sie am Ende herunter und beißt?«

»Sie bleibt natürlich oben. Freundschaft ist in Georgien eine Säule der Gesellschaft.«

»Dann habe ich die Wette gewonnen. Vielen Dank!«

Sie nahm sich erneut den Zettel vor und ergänzte: *Übrigens, die Schlange bleibt oben, und das werden wir feiern.*

Wolkow schnalzte mit der Zunge, fand es lächerlich, aber Carmela würden die Zeilen helfen. Zwar würde sie ungern gehorchen, denn es war kalt auf dem Dach und sie fürchtete sich bestimmt, wenn sie dort liegen blieb. Aber Marina musste sicher sein, dass sie hier auf sie warten würde.

Auf dem Weg zur Limousine nahm Wolkow ihr die Lampe ab und leuchtete wie unabsichtlich über das Brachgelände. Sie nahm im Gegenzug ihr Handy, rief im Präsidium an und gab klar und verständlich ihren Standort durch. Wolkow sollte ruhig wissen, dass sie ein Team hatte und dass sich ein Angriff auf sie nicht lohnte.

»Nun erzählen Sie mir von Klaus Cordes«, bat er schließlich auf der beigen Rückbank seines Wagens.

»Nach Ihnen, Herr Kollege«, sagte sie und ordnete ihr Haar. Auch wenn es ihm schwerfiel, sich kommandieren zu lassen, blieb ihm doch keine Wahl.

»Klaus ist mein bester Mann«, sagte er widerstrebend. »Oder nein: Er war mein bester Mann, aber er ist einfach nicht mehr zum Dienst erschienen, sondern seiner Freundin nach Deutschland gefolgt. Irma heißt sie, ein nettes Mädchen, doch sie hat ihm das Herz gebrochen.«

Schon lange hatte Marina kein so teures Rasierwasser mehr gerochen. Sie atmete durch und lehnte sich in das weiche Polster.

»Sie sind der Chef der Mission in Tiflis. Warum nehmen Sie die Mühe auf sich, persönlich nach Herrn Cordes zu fahnden?«

»Es ist eine Frage der Ehre, Marina. Oder soll ich in den Akten lesen, dass einer meiner Mitarbeiter sich von einer jungen Frau hinreißen lässt, unsere Mission zu verraten?«

»Sie wollen sein Verhalten decken?«

»So verstehen wir Freundschaft. Ehre, Freundschaft und Miteinander. Klaus war jahrelang loyal, und nun helfe ich ihm. Ich hole ihn nach Hause und es ist gut.«

Sie lächelte maliziös. Seine schmutzigen Schuhe standen auf der hellen Veloursmatte im Fußraum, ebenso wie ihre Polizeistiefel. Der Drahtige am Steuer rührte sich nicht. Sein Nacken war scharf ausrasiert.

Sie räusperte sich. »Es tut mir leid, Ihnen mitteilen zu müssen, dass Irma ermordet wurde. Ich ermittle in dieser Sache.«

»Verdammt!«

»Sie kannten sie gut?«

»Klaus! Was hat er getan?«

»Wie meinen Sie das?«

»Gar nicht! Ich meine gar nichts!«

Er hob die Faust und biss sich auf die Knöchel. Seltsam. Ein Gefühlsausbruch, der echt erschien. Sein Schädel veränderte die Farbe, seine Schultern zogen sich nach vorn. Sie sah sein Kreuz, das sich unter dem feinen Mantel abzeichnete. Er hatte doch bestimmt von dem Friedhofsmord gehört? Was hatte er denn gedacht, wer die Tote war? Ein Mann mit seinem Hintergrund und seinen Kontakten? Oder betrieb er seine Nachforschungen wirklich nur eingeschränkt in aller Heimlichkeit?

Der Drahtige startete den Motor, die Limousine rollte los, ohne dass Wolkow ein sichtbares Zeichen dazu gegeben hatte.

»Wir setzen Sie im Präsidium ab«, sagte er. »Wir ermitteln ab jetzt zusammen, Marina. Aber bitte versprechen Sie mir, dass ich Klaus meine eigenen Fragen stellen darf.«

»Herr Wolkow, Alexis, ich habe meinen Fall zu klären, und auf deutschem Boden fehlt Ihnen die Befugnis, mitzuarbeiten. Ich frage Sie noch einmal: Wie gut kannten Sie Irma? Was können Sie mir über diese Frau sagen?«

»Ein Flittchen. Mehr nicht. Hat mir meinen allerbesten Mann genommen!«

Sie glitten durch die Nacht, auf das Präsidium zu, und Marina überlegte fieberhaft, ob sie die Akten gut verstaut hatte oder ob sie offen in ihrem Büro herumlagen.

24

Als es später wurde, nahm die Musik auf dem Adventsbasar ein flotteres Tempo an. Der Hausmeister entzünde-
te das Lagerfeuer, und Frida und Marta, inzwischen satt
und entspannt, behängten Gesine mit den Einkäufen und
stoben davon.

»Lass uns die Sachen schon einmal zum Wagen bringen«, sagte Hannes und beauftragte Josef, die Stellung zu
halten. Gesine zögerte, die Kinder allein auf dem Fest zu
lassen, aber dann folgte sie ihm auf die Straße.

Über dem Bürgersteig hingen die Laternen wie Gir-
landen, die Luft roch nach Frost und in den Häusern
brannten gemütliche Lampen. Sie nahm den blinkenden
Weihnachtsmann von ihrer Jacke und steckte ihn ein.

»Die Rolle des Onkels steht dir gut«, sagte sie.

»Mach dich nicht über mich lustig.«

»Wieso? Du hast viel dazu beigetragen, dass es Frida
und Marta gefallen hat.«

»Ohne dich wäre alles in die Hose gegangen.« Er nestelte ebenfalls am Sticker. »Ich hätte mit ihnen nicht so
viel über früher reden dürfen.«

Sein Atem kondensierte in kräftigen Wolken und seine Schritte klangen dumpf. Sie wollte nicht, dass er sich Vorwürfe machte, und hätte sich am liebsten bei ihm eingehakt.

»Dein Exmann hat die Mutter der Mädchen ziemlich gut gekannt, oder?«, fragte er.

»Wie kommst du denn jetzt auf Klaus?«

»Vielleicht brauchen Frida und Marta mehr Nachrichten aus der Vergangenheit.«

»Nein.«

»Ich glaube, du solltest dich nicht dagegen sträuben. Klaus könnte ihnen einen Rest Familiengefühl schenken. Und dir übrigens auch.«

»Hannes!«

Er drückte die Fernbedienung für den SUV. Die Kofferraumklappe hob sich und das Equipment kam zum Vorschein: ein Stapel Liederhefte für eine Bestattung, Kerzenständer und Samt zur Dekoration der Kapelle. Er schob alles beiseite und packte die Einkäufe vom Basar in einen Karton.

Gesine fragte sich, was mit ihm los war. Seit wann wollte er sie in die Nähe von Klaus rücken? Hatte Marina Olbert sich etwa bei ihm beklagt, weil es Gesine so schwerfiel, Klaus als Mörder zu belasten?

»Klaus ist mir fremd, Hannes, und wenn dir jemand etwas anderes einredet, liegt er falsch.«

»Ich rede mit niemandem über ihn, außer mit dir.«

Sie warf einen Blick auf die Rückbank, die weiße Regenjacke war verschwunden. Doch es wurde dringend Zeit, die Karten auf den Tisch zu legen.

»Es geht mir auch ehrlich auf die Nerven, wenn Marina Olbert ständig betont, dass Klaus mein Exmann ist.«

»Marina Olbert?«

»Sie verzerrt die Perspektive, indem sie so häufig auf die ehemalige Beziehung anspielt. Ich zum Beispiel halte ja auch meinen Mund, obwohl ich sehe, dass du eine weiße Jacke mit einem rosa Innenfutter spazieren fährst und dass wenig später eine blonde Kommissarin aus deinem Wagen steigt.«

Es war zu dunkel, um seine Miene zu deuten, aber es schien nicht so, als werde er rot. Er tippte an die Kofferraumklappe und der Wagen verriegelte sich mit einem sanften Saugen.

»Du denkst, ich habe was mit Marina Olbert?«, fragte er ruhig.

»Ich denke, ihr macht euch langsam lächerlich.«

Das hatte sie so nicht sagen wollen. Es ging einzig und allein um einen freundschaftlichen Respekt. Aber dass er so stur blieb, machte es ihr nicht leicht.

Er vergrub die Hände in den Taschen. »Freust du dich eigentlich auf die Feiertage, Gesine? Ganz allein im Wohnwagen, mit einem Glühwein vielleicht? Oder vor der vertrockneten Jerichorose, die du eben gekauft hast?«

»Die Jerichorose ist für Josef gedacht.«

Er schüttelte den Kopf, sah sie eindringlich an und wandte sich dann zum Gehen. »Komm bitte mit, sonst mache ich mir Sorgen, wenn du allein auf der Straße bist.«

Sie schritten nebeneinanderher, steif wie ein zerstrittenes Ehepaar, dabei war gar nichts richtig gesagt, geschweige denn richtig geklärt worden.

Vielleicht sollte Gesine das Thema komplett fallenlassen? Vielleicht wollte Hannes aus mysteriösen Gründen nicht zu Marina Olbert stehen?

»Ich wollte dir noch erzählen, was ich eben am Punsch-Ausschank erlebt habe«, sagte sie.

»Ich wollte dir auch so vieles erzählen«, erwiderte er düster.

Sie näherten sich wieder dem Fest, das Geplapper der Leute wurde lauter und die Weihnachtsmusik schwoll an, aber Gesine konnte den Basar unmöglich betreten, ohne sich mit Hannes zu vertragen. Sie hob die Hand, doch er wich zurück.

»Du kannst gerne hier warten, wenn du keine Lust mehr hast.« Er zwang sich zu einem Lächeln. »Ich hole schnell Josef und die Kinder und dann fahren wir.«

»Möchtest du mich nicht mehr dabeihaben?«

»Es macht mir nichts aus, alleine zu gehen.«

Er bog auf den Schulhof ein, und die Entgegnung blieb ihr im Hals stecken.

Sie wurde angerempelt. Fröhlich schwatzende Menschen verließen das Schulgelände. Eine Frau mit Kinderwagen, das Baby schrie. Ein Pärchen huschte davon, und dann quoll eine Art Großfamilie aus dem Tor, mit Süßigkeiten beladen.

Gesine setzte sich auf die kleine Mauer vor der Hausmeisterwohnung, um nicht im Weg zu sein. »Auf Wiedersehen, Frau Band«, hörte sie die Leute rufen, »und vielen Dank für alles!«

Auch das noch. Die Lehrerin erschien im Tor. Als der Bürgersteig wieder leer war, entdeckte sie Gesine.

»Frau Cordes! Tut mir leid, dass wir uns verpasst haben.«

Gesine nahm sich zusammen und stand auf. »Frida und Marta hat der Basar sehr gut gefallen. Ein schönes Fest.«

»Wo sind die beiden denn?«

»Sie kommen gleich, ein Freund von mir holt sie. Wenn Sie eine Minute Zeit haben, können Sie ihnen noch guten Tag sagen.«

Nicole Band verzog den Mund. Sie sah erschöpft aus, kein Vergleich zu dem Schwung, mit dem sie vorhin am Maronen-Stand bedient hatte.

»Na ja, ein wenig sitzen kann nicht schaden.«

Sie ließ sich auf der Mauer nieder, und auch Gesine nahm wieder Platz, allerdings unter Anspannung und zögernd, denn sie wusste, dass sie die Situation jetzt nutzen musste, um Informationen zu gewinnen, und doch fühlte sie sich kaum in der Lage dazu.

»Waren Sie noch einmal im Krankenhaus bei dem Findelkind?«, fragte Nicole Band.

»Jeden Tag.«

»Geht es ihm schlechter?«

»Nein, das nicht, aber sein Zustand ist weiterhin instabil.«

Die Lehrerin strich über ihre Hosenbeine. Ein dunkler Wollstoff, auf feine Kleidung schien sie viel Wert zu legen.

»Ich bewundere, was Kinder alles aushalten können.«

»Dieses Kind nicht«, entgegnete Gesine.

»Nein? Ach, da sind ja Ihre Nichten.«

Frida und Marta liefen auf sie zu, und hinter ihnen kamen drei Erwachsene vom Schulhof. Drei! Gesine sprang von der Mauer. Hannes und Josef und zusätzlich Klaus.

Hannes hatte ein versteinertes Gesicht. »Wir treffen uns am Wagen.«

Er kümmerte sich nicht um Nicole Band, die irritiert dreinschaute, sondern lotste Josef und die Mädchen weiter. Die Kinder winkten der Lehrerin zu, dann hüpften sie an den Händen von Hannes und Josef davon. Offenbar hatten sie den fremden Mann in ihrem Rücken kaum wahrgenommen.

Klaus blieb vor Gesine stehen. »Nicht sauer sein. Ich habe unseren Nichten nichts gesagt, sondern nur Hannes begrüßt, wie einen alten Bekannten.«

»Ich fasse es nicht, dass du hier auftauchst.«

»Ich weiß, entschuldige bitte.«

Frau Band streckte ihm die Hand entgegen. »Nicole Band, ich bin die Lehrerin von Frida und Marta.«

»Klaus Cordes, der Onkel. Beziehungsweise: Gesine ist meine geschiedene Frau.«

»Aha.« Sie lächelte. »Ich bin es gewohnt, dass die Familienverhältnisse der Schüler vielschichtig sind. Hauptsache, die Kinder können zu Ihnen beiden Kontakt halten.«

»Herr Cordes lebt 3700 Kilometer weit weg«, sagte Gesine.

Klaus hob bedauernd die Hände. »Vielleicht war es nicht richtig, hierherzukommen, aber ich dachte, in einer Menschenmenge falle ich nicht auf.«

»Ich gehe wohl besser.« Nicole Band gab ihm die Hand. »Aber ich freue mich, dass der Basar für Frida und Marta gut verlaufen ist.«

»Vielleicht erwähnen Sie vor ihnen gar nicht, dass Sie den Onkel aus Georgien getroffen haben«, meinte er.

Nicole Band ruckte mit dem Kopf, als wollte sie ihr Haar zurückwerfen und habe vergessen, dass es kurz geschnitten war.

»Georgien?«

»Dort arbeite ich, bei der Kripo in Tiflis.«

Sie atmete durch den Mund. Die Augen wurden schmal. »Schönen Abend noch.«

Ehe Gesine eingreifen konnte, hastete sie davon, und im selben Moment ließ auch Klaus Gesine allein.

»Bis bald«, sagte er knapp und überquerte die Straße, weg von der Schule.

Was war hier passiert? Nicole Band und Georgien?

Der SUV fuhr vor. Die Kinder und Josef saßen auf der Rückbank und sangen. Hannes stieg aus.

»Komm mit, Gesine, du kannst den Pick-up später abholen.«

Aber sie konnte kaum reden. Der Abend hatte Folgen. Was würde Nicole Band mit dem Wissen anstellen, dass ein Mann aus Tiflis gekommen war? Sie hatte sich doch zutiefst erschrocken!

»Danke, Hannes, aber ich fahre lieber mit meinem eigenen Wagen hinterher.«

»Wir wollen zu Frida und Marta nach Hause und die Einkäufe auspacken.«

»Wirklich, ich komme nach.«

Er sah sie fragend an, und sie erwiderte seinen Blick. Ihr Freund, zuverlässig, ehrlich, bisher. Warum kam alles durcheinander?

Er beugte sich vor. Er wagte es, mit den Fingerspitzen ihr Gesicht zu berühren, und plötzlich, noch immer fragend, legte er seinen Mund auf ihre Lippen. Ein Antippen, ein Tupfen auf einer Wunde.

Dann fuhr er davon.

Sie ging spazieren, einmal um die Schule herum, und suchte Klaus. Oder die Lehrerin. Und Lucy? Sie umkreiste den Weihnachtslärm wie einen Magneten, von dem sie nicht loskam, der sie aber auch abstieß, wenn sie zu nahe heranging.

Und sie fand niemanden. Sie beobachtete die Gegend, und ihre Fragen blieben offen.

Schließlich stieg sie in ihren Pick-up, nahm die Jericho-rose und den Sticker aus ihrer Tasche und legte beides auf den Beifahrersitz. Ihr Blick fiel in den Rückspiegel. Über die Heckscheibe lief eine dunkle Spur.

Sie drehte sich um. Blut. Eine Hand rutschte über das Fenster und glitt ab. Kam wieder hoch. Neues Blut.

Jemand lag auf der Ladefläche. Jemand stemmte sich hoch, um ins Wageninnere zu sehen, und fiel immer wieder zurück.

Sie verriegelte die Türen und kletterte zwischen den Sitzen nach hinten. Sie erkannte einen Kopf hinter der verschmierten Heckscheibe. Ein Gesicht, die Augen tränten. Klaus.

25

Alexis Wolkow gab im Präsidium alles. Er tigerte in Marinas Büro umher, inspizierte die Regale und den Schreibtisch und versuchte, an Informationen zu kommen. Wann war Klaus Cordes zuletzt gesehen worden? In welchem Radius bewegte er sich? Was war mit dem Ostfriedhof oder mit der Pension, in der er wohnte? Name, Adresse? Und wie eng war der Kontakt von Klaus zu seiner Exfrau Gesine? Gab es Verwandtschaft? Angeheiratete Verwandtschaft?

Aber Marina wich nach Gutdünken aus. Wenn er sie einschüchtern wollte, dachte sie an die Videoaufnahmen im Rucksack, mit denen sie ihn stoppen könnte. Und sie dachte auch an Carmela, die auf dem kalten Dach lag und zitterte, und eine innere Stimme riet ihr davon ab, sich dem schwitzenden Wolkow zu öffnen.

Als er sie endlich allein ließ, fuhr sie mit dem Rennrad so schnell sie konnte zum Kulturverein zurück. Sie nutzte Seitenstraßen, schnitt diskret und wendig durch die Nacht und behielt die Umgebung im Auge, aber die Limousine folgte ihr nicht.

Am Wohncontainer schulterte sie das Rad und lief über das dunkle Brachland zum Eingang. Der Zettel klemmte noch an der Tür. Sie sah hoch und zischte erwartungsvoll durch die Zähne, doch auf dem Dach rührte sich nichts.

Sie setzte das Rad ab und leuchtete mit der Taschenlampe. Immer noch nichts. War Carmela nicht mehr da?

»Carmela?«

Albern, nach ihr zu rufen, sie wusste doch, dass sie nichts hören konnte, aber Marina versuchte es noch mehrere Male.

Sie machte sich Sorgen. War die junge Frau wieder weggelaufen? Warum hatte sie den Zettel nicht gelesen?

Oder war sie auf dem Dach eingeschlafen? Oder verletzt?

»Carmela!«

Oder war es gar nicht Carmela gewesen, die dort oben mit den Fingern geschnippt hatte?

In rascher Abfolge warf sie Steinchen auf das Dach. Keine Reaktion. Es blieb ihr nichts anderes übrig, als selbst hochzuklettern, irgendwie.

Sie ließ das Licht der Taschenlampe wandern. Könnte jemand auf dem Brachland lauern, flach in das Unkraut gedrückt? Sie leuchtete systematisch bis zum Zaun und fand nichts und niemanden.

Aber ihre Beklommenheit stieg. Sie löste die Waffe aus dem Holster, rief im Präsidium an und bestellte Verstärkung. Als sie auflegte, ging ihr Atem flacher, und sie meinte, die Außenhaut des Wohncontainers zu riechen. Feucht und metallisch wie Blut.

Sie näherte sich der schmalen Seite des Containers, wo es eng und besonders dunkel war. Es gab kaum zwei Meter Platz zwischen Wand und Bretterzaun, kniehohes Grünzeug, ein scheußliches Gefühl an den Beinen. Aber es lehnte eine Aluleiter am Container.

»Carmela?«

Marina schob den Lichtkegel über die Sprossen, dann stieg sie hinauf. Langsam, leise, die Waffe in der Hand, die Lampe zwischen den Zähnen.

Auf halber Höhe hielt sie an und leuchtete zur Vorsicht noch einmal nach unten.

Da lag sie. An der Ecke im Gestrüpp, verrenkt am Bretterzaun.

Marina sprang von der Leiter, riss sich im Laufen die Handschuhe fort, fiel auf die Knie und fühlte nach Carmelas Puls. Die Haare waren im Weg, sie musste die langen schwarzen Strähnen beiseiteschieben, um an den Hals zu gelangen.

Keine eiskalte Haut, aber auch kein Lebenszeichen mehr. Sie war tot, und ihr Gesicht war fast auf den Rücken gedreht.

26

Gesine musste die Nerven behalten. Natürlich war es schwierig, die anderen anzulügen, so unmittelbar nach der Basar-Seligkeit, aber was sollte sie tun? Sie hörte den gequetschten Ton ihrer Stimme, während sie mit Hannes telefonierte: »Mir geht es plötzlich nicht gut, darum fahre ich euch doch nicht mehr hinterher. Sag Frida und Marta, dass es mir leidtut, aber bitte stell meinen Zustand vor ihnen nicht so dramatisch dar.«

»Ist es wegen eben?«, fragte Hannes.

»Eben?«

»Du weißt schon.«

Der Streit? Oder der Kuss? »Vielleicht war es der Lärm auf dem Basar. Kopfschmerzen, Übelkeit, morgen ist es bestimmt vorbei.«

»Oder das Schlehenwasser.«

»Von mir aus.«

Und dann legte Hannes nicht auf, und auch sie hielt das Handy am Ohr. Sie hätte nichts dagegen gehabt, den Schock herausströmen zu lassen, Hannes alles zu berichten und sich auf seine Hilfe zu verlassen. Aber auf dem

Beifahrersitz des Pick-ups kauerte Klaus und kämpfte mit Schmerzen. Die Stichwunde in der Schulter war tief, auch der Arm sah schlimm aus, und das Verbandsmaterial war blutdurchtränkt.

»Wo bist du jetzt?«, wollte Hannes aus der Ferne wissen.

»Irgendwo auf dem Weg nach Hause. Rechts rangefahren.«

»Pass auf dich auf.«

»Wir sehen uns bald wieder.«

Dann lenkte sie den Wagen zurück auf die dunkle Landstraße. Kein Arzt, kein Krankenhaus. Klaus wollte untertauchen, damit der Attentäter ihn nicht noch einmal erwischte. Er hatte Gesine regelrecht angefleht und warf ihr auch während der Fahrt immer wieder Blicke zu, als hielte er es für möglich, dass sie an einer Notaufnahme bremste und ihn kurzerhand rauswarf.

Ja, sie war misstrauisch, und sie hatte sich auch sehr geärgert, dass er vor den Kindern auf dem Schulbasar aufgetaucht war. Aber jetzt, wo er verletzt war, wollte sie ihn nur aus der Stadt bringen, aus der Gefahrenzone, und sich dann mit Marina Olbert beraten.

»Nicht zu dir nach Hause.« Er stöhnte. »Zu gefährlich. Für uns beide.«

Sie schaute in den Rückspiegel. Finsternis, matte Reflexionen an den Pfosten am Straßenrand. Sie waren allein.

»Keine Sorge. Niemand wird es für möglich halten, dass ich meinen Exmann verstecke.«

»Kann ich mich ... auf dich verlassen?«

Sie antwortete mit Bedacht. »Wenn ich feststelle, dass ich deine Wunden nicht verarzten kann, sorge ich für medizinische Hilfe. Bis dahin lasse ich mich darauf ein, diskret vorzugehen, aber wir werden Marina Olbert informieren.«

Es war Karl Daubner, der Klaus angegriffen hatte, da hatte Gesine keinen Zweifel, denn Klaus hatte ihr genug erzählt: Er hatte vom Schulzaun aus die Lehrerin beobachtet, als er plötzlich einen Hieb auf die Schulter spürte. Ein Messer blitzte auf, und ein Mann mit leuchtend roten Haaren versuchte, ihn zu verletzen. Klaus wehrte sich und schlug den Kerl in die Flucht, aber seine Schulter blutete heftig. Er fand Gesines Pick-up und kroch auf der Ladefläche unter das Pflanzenvlies. Er glaubte, der Angreifer werde zurückkehren, um sein Werk zu vollenden, und wollte ihm eine Falle stellen, in bester Einzelkämpfer-Manier. Doch am Ende verlor er das Bewusstsein.

»Rote Haare. Daubner, von der Weinhandlung Daubner«, sagte Gesine. »Er sponsert den Adventsbasar.«

»Und die Lehrerin, Nicole Band ... Weißt du, ob sie ein Kind hat?«

»Nein.«

»Hat sie in besonderer Weise nach dem Findelkind gefragt?«

»Jeder fragt nach dem Kind.« Sie umfasste das Lenkrad fester und schnitt die nächste Kurve. »Allerdings habe ich sie mehrfach im Krankenhaus getroffen.«

»Na also.«

»Was heißt: Na also?« Sie bremste am Fahrbahnrand und schaltete das Warnblinklicht ein. »Du verdächtigst die Lehrerin, das Baby ausgesetzt zu haben? Ein Kind mit Downsyndrom?«

»Wir müssen an die Hintermänner ran. Wir dürfen jetzt keinen Fehler machen und alle aufscheuchen, nur weil ich verletzt wurde.«

»Sondern?«

Sie wartete, aber er sprach nicht mehr weiter. Er erklärte nicht, wen er mit ›Hintermänner‹ meinte oder warum er so kurzerhand den Bogen vom Findelkind zur Lehrerin schlug. Was wusste er über die Frau? Wie interpretierte er es, dass sie sich so stark erschrocken hatte, als sie hörte, dass er aus Georgien kam? Und warum zog er Gesine nicht ins Vertrauen?

Sie wählte die Telefonnummer der Olbert. Es wäre verantwortungslos, jetzt noch zu zögern.

Es klingelte lange. Klaus stöhnte vor Schmerz. Der Motor des Pick-ups röchelte im Leerlauf, und das Klicken der Blinker zerrte an den Nerven.

»Olbert!«

»Gesine Cordes, ich ...«

»Dringend?«

»Eine Anzeige und eine Idee.«

Alarmsirenen tönten bei der Ermittlerin im Hintergrund, Krankenwagen, Streifenwagen.

»Ich bin im Einsatz«, rief die Olbert gegen den Lärm an. »Es tut mir leid, und übrigens: Alexis Wolkow ist da.«

Abrupt legte sie auf und Gesine ließ die Hand sinken.

»Klaus, dein Chef ist aufgetaucht.«

»Wolkow? Im Präsidium? Bei der Olbert?«

Mit durchdrehenden Rädern fuhr Gesine wieder los.

248

Manche Informationen griffen ineinander, und Klaus stand dadurch nicht unbedingt gut da.

»Also stimmt es«, sagte sie. »Du hast in Tiflis Mist gebaut und dich nach Deutschland abgesetzt?«

»Wolkow wird der Olbert einreden, ich hätte die Frau ermordet, die an der Bushaltestelle lag.«

»Warum sollte er das tun?«

»Um mich auszubremsen. Darum.« Er lehnte sich gegen die Seitenscheibe und schloss die Augen. »So wie der Messerstecher mich ausbremsen wollte.«

Von hinten näherte sich in schneller Fahrt ein Auto. Fernlicht, Xenon-Scheinwerfer. Es blendete so stark, dass Gesine vom Gas ging. Klaus schreckte hoch.

»Wer ist das? Gibt es eine Waffe im Wagen?«

»Natürlich nicht!«

Der grelle Wagen klebte an ihrer Stoßstange. Groteske Schatten irrten durch den Innenraum, die Blutspur an der Heckscheibe wurde zum schwarzen Gekrakel. Mit dem Arm versuchte Gesine ihre Augen vor dem Licht zu schützen, aber sie konnte die Straße vorne kaum noch erkennen. Im Stakkato tippte sie aufs Bremspedal, der Wagen hinter ihr schlingerte, hupte und scherte aus.

Rückleuchten wie ein Raumschiff. Ein Raser. Sonst nichts.

Klaus hielt sich am Türgriff fest und atmete schwer. Gesine rieb sich die Augen. Wenn sie eine Waffe gehabt hätte, hätte er sie genommen und geschossen. Auf die Reifen.

War es klug, ihm Unterschlupf zu gewähren, oder verlor sie langsam den Überblick? Vor wenigen Tagen erst hatte er sie auf dem Friedhof in Alarmstimmung versetzt. Er war unberechenbar, dubios in seinen Absichten, und hatte einzig von seinem Einsatz im Waisenhaus in Tiflis erzählt. Wie viel sagte das über ihn aus?

Sie beobachtete aus dem Augenwinkel, wie er seine Schulter hielt. Die vertraute Hand. Die geschlossenen Lider mit den dichten Wimpern, die schon wieder stoppeligen Wangen und der schmerzliche Zug um den Mund.

Nein, letztlich konnte sie nicht wissen, wozu er in der Lage war. Aber sie konnte glauben, dass er als erfahrener internationaler Ermittler nach Tiflis geflohen wäre, wenn er einen Mord begangen hätte, anstatt hierzubleiben und sich bei ihr auf dem Friedhof zu melden. Gerade er hätte einen anderen Weg gewählt als den, mit dem er sich verdächtig machte.

Sie fuhr den letzten Kilometer ohne Licht, dann rollte sie in die Einfahrt des Bauernhofs. Bis Josef nach Hause kam, musste alles erledigt sein.

Sie lief über die Wiese und holte das Nötigste aus dem Wohnwagen. Klaus wartete im Auto. Dann fuhren sie langsam und mit geöffneten Fenstern weiter, an der Milchwirtschaft und dem Wohnhaus vorbei bis auf den stillgelegten Teil des Hofs.

Gespenstisch thronte der alte Maststall in der Dunkelheit. Das Tuckern des Motors klopfte gegen seine rissige Wand, so als trappelten die Klauen der toten Kälber. Vor der Scheune stand der Hund. Er drängte sich an Gesines Beine, als sie ausstieg.

Sie half Klaus über die ersten Strohballen und richtete im hinteren Teil der Scheune ein Lager her. Dazu schichtete sie Ballen zu einer geräumigen Koje und polsterte den Boden aus, bevor sie den Schlafsack ausbreitete. Auf einem Handtuch sortierte sie Mull und Medikamente.

»Jetzt sollten wir die Verletzungen freilegen«, sagte sie leise.

Die Kompressen klebten schon an seinen Wunden, doch er löste sie ab, ohne einen Laut von sich zu geben. Sein Oberkörper erzählte vom Sommer in den georgischen Bergen, und er trug tatsächlich noch immer die silberne Kette von früher. Das Medaillon sah abgegriffen aus.

Akribisch säuberte sie die Schnitte an seinem Arm, dann nahm sie sich den tiefen Einstich an der Schulter vor und zog die Wundränder auseinander, damit das Desinfektionsmittel in die Tiefe dringen konnte.

Schließlich kroch er in den Schlafsack und suchte nach einer bequemen Position. »Alles wird gut, Gesine. Ich danke dir.«

Doch sie wollte nicht mehr reden. Nichts fragen und auch keine Antworten mehr hören. Jeder Satz von ihm konnte wahr oder falsch sein, und ihr Instinkt, das eine vom anderen zu trennen, war möglicherweise unzuverlässig geworden.

Sie stellte den Pick-up auf den üblichen Platz vor dem Hof, dann wartete sie im Wohnwagen, bis Josef nach Hause kam. Sie klopfte an seine Haustür und setzte sich mit ihm in die Küche, wo er Milch für einen Schlaftrunk erwärmte. Er war noch beseelt von den Erlebnissen auf dem Adventsbasar und den Stunden danach bei Frida und Marta. Auf dem Tisch lag ein Päckchen mit Adventsschmuck. Eiskristalle aus Plastik.

»Josef, erinnerst du dich an den Mann, der heute auf dem Schulhof aufgetaucht ist, kurz bevor ihr gegangen seid?«

»Ja, ein Kerl mit geschminkten Augen.«

»Er war nicht geschminkt.«

»Woher weißt du das?«

»Er ist nicht nur ein Bekannter von Hannes, sondern er ist auch mein Exmann und heißt Klaus Cordes.«

»Oha.«

»Er ist seit dem Tag in der Stadt, an dem die Verbrechen auf dem Friedhof passiert sind, und es hat seitdem einige Verwicklungen gegeben.«

Sie hörte selbst, wie merkwürdig das klang. Der Bauer aber füllte heiße Milch in zwei Tassen, gab Honig dazu und rührte bedächtig um.

»Dein Exmann ist also zurück?«

»Zurück ist nicht ganz der richtige Ausdruck.«

»Was sagt denn Hannes dazu?«

»Wieso Hannes?« Sie holte einen Lappen und wischte einen Tropfen auf, den er vergossen hatte. »Klaus ist nach dem Adventsbasar überfallen und verletzt worden. Ich habe ihn verarztet, so gut es ging, und jetzt liegt er in deiner alten Scheune im Stroh.«

»Aber ihr wart doch wohl bei der Polizei?

»Er ist selbst Polizist.«

»Aber er muss doch Anzeige erstatten!«

»Du erlaubst also nicht, dass er die Nacht auf deinem Hof verbringt?«

»Muss er sich etwa verstecken? Vor wem, wenn ich fragen darf?«

»Der Überfall steht in einem größeren Zusammen-hang. Wir reden besser nur mit Marina Olbert von der Kripo darüber. Aber sie hat erst morgen Zeit.« Sie nahm Josefs Hand. »Bitte, wenn wir Klaus jetzt wegschicken, wissen wir nicht, ob er sicher ist.«

»Und er selbst hat eine weiße Weste?«

»Josef, vertrau mir.«

Mehr ging nicht als Antwort, und prompt sah er sie zweifelnd an. Aber dann setzte er neue Milch auf den Herd.

»Holen wir den Kerl ins Haus.«

»Nein, das würde er nicht wollen.«

»Und was braucht er in der Scheune? Heiße Getränke, Essen, Medikamente? Ich will ihn auf jeden Fall sehen, wenn er schon mein Gast ist.«

27

Gesine betrat das Präsidium mit entschlossenen Schritten. Am Empfang traf sie den Pathologen. Er begrüßte sie, als habe er mit ihrem Erscheinen gerechnet. Sie wünschte ihm einen erfolgreichen Dienst, so wie sie es schon früher getan hatte, als sie eine junge Polizeibeamtin gewesen war und dem Pathologen mit Neugier begegnete. Ob er wusste, dass sie inzwischen als Friedhofsgärtnerin arbeitete?

Sie ging über den langen Flur auf Marina Olberts Büro zu, und obwohl sie selbstverständlich keine Tasche mit Akten mehr trug, hatte sie doch das Gefühl, wichtige Gegenstände bei sich zu führen. Die Babymütze, die sie neulich auf dem Friedhof von Herrn Dinkelbach bekommen hatte. Den Flyer vom Adventsbasar, auf dem die Obdachlosenhilfe erwähnt wurde, für die man gespendet hatte. Und nicht zuletzt schaffte sie heute Neuigkeiten über Klaus Cordes herbei, die die Olbert elektrisieren würden.

Am frühen Morgen hatte sie bei Klaus bereits die Verbände gewechselt. Bauer Josef hatte Rührei für den Verletzten gebraten und das Frühstück mit dem Trecker in die Scheune gebracht, besonders unauffällig für einen Bauernhof, wie er fand. Man war übereingekommen, dass Klaus das Versteck räumen würde, sobald die Polizei grünes Licht für seine Sicherheit gab, und Gesine war optimistisch zum Präsidium aufgebrochen.

Als sie jedoch die Bürotür öffnete, stand die Ermittlerin am Konferenztisch und hatte Besuch. Sie sah gestresst und ungewohnt zerzaust aus.

»Kommen Sie herein, Frau Cordes. Herr Wolkow und ich verabschieden uns gerade voneinander.«

Alexis Wolkow. Ein Schrank von einem Mann. Er maß Gesine mit seinen Blicken.

»Ich habe schon viel von Ihnen gehört«, sagte er. »Und jetzt kann ich verstehen, warum Klaus länger hierbleiben möchte.«

Sie stopfte die Babymütze tiefer in die Tasche. »Dann haben wir bald die gesamte EU-Mission zu Gast?«

»Oh nein, das kann Tiflis sich nicht leisten.«

Sein dunkelblauer Anzug war auf seine Bodybuilder-Figur geschnitten. Seine Glatze glänzte mit den Zähnen um die Wette.

»Frau Cordes, Sie wissen nicht zufällig, wo wir Ihren Exmann antreffen können?«

»Wahrscheinlich in seiner Pension. Es ist doch noch früh.«

»Ach. Die Pension wird seit Stunden auf den Kopf gestellt.«

»Warum? Ist etwas passiert?«

»Ich vermute, Sie sind klüger als diese Frage.«

Marina Olbert schaltete sich ein. »Im Zimmer Ihres Exmannes wurden Utensilien gefunden, die man dem Mordopfer zuordnen könnte, das an der Bushaltestelle lag.«

Wolkow beugte sich vor. »Seit gestern ist Klaus verschwunden, und ich mache mir Sorgen um sein Leben.«

»Wie meinen Sie das?«, fragte Gesine.

Die Olbert hob die Stimme. »Zwischen seiner Matratze und dem Lattenrost steckte der Ausweis von Irma. Es lasten verschiedene Verdachtsmomente auf Ihrem Exmann.«

Aber das war doch lächerlich. Zwischen Matratze und Lattenrost!

Gesine blieb fest. »Warten wir auf das Ergebnis der Spurensicherung. Es wäre nicht das erste Mal, dass jemandem Material untergeschoben wird, um ihn zu beschuldigen.«

Wolkows Gesicht zuckte. »Wissen Sie, Irma hatte einflussreiche Freunde. Diese Leute werden alles daransetzen, ihren Mörder zur Strecke zu bringen. Es wäre besser, wir spüren Klaus auf, bevor die anderen uns zuvorkommen.«

»Welches Motiv sollte er denn haben, Irma zu töten?«

»Die Liebe, Frau Cordes. Gefährlich für uns alle. Auch für Sie, leider, wenn Sie uns nicht helfen.«

Er tätschelte ihre Schulter. Sein Handrücken war dunkel behaart, seine Berührung jedoch war sanft.

Marina Olbert öffnete die Bürotür. »Wir kommen so nicht weiter, außerdem drängt Ihr Termin beim Polizeipräsidenten, Alexis.«

Widerwillig nahm er seine Sachen. »Bleiben wir in Kontakt?«

»Das müssen wir sogar.«

Die Olbert stieß hinter ihm die Tür zu. »Entschuldigung, Frau Cordes, es war eine harte Nacht.«

»Wie sind Sie darauf gekommen, die Pension zu durchsuchen?«

»Wolkow hat den Anstoß gegeben, und bevor Sie protestieren, überlegen Sie bitte, welchen Spielraum ich habe, mich den Ideen eines internationalen Kollegen zu widersetzen.«

Sie zog am Schreibtisch einen Taschenspiegel aus der Schublade, überprüfte den Sitz ihres Scheitels und korrigierte einige Strähnen. Gesine verschränkte die Arme.

»Klaus ist gestern Abend angegriffen worden.«

»Tatsächlich? Wissen Sie Genaueres?«

»Ich habe ihn unmittelbar danach getroffen. Er wurde mit einem Messer verletzt, die Wunden sind tief, aber nicht bedrohlich, und glücklicherweise kann er den Täter beschreiben.«

»Der Reihe nach. Um wie viel Uhr soll der Angriff gewesen sein?«

»Um 19 Uhr ungefähr.«

»Wissen Sie das vom Hörensagen oder geben Sie Ihrem Exmann für diese Zeit ein Alibi?«

»Ein Alibi?«

Die Olbert klopfte etwas Creme unter ihre Augen, studierte das Ergebnis und warf die Utensilien ärgerlich in die Ecke. »Carmela ist tot.« Sie atmete durch, als habe sie Mühe, sachlich zu bleiben. »Die junge Frau, die mir den Hinweis auf Irma gegeben hat. Sie ist vom Dach des Kulturvereins gefallen, und wir haben Kampfspuren gesehen.

Offenbar musste sie um ihr Leben ringen, um 19 Uhr oder ein wenig später.«

»Sie denken im Ernst, Klaus ist nicht angegriffen worden, sondern hat mit Carmela gekämpft?«

»Die Leiche am Kulturverein ist evident. Evidenter geht es nicht. Aber wer kann den Angriff auf Klaus Cordes bezeugen?«

Niemand.

»Der Messerstecher hatte rote Haare«, sagte Gesine. »Die gesamte Beschreibung passt auf den Weinhändler Daubner, der den Adventsbasar mit Punsch versorgt hat.«

»Karl Daubner. Na ja, dieser Vorwurf ist immerhin nicht weit hergeholt.«

Die Olbert kramte hektisch in einer Schublade, dann suchte sie in einem Wasserkasten unter dem Konferenztisch nach einem Schluck zu trinken. Als sie nichts fand, ließ sie sich auf einen Stuhl fallen.

»Wir werden Ihren Exmann aufspüren, Frau Cordes. Und bitte, ich möchte nicht erleben, dass Sie mich über seinen Aufenthaltsort anlügen.«

Gesine setzte sich ihr gegenüber. »Ich habe noch etwas anderes für Sie.« Sie holte die kleine Mütze aus der Jackentasche. »Möglicherweise finden Sie an dieser Mütze Spuren des Babys.«

»Wo haben Sie die her?«

»Sie wurde über eine Kleiderspende an die Tafel in Umlauf gebracht. Ein seltenes Mützenmodell, das im kurzen Zeitabstand zweimal auf dem Friedhof gelandet ist: einmal mit dem Findelkind und einmal mit einer gespendeten Jacke.«

»Ich möchte Namen hören!«

»Mir fiel auf, dass der Adventsbasar an der Schule für die Obdachlosenhilfe veranstaltet wurde. Die Tafel, oder Armenspeisung, ist ein Teil der Obdachlosenhilfe. Es könnte also eine Ermittlungslinie vom Friedhof zur Tafel und damit zur Schule geben. Außerdem habe ich Lucy auf dem Basar gesehen, die Prostituierte von der Bushaltestelle. Für mich ist das ein weiterer Friedhofsbezug, der zur Schule weist.«

»Alle Achtung.« Die Ermittlerin klemmte sich auf die Stuhlkante. »Und ich lege noch einen drauf: Lucy ist die Ehefrau von Karl Daubner, und er wiederum ist der Bruder der Lehrerin Nicole Daubner-Band.«

»Wirklich?«

Die Olbert nickte. »Nicoles Ehe mit einem gewissen Herrn Band zerbrach, der Nachname blieb. Wie so oft, Frau Cordes.«

Die Ermittlerin schob Akten und Papierstapel auf dem Konferenztisch beiseite.

»Also her mit den Linien.« Sie zeichnete mit dem Finger. »Der Pförtner, der überfallen wurde, kennt Karl Daubner, denn er kauft bei ihm Wein. Daubner ist wiederum der Bruder der Lehrerin, die sich für die Obdachlosenhilfe engagiert. Bei der Obdachlosenhilfe wird eine Babymütze abgegeben, die der Mütze des Findelkinds entspricht. Das Findelkind landet auf dem Friedhof, auf dem wiederum der Pförtner in der Loge sitzt. Für mich sieht das nach einem gestrichelten Kreis aus.«

»Es ist noch zu wirr.« Gesine tippte auf das imaginäre Linienfeld. »Uns hat doch die Frage beschäftigt, warum sowohl Findelkind als auch Leiche ausgerechnet am Friedhof abgegeben wurden. Setzen wir dort an. Welchen Bezug hatten die Täter zu diesem Ort?«

»Lucy kannte sich dort bestens aus. Ihr Ehemann genauso, er war ja früher ein Witwer, und Nicole Band als seine Schwester wird den Friedhof wohl auch einmal betreten haben.«

»Gut.« Gesine lehnte sich zurück. »Jetzt stellen Sie sich vor, Sie sind in Not. Sie wollen eine Leiche entsorgen und ein kleines Kind loswerden. Sie suchen unter Druck nach einem Ort, an dem Sie sich halbwegs sicher fühlen können.«

»Ja! Ich würde den Friedhof wählen. Das ideale Gelände, falls ich weiß, in welches Gebüsch ich kriechen muss.«

»Eben. Für die gesamte Familie Daubner kam der Friedhof als Lösung in Frage. Aber wer von ihnen hat die Taten begangen? Wer hat Irma getötet und wer hat das Baby ins Gebüsch gebracht?«

»Moment.« Die Olbert hob die Hände. »Wir dürfen die anderen Aspekte nicht vergessen: Osteuropa, Carmela und den Kulturverein, Alexis Wolkow und Klaus Cordes.«

»Ihr Cluster, ich weiß. Aber niemand aus diesem Cluster hat einen Bezug zum Friedhof.«

»Doch, Ihr Exmann hat einen Bezug, nämlich das Grab Ihres gemeinsamen Kindes.«

Gesine schob den Stuhl zurück. »Lassen Sie die Babymütze untersuchen? Als nächsten Schritt?«

»Selbstverständlich. Aber es wird nicht das Einzige sein, das ich unternehme.«

28

Am Nachmittag, als Gesine auf den Bauernhof zurückkehrte, war Josef damit beschäftigt, Mistelzweige zusammenzubinden. Er trug eine dicke Pudelmütze und hatte einen Wollschal umgebunden. Aus dem Stall weiter hinten drang der warme Dampf der Kühe. Ihr Muhen mischte sich mit seinem fröhlichen Pfeifen.

»Ich bin mit Frida und Marta zum Plätzchenbacken verabredet«, rief er Gesine entgegen. »Morgen Abend.«

»Doch nicht hier auf dem Hof?«

»Warum nicht? Ich mache den alten Backofen sauber und besorge die Zutaten.«

Sie sprach nur leise weiter. »Es sieht leider nicht so aus, als ob Klaus heute schon aus der Scheune verschwinden kann. Ich war bei der Polizei, wie geplant, aber aus verschiedenen Gründen muss er sich noch bedeckt halten.«

»Aus verschiedenen Gründen? Heißt das, er hat sich mit der Polizei angelegt? Und du hängst mit drin?«

»Es heißt erst einmal, dass wir nicht unbedingt die Kinder hierherholen sollten. Und dass ich alles tue, um die Lage so schnell wie möglich zu klären.«

»So war das nicht abgemacht!«

»Ich kann Klaus nicht ausliefern, Josef. Er ist verwundet und kann sich in diesem Zustand nicht allein durchschlagen. Vor allem will ihm da draußen jemand eine Falle stellen. Ein anderer Polizist versucht, ihn zu belasten.«

Der Bauer lehnte die alte Holzleiter an die Hauswand. »Offensichtlich bringt dein Exmann dich in Gefahr.«

»Wenn er die Wahl hätte und gesund wäre, würde er mich aus allem heraushalten.«

»Versprichst du, dass er freiwillig geht, sobald er dazu in der Lage ist?«

»Ich werde es ihm auftragen, Josef.«

Der Bauer wirkte bedrückt, und Gesine hätte ihm gern das alte Gefühl zurückgegeben, dass er auf dem Hof für Sicherheit sorgte. Aber ihr blieb nur, sich vorzunehmen, sein Vertrauen in ihre Worte nicht zu enttäuschen.

Sie nahm ihm die Leiter ab und ließ sich den Mistelstrauß geben. Frische, giftige Zweige, mit denen sie auf die Sprossen stieg, um sie über der Haustür zu befestigen, wie Tausende andere Leute es in diesen Tagen ebenfalls taten. Sie hängte die Zweige bloß ein wenig höher als üblich, und der Bauer nickte nur.

Anschließend, als sie allein war, nahm sie ihr Fernglas und suchte die Wiesen ab. Ein Feldhase rannte durchs Bild, ein Reh blieb stocksteif stehen, als habe es gemerkt, dass es beobachtet wurde, sonst rührte sich nichts. Aber sie sorgte sich, dass Alexis Wolkow irgendwann vorbeikommen würde, entweder offen drohend oder verstohlen. Er würde seine Leute zu Fuß über die Felder schicken, damit sie herausfanden, ob Klaus sich hier aufhielt, und diese Schnüffelei würde kaum zu verhindern sein. Gesine wollte sich nur nicht davon überraschen lassen.

Sie schlich in die Scheune und fand Klaus an der Rückwand, hinter Strohballen verborgen. Er spähte durch die Lücken in der Mauer nach draußen und wirkte unruhig, als sei er schon wochenlang eingesperrt.

»Alexis Wolkow sucht nach dir«, sagte sie und inspizierte seine Schulter. Der Verband war feucht, die Blutung war aufgebrochen.

»Hast du ihn getroffen?«, fragte er.

»Du musst zu Kräften kommen und dann möglichst bald verschwinden.«

Er stieg über das Stroh zurück zu seiner Koje, wo das Verbandsmaterial lag. Die Ritzen in den Mauern ließen nur wenig Licht herein, aber Gesine konnte fühlen, wie heiß die Haut um die Wunden herum geworden war. Als sie den tiefen Einschnitt desinfizierte, knirschte Klaus mit den Zähnen. Die Entzündung nahm längst ihren Lauf.

Sie ließ die Wunde eine Weile lang ausbluten, dann nahm sie eine Kompresse und drückte.

»Mir wird es hier zu riskant«, sagte er heiser. »Auch für dich. Vielleicht verziehe ich mich schon heute Nacht.«

»Und wohin?«

»Ich melde mich wieder, sobald ich kann.«

Sie überlegte gut, bevor sie weitersprach. »Ich würde gern sagen, dass es schön war, dich wiederzusehen. Aber es ist nicht gut gelaufen.«

Er nickte. »Wir hatten keine Zeit.«

»Jedenfalls nicht, um uns zu zeigen, wer wir inzwischen geworden sind.«

Sie nahm eine neue Kompresse. Er hielt ihr die Schulter hin, die Ellbogen auf die Beine gestützt. Das alte Medaillon baumelte an der Kette vor seiner Brust.

»Ich versuche oft, an unseren Jungen zu denken«, sagte er. »Aber ich denke jedes Mal nur an seinen Tod.«

Sie schwieg.

»Dir geht es ähnlich, Gesine.«

»Nein.«

Sie leuchtete mit dem Handy auf seine Wunde. Die Schnittränder waren geschwollen und morgen würden sie vereitert sein. Wenn er fortgehen wollte, brauchte er stärkere Tabletten. Sie suchte in dem Medikamentenbeutel nach einem Antibiotikum.

Plötzlich seufzte er. »Ich muss dir etwas sagen. Alexis Wolkow war lange mit Irma zusammen. Irma war ziemlich ehrgeizig und er hat ihr das Blaue vom Himmel versprochen.«

»Lass mich raten: Er ist mit einer anderen Frau verheiratet.«

»Natürlich, aber das Problem liegt woanders. In Tiflis denken viele Frauen, ein Mann aus dem Westen könnte sie retten. Vor der Armut oder vor der strengen Familie. Sie investieren in ihr Aussehen und suchen Kontakt zu den EU-Beamten. Sie nehmen manchmal sogar Schulden auf und lassen sich die Zähne oder die Nasen richten. Immerhin lohnt sich der Einsatz ab und zu.«

»Für Irma auch?«

»Nein. Wolkow hat sie irgendwann ausgetauscht. Allerdings wurde seine neue Freundin schwanger und hat gegen seinen Willen das Kind bekommen.«

Sie gab ihm das Antibiotikum und eine Wasserflasche. Achtlos schluckte er die Medizin.

»Im Umfeld der EU-Mission habe ich schon von vielen solcher Schwangerschaften gehört«, fuhr er fort. »Die West-Beamten drücken den georgischen Frauen dann Geld in die Hand, damit sie verschwinden.«

»Und was wird aus den Kindern?«

»Manche werden abgetrieben, manche landen bei uns im Waisenhaus, aber manche werden auch in den Westen vermittelt.«

»Illegal vermittelt?«

Er schüttelte ihre Hand ab und drückte die Kompresse selbst auf seine Schulter. Das Medaillon schaukelte, Gesine hörte das Reiben der Öse.

Es war so weit, Klaus wollte reden. Die Härchen an ihren Armen stellten sich auf.

»Im Fall von Wolkows Freundin bin ich ihm auf die Schliche gekommen«, sagte er. »Wir hatten eines Tages ein neues Baby im Waisenhaus, und wenig später tauchte eine Besuchergruppe auf. Als die Gruppe weg war, war auch das Baby verschwunden. Ich bin rüber ins Polizeigebäude gelaufen, Wolkow stand mit genau dieser Gruppe im Foyer. Sie hatten eine Babyschale vor ihren Füßen stehen.«

»Wer waren die Besucher?«

»Leute, mit denen das Baby über die Grenze gereist sein muss.«

»Du sprichst jetzt von unserem Findelkind, richtig?«

»Wolkows Kind, ja. Er hat es in den Westen gegeben, in die Stadt, die er noch aus seiner Kindheit kannte.

Reich, sauber. Wahrscheinlich hat es sein Gewissen beruhigt.«

Wie zynisch. Wenn es stimmte, was Klaus erzählte. Gesines Herz klopfte, aber ihr Verstand wurde ruhiger. Es ging um das Baby, und nur darauf kam es an. Wer hatte das Kind auf den Friedhof gestellt und wo war seine Mutter?

»Warum hast du mich nicht eingeweiht, wenn du so viel weißt?«, fragte sie. »Warum lässt du uns alle im Nebel stochern?«

»Du hättest doch sofort Marina Olbert informiert. Und die Olbert hätte wiederum die Behördenaufsicht einschalten müssen. Aber ich will kein kompliziertes Polizeiverfahren gegen Alexis Wolkow anstrengen, ich will die ganze Bande auffliegen lassen. Und das geht nur, wenn ich im Verborgenen ermittle.«

»Ob Wolkow der Vater ist, lässt sich leicht und offiziell feststellen.«

»Damit er die Geschichte erfinden kann, dass sein Kind entführt worden ist? Nein, Gesine. Hier in der Stadt sitzen seine Mitspieler. Sie haben das Baby gekauft und dann haben sie mit dem Kind Probleme bekommen. Vielleicht wollten sie es zurückgeben und Wolkow hat sich in Tiflis darüber geärgert. Er hat Irma aus der Versenkung geholt und sie hierhergeschickt, damit sie für Ordnung sorgt. Aber dann wurde sie ermordet, und ich stand plötzlich vor ihrer Leiche und habe mir geschworen, sie alle dranzukriegen.«

Gesine begann, die Wunde neu zu verbinden. Es war wie früher, Klaus beschwor das Große und Ganze, doch anders als gewohnt zeigte er sich nicht als ein analytischer, kopfgesteuerter Ermittler. Er übersprang wichtige Schritte: In welchem Umfeld bewegten sich die Menschen, die ein Baby kauften? Was musste vorgefallen sein, wenn sie es wirklich zurückgeben wollten? Anstatt die Feinheiten auf sich wirken zu lassen, gab Klaus dem Zorn auf die vermeintlichen Haupttäter nach und blendete aus, wer eine Mitschuld tragen konnte. Denn nicht immer stimmten Taten und die Verantwortung für die Taten miteinander überein.

Er ballte die Hände. »Ich ertrage es nicht, wie mit den Kindern umgegangen wird. Vielleicht lässt sich das nicht mit Behördenmaßstäben messen, aber ich hatte gehofft, du verstehst mich.«

»Zum Teil tue ich das, aber ich denke vor allem an das Findelkind. Wir müssen sämtliche Umstände klären.«

»Du hast gesehen, wie nervös die Lehrerin ist, oder dieser Karl Daubner. Und was macht Alexis Wolkow hier? Er wird mir in die Arme laufen, und dann lasse ich die Bande hochgehen.«

»Alexis Wolkow ist gefährlich«, sagte Gesine nüchtern. »Er wird dich töten, wenn er dich findet. Und wenn Nicole Band oder Daubner wirklich etwas mit dem Kind zu tun haben, tötet er sie auch.«

»Vielleicht. Aber er scheint die neuen Eltern seines Sohnes nicht genau zu kennen, sonst hätte er sie längst erledigt. Es ist ein übliches Vorgehen im Kinderhandel: Es fließt viel Geld, und man bleibt anonym.«

»Vielleicht galten die Schüsse vor dem Krankenhaus nicht dir oder mir, sondern Nicole Band. Wenn du recht hast und Wolkow ihre Adresse und ihren Namen nicht kennt, könnte er sich überlegt haben, dass sie sich als verhinderte Mutter noch einmal nach dem Findelkind erkundigen würde. Also hat er vor dem Krankenhaus gewartet und uns in der Dunkelheit nicht mehr auseinanderhalten können.«

»So wird es gewesen sein.«

»Aber das bedeutet, dass Täter und Mittäter sich jagen. Und nicht etwa, dass du kurz davor bist, einen Kinderhändlerring auffliegen zu lassen.«

Klaus sprach rau und erregt: »Nicole Band ist die Person, die wir suchen! Gerade wenn Wolkow auf sie geschossen hat!«

»Nein. Wir wissen nicht, welche Rolle sie genau gespielt hat. Ihre Motive liegen im Dunkeln.«

Er packte ihren Arm und zog sie näher. »Wirst du mir helfen? Dem Baby und den anderen Kindern helfen?«

Ja, das würde sie. Allerdings auf ihre Weise, weil sie immer nur mitgehen konnte, wenn sie sich zugleich entzog. Und weil sein Gesicht eine Wärme abstrahlte, die der Kälte der Scheune demonstrativ trotzte. Nach all den Jahren als Polizist war er immer noch in der Lage, sich zu engagieren. Und er kam nie auf den Gedanken, sich vorsorglich abzusichern. Auch nicht sein Herz.

»Du solltest dich ausruhen«, sagte sie leise. »Und dann sehen wir weiter.«

Widerstrebend legte er sich hin und deckte sich halb mit dem Schlafsack zu. »Geh so nicht weg. Ich bitte dich.«

Sie gab ihm eine letzte Schmerztablette und lehnte sich ins eiskalte Stroh, um Marina Olbert eine Nachricht zu schreiben. Sie bat die Ermittlerin, sämtliche polizeilichen Erkenntnisse vor Alexis Wolkow zu verschweigen, und versprach, bald Näheres zu erklären. Dann wartete sie auf eine Antwort.

Erschöpft. Sie fühlte sich wie durch eine Mühle gedreht. Was würde aus Klaus, aus der Lehrerin – und aus dem Baby? Auch wenn die Identität des Kindes geklärt werden konnte, hatte es doch kein Zuhause. Nicht in Tiflis und nicht in dieser Stadt.

War es von der ersten Sekunde seines Lebens an ein Ballast gewesen? Und hatte man es auf dem Friedhof vielleicht doch nicht ausgesetzt, damit es als Findelkind gerettet wurde, sondern damit es starb? Zählte es inzwischen auch zu den Personen, die als Gejagte galten?

Das Handy leuchtete auf. Die Olbert schrieb ihr zurück: *Zunächst in Ordnung, erwarte die Erklärung sehr bald.*

Gesine löschte die Nachricht und steckte das Handy ein. Unter dem Dach der Scheune knackte das Gebälk, der Frost drang ein. Klaus richtete sich von seinem Lager auf.

»Vielleicht hätte ich dich wirklich früher einweihen sollen«, sagte er.

»Eine späte Erkenntnis.«

»Aber ich hatte den Impuls, dich zu verschonen, Gesine.«

Sie schüttelte den Kopf, obschon ihm alles zuzutrauen war, und räumte das Verbandszeug zusammen. Der Schlafsack raschelte, Klaus legte sich wieder hin, und sie wusste, dass der Abschied näher rückte. Aber würden sie wirklich nie wieder beisammen sein und reden? Nie wieder gemeinsam schweigen? Vor zwei Wochen noch wäre ihr diese Aussicht normal erschienen, aber heute schwang Traurigkeit mit.

Sie dachte an jenen Morgen, als sie das Baby gefunden hatte und noch nichts von Klaus' Anwesenheit wusste. Könnte sie bloß noch einmal so sein: eine Frau bei der Arbeit, im Hier und Jetzt, mehr nicht.

Doch der Nebel auf dem Friedhof war ungewöhnlich dicht gewesen, die Pförtnerloge unerwartet verlassen. Der Fuchs, der auf dem Weg stand, hatte besonders aufmerksam gelauert. Vielleicht wusste das Tier, was bereits vor sich ging: dass ein Mörder herumschlich und der Pförtner um sein Leben kämpfte; dass ein Findelkind herbeigetragen wurde und Klaus in der Nähe war; dass sich geschiedene Schicksale miteinander verknäuelten, so dass man sie später mühsam wieder auseinanderzerren müsste.

»Gehst du heute Nacht fort?«, fragte sie.

»Ja«, erwiderte er. »Versprochen.«

Sie griff leise in die Koje, langsam streckte sie sich aus. Es war seltsam, wieder neben ihm zu liegen. Zuerst rührte er sich nicht.

Ungewohnt, das alles, bis auf seine Lippen.

NOTIZBUCH

Mistel, auch Hexenbesen oder Drudenfuß

Halbschmarotzer, wächst auf Bäumen, meist Laubbäumen, und treibt Senkwurzeln in deren Leitungsbahnen.
Mehrere hundert Arten weltweit bekannt, nur wenige in Europa.
Kugelförmig, Durchmesser pro Strauch bis zu 1 Meter.
Blätter eiförmig, ledrig, immergrün.
Blüte unscheinbar, bis 3 Millimeter, gelbgrün, in den Blattachseln im Februar und März.
Beeren meist weiß, aber auch gelb oder rot, September bis Januar.
Samen einzeln, ohne Schale, dafür von einer schleimigen, klebrigen Schicht umhüllt.
Mythologie: Pflanze mit Zauberkraft, Glücksbringer. Zweige über der Tür halten Unglück fern.
Weihnachtsbrauch: Ein Kuss unter Mistelzweigen bringt Glück in der Liebe.
Gift enthalten in allen Pflanzenteilen außer den Beeren.
Viscotoxine, Giftgehalt unterschiedlich, abhängig von der Wirtspflanze.
Hautreizung, Schleimhautreizung. Übelkeit, Bauchschmerzen, Durchfall. Blutdruckabfall, verlangsamte Herzfrequenz. Zufuhr von Flüssigkeit. Arzt aufsuchen.

29

Die Rhododendren starrten vor Eis. Wie ein Pelz überzogen feinste Kristalle die Blätter, und wenn Gesine auf das Laub am Boden trat, knisterte es, als überquerte sie einen See.

Sie genoss die Wolken, die sie atmete, während sie den Laubbesen schwang. Im Pick-up lag zum ersten Mal seit langem wieder ein Croissant, das sie später in Ruhe verspeisen könnte, und dann, in der Mittagspause, käme der Plan zum Tragen, den sie sorgfältig geschmiedet hatte.

Es war ein Tag, wie gemacht für heikle Aufgaben. Ein Tag, der vor Klarheit glänzte und der jedes Geräusch zum Himmel hob. Das Quietschen eines Handwagens auf dem Parallelweg, das Flattern der Blätter, die in die Schubkarre fielen. Ein Tag der Arbeit, der Frische und Gewissheit, nach vorn ausgreifen zu können.

Neben dem Croissant wartete auch ein warmer Anorak im Wagen. Nicht mehr neu, aber Herr Dinkelbach würde ihn bestimmt gern annehmen. Es könnte sein, dass das Labor sich zusätzlich zur Babymütze für seine Daunenjacke interessierte. Marina Olbert hatte angerufen und energisch darauf gepocht, dass Gesine ihr Dinkelbachs Namen nannte.

Sie näherte sich der Kapelle und bemerkte Hannes. Sein SUV parkte dicht am kahlen Gebüsch. Seit dem Schulbasar hatten sie nur über die Mobilbox miteinander geredet, und es wäre wohl besser, wenn es zunächst dabei bliebe. Immerhin hatte Gesine ihn angelogen, in großer Not wegen des Überfalls auf Klaus, und auch der seltsame Abschied vor dem Adventsbasar hing noch in der Luft. Der kussähnliche Vorgang, der ja doch nur aus der Situation geboren war.

Sie wendete die Schubkarre, um ungesehen zu verschwinden, da lief Hannes schon hinter ihr her:

»Gesine! Dem Pförtner geht es besser, wir dürfen ihn bald besuchen.«

»Wirklich? Ich bin erleichtert.«

»Seine Frau hat schon versucht, dich zu erreichen, aber du bist nicht an dein Handy gegangen.«

»Oh. Es war wohl ausgeschaltet.«

»Ich habe ebenfalls versucht, dich zu erreichen.«

»Und was bedeutet, es geht ihm besser? Erinnert er sich an das, was mit ihm passiert ist?«

»Im Moment noch nicht, aber alle sind optimistisch.«

Sie nickte, und wie befürchtet entstand eine Pause. Hannes griff an seinen Mantelkragen.

»Machst du heute Abend mit, wenn wir Plätzchen backen?«, fragte er.

»Du etwa auch?«

»Das klingt ja nicht gerade begeistert.«

»Entschuldige.«

Sie hob die Schubkarre an und wollte damit überhaupt nicht unfreundlich sein, denn es war ihr gewohnter Umgang miteinander: Sie war eine Gärtnerin und er lief als befreundeter Bestatter mit. Aber heute stimmte es nicht. Heute stellte Hannes sich ihr in den Weg und holte tief Luft:

»Es ist richtig, die weiße Jacke mit dem rosa Futter, die du neulich in meinem Wagen gesehen hast, gehörte einer Freundin von mir.«

»Du lieber Himmel, das geht mich nichts an.«

»Ich treffe diese Freundin in Zukunft nicht mehr.«

»Aber doch nicht, weil ich etwas dazu gesagt habe? So war das wirklich nicht gemeint, Hannes.«

Sie winkte ab, aber er ließ sich nicht bremsen:

»Außerdem sollst du wissen, dass es nicht Marina Olbert war, der diese Jacke gehörte.«

»Oh. Gut«, sagte sie.

»Ja?«, fragte er und wirkte verwirrt.

»Ja, natürlich. Es entzerrt die Lage.«

»Ach, Gesine. Jetzt setz doch bitte mal die Schubkarre ab.«

Sie lächelte, mit Nachdruck, aber er kam um die Karre herum: »Wenn ich gewusst hätte, dass du dir solche Gedanken machst, hätte ich mich anders verhalten.«

Nämlich wie? Nicht so wie am Schulbasar? Hätte er sich lieber nicht zu ihr gebeugt, nicht ihre Lippen berührt, so flüchtig und züchtig?

»Hör zu, Hannes, ich bin nach dem Basar nicht alleine nach Hause gefahren. Ich habe Klaus mitgenommen. Er musste sich verstecken, weil man ihn angegriffen hat.«

Hannes zuckte zurück. »Du hast gesagt, dir ginge es nicht gut, darum bist du nach Hause gefahren!«

»Das war nur halb gelogen.«

»Und was heißt, man hat ihn angegriffen?«

»Es ist wichtig, dass du niemandem erzählst, dass er bei mir ist.«

»Ist er? Heute noch? Er ist immer noch bei dir?«

»Er war natürlich nicht im Wohnwagen.«

Mit Schrecken sah sie, dass seine Nasenflügel bebten. Hoffentlich vor Wut.

»Du bist wieder mit ihm zusammen«, sagte er gepresst.

»Nein! Klaus befindet sich in einer Art Polizeieinsatz.«

»Darum bist du auch so nervös. Zwischen euch ist etwas vorgefallen. Und mir machst du Vorwürfe wegen dieser Jacke auf der Rückbank!«

»Im Gegenteil. Ich fand es doch gut, endlich von deiner unbekannten Freundin zu hören.«

»Ja! Warum ist sie denn unbekannt geblieben? Weil sie zwischen dir und mir keinen Platz kriegen kann.«

»Bitte? Ich habe damit gar nichts zu tun!«

»Oh doch.« Er funkelte sie an, in einer nie dagewesenen Intensität. »Es gibt keinen Platz, weil es zwischen uns immer so voll ist, so stickig. Und nie, nie! lässt du dich dazu herab, einen einzigen Zentimeter freizuräumen.«

Er lief davon. Er ließ sie einfach so stehen und eilte den Hauptweg hinunter Richtung Pförtnerloge, den Kopf königlich erhoben.

Während sie betreten die Holme der Karre knetete. Das Blut rauschte ihr in den Ohren. Empörend.

Und was sollte es überhaupt heißen, sie würde keinen

Zentimeter freiräumen? Wenn Hannes sich von ihr er-
drückt fühlte, sollte er doch mehr auf Distanz bleiben. Und
wenn er sich gehemmt fühlte, ihr eine seiner Freundinnen
vorzustellen, sollte er an sich selbst arbeiten, anstatt seine
Schwächen auf andere Leute zu schieben.

Sie brachte die Schubkarre zum Betriebshof zurück.
Der klare Morgen. Aha! Er hatte Erkenntnisse gebracht,
auf die sie nicht gerade gewartet hatte.

Allerdings hatte sie ohnehin noch so viel anderes vor.
Sie sah auf die Uhr.

30

In den Räumen des Kulturvereins roch es nach Schweiß. Die Spurensicherung leistete ganze Arbeit. Dicht an dicht suchten die Experten den Container ab, nahmen Fingerabdrücke, sammelten Haare und steckten Tassen und Löffel in Klarsichtbeutel. Marina Olbert stand draußen vor der geöffneten Tür, den alten Georgier neben sich, der bekannt für seine Trinksprüche war. Seine Tränen flossen reichlich, und erfreulicherweise schämte er sich nicht dafür.

Carmelas Tod erschütterte die gesamte georgische Gemeinschaft, aber die Polizei war nicht zimperlich. Jeder Einzelne wurde danach befragt, was er über die gehörlose Frau und ihre Lebensumstände wusste, und der Alte musste in einen Schutzanzug steigen, weil Marina ihn höchstpersönlich in die Küche des Wohncontainers führen wollte.

Er ließ sich mit dem Reißverschluss helfen und kramte dabei weinend in seinen Erinnerungen. Hätte er zu irgendeinem Zeitpunkt die Katastrophe verhindern können?

»Ich hätte häufiger zu Carmela in die Küche gehen sollen, vielleicht hätte sie mir ihre Sorgen erzählt.«

Marina zog ihm die Kapuze fest. Seit über drei Jahren hatte Carmela im georgischen Kulturverein gearbeitet, und es war erstaunlich, wie schlicht das Bild war, das die Männer von ihr entwarfen: Sie war eine gute Köchin und die stille Seele der Gemeinschaft, so die allgemeine Ansicht. Dabei wusste sogar Marina es besser, aus den wenigen Minuten ihrer Bekanntschaft. Carmela war klug gewesen, eine geborene Geschäftsfrau, die günstigen Wein kaufte und ihn in polierte Karaffen füllte. Zugleich war sie freundlich und respektvoll, sie hatte die Männer nicht wegen ihrer Leichtgläubigkeit verhöhnt. Sie aß und trank gerne mit ihnen, sie genoss schöne Stunden, und sie hatte heimlich eine Freundin gefunden, an der sie hing: Irma.

In einem langen, aufreibenden Telefonat mit Tiflis hatte Marina einige Fakten über Irma zusammengetragen. Sie stammte aus einer vielköpfigen Familie, wuchs in bitterer Armut auf, ohne Perspektive, und schöpfte doch Hoffnung, als die EU-Mission westliche Männer in die Stadt brachte. Männer mit finanziellen Möglichkeiten, die Irma gern anzapfen wollte. Die alte Geschichte. Sie gab alles und wurde am Ende abserviert. Zuletzt war sie aus Tiflis verschwunden, aber man konnte sich natürlich nicht erklären, wie sie nach Deutschland gekommen war.

Mühsam beherrscht betrat Marina die Küche im Wohncontainer. Der alte Georgier folgte ihr. Die Plastikhüllen, die er über die Schuhe gestülpt hatte, schabten über den Boden. Er schnäuzte sich leise.

Auf dem Tisch präsentierte die Spurensicherung, was

sie hinter einem der Schränke gefunden hatte. Waschzeug und Wäsche, zu zwei kleinen Päckchen verschnürt.

»Ach, ach.«

Der Alte hielt sich am Türrahmen fest. Marina wartete, dass er sich beruhigte.

»Wussten Sie, dass es in der Küche einen Übernachtungsgast gab?«, fragte sie dann.

»Nein«, er räusperte sich bekümmert. »Dabei hätten wir uns denken können, dass Carmela sich verliebt hat. Sie kochte zuletzt wie berauscht.«

»Erkennen Sie die Sachen auf dem Tisch? Die Wäsche?«

»Auf keinen Fall! Nein!«

»Und Sie haben nie gesehen, wer Carmela besucht hat?«

»Ich habe nicht genug auf sie geachtet. Ich habe alles versäumt.«

»Das ist kaum vorstellbar. Erinnern Sie sich an den Abend, als ich zum ersten Mal im Kulturverein war und mit Carmela in die Küche ging? Sie waren misstrauisch, am liebsten hätten Sie kontrolliert, welchen Zettel mir Carmela zugesteckt hat.«

»Ich entschuldige mich.« Seine Wangen liefen rosa an. »Es war Ihretwegen, Frau Olbert. Ich dachte, ich muss Carmela ein wenig in Schutz nehmen.«

»Vor mir?«

»Wie soll ich es sagen? Sie sind eine schöne Frau, Verzeihung. Und manchmal hatte ich die Befürchtung, dass Carmela auf Abwege gerät. Dass sie nicht in der Lage ist, sich junge Männer anzuschauen, wenn Sie verstehen.«

»Nein, ich verstehe nicht.«

»Ich hatte Sorge, sie macht sich lächerlich, indem sie Ihnen schöne Augen macht.«

Marina kniff die Lippen zusammen und geleitete ihn in den großen Raum, in dem sie gegessen und getrunken hatten. Er wollte sich setzen, aber sie hinderte ihn daran.

»Berühren Sie nichts, bitte. Aber schauen Sie noch einmal auf dieses Foto hier. Kennen Sie diese Frau? Sagt Ihnen der Name Irma etwas? Haben Sie Irma jemals bei Carmela gesehen?«

Wieder weinte der Alte, bittere Tränen von ganz tief unten. »Glauben Sie mir, ich kenne dieses Gesicht nicht. Ich kenne höchstens ihre Stimme.«

»Sie haben die beiden Frauen belauscht?«

»Wie das klingt! Wie ein Verbrechen! Ich habe mir Gedanken über unsere Carmela gemacht, ist das nicht normal? Sie war so verändert, und da kam ich auf die Idee, dass sie tagsüber vielleicht Gesellschaft hat.«

Endlich. Marina stieß erleichtert die Luft aus. »Jetzt dürfen Sie sich setzen.«

Er schilderte unter Zuhilfenahme vieler Ausflüchte und Bilder, dass er als Vorsitzender des Kulturvereins darüber Bescheid wissen musste, was im Container vor sich ging. Er hatte sich eines Mittags über das Brachland geschlichen und gehört, wie Carmela sich in der Küche von einer fremden Frau unterhalten ließ. Einer Georgierin, zum Glück, die sich darin gefiel, Szenen aus Tiflis wiederzugeben. Es ging um den kaukasischen Stolz, um Büroarbeit und schöne Kleider. Alles sehr lustig, sehr freundlich, man merkte, dass die fremde Frau und Carmela sich gut verstanden.

»Mehr nicht?«, fragte Marina Olbert. »Sie haben daraufhin alles auf sich beruhen lassen?«

»Nein. Ich wusste ja, dass Carmela gerne schreibt, und ich hatte begriffen, dass die andere Frau keine Gebärdensprache beherrschte.«

»Weiter. Bitte reden Sie weiter. Carmela ist tot, Herrgott noch mal!«

»Beschädige ich ihr Andenken?«

»Weil Carmela sich in eine Frau verliebt hat? Was bilden Sie sich eigentlich ein?«

Er wurde klein auf seinem Stuhl. »Ich habe es mir zur Aufgabe gemacht, jeden Abend zur Mülltonne zu gehen, und Carmelas Zettel herauszuholen. So kamen sie nicht in falsche Hände.«

»Bravo. Mitteilungen an Irma?«

»Botschaften. Gesprächsfetzen. Kleine Bilder, aber nur wenige Namen.«

»Willigen Sie ein, dass ein Beamter Ihren Schlüssel nimmt, Ihre Wohnung betritt und die Dokumente hierherholt?«

»Dokumente? Sie erwarten zu viel, Frau Olbert.«

Aber unter ihrem drohenden Blick nickte er.

Sie ließ ihm ein Glas Wasser bringen, er fing erneut an zu weinen, und da ihm ohnehin nichts anderes mehr übrigblieb, packte er aus, was er wusste.

Irma war eines Tages am Container erschienen, geplagt vom Heimweh nach Georgien. Carmela hatte ihr etwas zu essen gegeben und den Besuch vor den Männern verschwiegen. Irma wünschte sich die Heimlichkeit, und Carmela wollte, dass sie wiederkommt.

Sie vertrauten sich bald Geheimisse an. Irma war demnach von einem Freund aus Tiflis nach Deutschland geschickt worden. Sie bekam Geld dafür, einen Streit zu schlichten. Es ging um ein Baby, und es war ernst. Carmela hatte auf einem der Zettel die Nachfrage notiert: *Heißt das, wenn du den Streit nicht beenden kannst, geht es um dein Leben?*

Irma durfte den Kulturverein bald als Unterschlupf nutzen. Sie übernachtete in der Küche, aber jeden Mittag wurden ihre Spuren beseitigt, damit niemand etwas davon merkte.

Der Alte las natürlich die Zettel, Tag für Tag, aber er half den beiden Frauen nicht. Er gab mit keiner Silbe zu erkennen, wie viel er über sie wusste.

»Ich hatte Sorge, der Kulturverein käme in Verruf. Irma schien doch ein Problem mit der Polizei zu haben.«

»Nein, Sie schwiegen vor allem, weil Sie Carmela seit Jahren als Arbeitskraft hielten, ohne dass sie bei den Behörden gemeldet war«, widersprach Marina.

Er nickte. Sie musste sich beherrschen.

»Und als Irma eines Tages nicht mehr wiederkam?«

»Hat Carmela Nachrichten an sie hinterlegt. Ich habe sie eingesammelt.« Er vergrub sein Gesicht in den Händen. Die breiten Finger wurden nass.

»Ich sage es nicht gern, aber die meisten Menschen in Ihrer Situation hätten ähnlich gehandelt.« Sie reichte ihm ein Päckchen Taschentücher. »Es macht die Sache bloß nicht besser.«

Sie führte ihn nach draußen zu einem Streifenwagen und ordnete an, ihn ins Präsidium zu bringen. Er sollte seine Leute verständigen können, verpflegt werden und sich ausruhen, bis sie ihn wieder brauchte.

Dann überwand sie sich und kehrte auf das Brachgelände zurück. Sie betrachtete noch einmal die Stelle, an der sie die Leiche von Carmela gefunden hatte. Das Unkraut war zerdrückt, der Bretterzaun hatte dort, wo der Schädel aufgeprallt war, einen dunklen Fleck.

Mit Schmerzen im Magen stieg sie auf die Leiter der Spurensicherung, die neben der alten Aluleiter am Container lehnte, und erklomm das Dach. Die Fläche aus Zinkblech war feucht und rutschig. An der Absturzstelle war der moosige Belag zerschrammt. Fingerkuppen hatten Halt gesucht und das Metall blank gekratzt. Körper hatten sich gewälzt.

Ob Carmela versucht hatte zu schreien? Wie klang der Laut, den eine Gehörlose ausstoßen konnte? Oder hatte der Angreifer ihr den Mund zugehalten?

Das Handy klingelte. Alexis Wolkow, natürlich wollte er wissen, wie es um die Ermittlungen stand.

»Nein, nichts Neues«, sagte sie, »aber Sie kennen das ja: Je gründlicher ermittelt wird, umso länger dauert es. Was meinen Sie? Welche Laborergebnisse?«

Er hatte sich tatsächlich an die Kollegen herangewanzt und von der Babymütze erfahren. Ihr wurde kalt vor Wut.

»Ja, es ist eine Spur zu dem Findelkind, Alexis. Aber dass Gesine Cordes die Mütze bei mir abgegeben hat, bedeutet nicht, dass sie zu dem Täter Kontakt hat. Sie hat kombiniert, denn das kann sie gut.«

Seine Stimme dröhnte durchs Telefon: »Welchen Anlass hatte sie zum Kombinieren? Wie ist sie darauf gekommen, Ihnen dieses verdreckte Stück Stoff zu bringen?«

»Das kann und will ich Ihnen nicht auseinandersetzen.«

»Ich habe etwas von einer Obdachlosenhilfe gehört.«

»Sie werden die Füße still halten und niemanden befragen, Herr Wolkow. Ich muss Sie doch nicht in Ihre Schranken weisen?«

»Ich habe einen besseren Kontakt in die Polizeidirektion als Sie, Frau Olbert.«

»Möglich. Aber ich besitze eine Videoaufnahme von Ihrem Einbruch in den georgischen Kulturverein.«

Es knackte in der Leitung, dann hörte sie ihn schnaufen. »Wenn Sie ein Video haben, warum haben Sie es bisher nicht verwendet?«

Sie lächelte grimmig. »Vielleicht habe ich auf den Moment gewartet, in dem ich ein Mittel brauche, um Sie zur Zusammenarbeit zu motivieren.«

Er schnaufte wieder. »An Motivation mangelt es nicht. Ich könnte Ihnen bei der Obdachlosenhilfe zur Hand gehen. Ein paar Querverbindungen testen, zum Beispiel zum Friedhof, wo die Mütze sichergestellt wurde. Zu der Gärtnerin Gesine Cordes oder den quirligen Nichten.«

»Den Nichten?«

»Ulkig, aber Frau Cordes scheint sich schon wieder auf den Weg zur Grundschule zu machen. Als ob sie nichts anderes zu tun hat.«

»Sie folgen ihr?«

»Aber nein.«

Er legte auf, und sie wählte augenblicklich die Nummer von Gesine. Vergeblich. Dann rief sie das Büro des Polizeipräsidenten an. Das Video vorzuführen würde heikel werden, sowohl dienstrechtlich als auch politisch. Aber ihr war danach, Nägel mit Köpfen zu machen.

Sie vereinbarte einen Termin, dann schaute sie von ihrem Ausguck auf dem Dach die Straße entlang. Zum ersten Mal sah sie diese Gegend bei Tageslicht, und es war deprimierend: Industrieruinen, Abrisshäuser und Wohnlöcher. Streifenwagen standen quer, und vor den Flatterbändern rempelten sich die Schaulustigen an. Dabei gab es doch nichts zu sehen als Beamte, die mit den Händen auf dem Rücken herumstanden.

Wo kamen die Schaulustigen eigentlich her? Wo waren sie gestern gewesen, als Carmela sie gebraucht hätte? Niemand hatte sich als Zeuge gemeldet. Es musste ein furchtbarer, einsamer Todeskampf gewesen sein.

Und sie, Marina, war außer dem Täter die Letzte gewesen, die Carmela lebend gesehen hatte. Und im Stich gelassen hatte.

Sie wollte sich abwenden, da erkannte sie unter den Schaulustigen die schillernde Jacke des Mädchens, das abends mit den anderen Jugendlichen am Kulturverein vorbeigestreunt war. Sie hatten diese scheppernde Rapmusik gehört. Eine Gang, die auf der Straße zu Hause war und sich chronisch von Regeln und Staatsorganen fernhielt, egal, was passierte.

Über Sprechfunk bat Marina die Beamten, das Mädchen anzusprechen und hinter den Container zu führen, damit sie es vernehmen konnte.

31

Der Bürgersteig vor dem Schulhof war zum Unterrichts-
ende zugeparkt. Geräumige Familienkutschen waren so
dicht wie möglich an das Tor herangefahren und luden
den Nachwuchs ein. Als eine Autotür aufgestoßen wurde,
musste Gesine zur Seite springen.

Sie hielt die Augen nach Frida und Marta offen, aber
es waren Hunderte Kinder, die schreiend durcheinander-
rannten, rechts und links an den Autos vorbei. Dutzende
Eltern riefen nach ihnen, ein paar Großeltern drangen zu
Fuß auf den Schulhof vor.

Endlich wippten die wohlbekannten mahagonifarbenen Locken in der Menge.

»Frida, warte!«

Das Mädchen wirbelte herum und stürmte auf Gesine
zu, als hätten sie sich seit Wochen nicht gesehen. »Du
holst uns ab!«

»Hallo, nein, ich möchte mit eurer Lehrerin reden.«

»Hat sie gesagt, du sollst kommen?«

»Nein, es war meine eigene Idee, und es ist auch nicht
wegen euch.«

»Frau Band ist krank.«

»Wie lange schon?«

»Seit dem Basar. Wir haben zusammen mit den anderen Klassen Unterricht, so wie beim letzten Mal.«

Gesine zog Frida in eine ruhigere Ecke und ging in die Hocke. »Was war denn beim letzten Mal?«

»Als Frau Band so lange Fieber hatte.« Frida machte ein Gesicht, als ob es wirklich jeder wissen müsste. »Nach den Herbstferien.«

Sie rechnete nach. Es könnte passen. Vielleicht war Nicole Band in den Ferien mit der Besuchergruppe im Waisenhaus in Tiflis gewesen und hatte sich für eine Adoption interessiert. Und dann könnte alles zu schnell gegangen sein. Baby Thomas kam zu ihr, obwohl sie noch nicht vorbereitet war, und sie hatte sich in der Schule für einige Zeit krankmelden müssen, um zu Hause das Nötigste zu organisieren. Vor allem musste sie die Herkunft des Kindes verschleiern.

»Komm«, verlangte Frida, »Marta sitzt bestimmt schon im Auto.«

»In welchem Auto?«

»Wir sind ausgesucht worden und dürfen das Geschirr vom Basar in die Weinhandlung zurückbringen.«

»Auf gar keinen Fall.«

Das Auto war ein Lieferwagen der Weinhandlung und parkte hinter der Hausmeisterwohnung. Auf dem Beifahrersitz thronte Marta, und am Steuer saß Karl Daubner. Er ließ auf beiden Seiten die Scheiben herunter. Falls es ihm in die Quere kam, dass Gesine auftauchte, gab er sich Mühe, freundlich zu bleiben.

»Schön, Sie wiederzusehen!«

»Die Mädchen werden nicht mit Ihnen fahren. Marta, steig bitte aus.«

»Machen Sie sich keine Sorgen, es ist mit der Schule abgesprochen.«

»Es geht trotzdem nicht.«

Marta rutschte zögernd vom Sitz, aber Daubner schnappte nach ihrem Arm.

»Die Schule hat mir die Verantwortung übertragen. Ich will keinen Ärger.«

»Gut zu wissen, dass Sie sich an die Regeln halten, Herr Daubner.«

Sie sah ihm kühl in die Augen. Sie spürte seinen Widerstand, aber sie würde nicht mit ihm diskutieren.

Schließlich lächelte er dünn. »Also lauft, Kinder, ich bringe das Geschirr alleine weg und kläre das mit der Schule.«

Kaum war Marta ausgestiegen, ließ er sie in einer Dieselschwade zurück. Gesine nahm die Mädchen an die Hand, die Schulranzen fielen in den Rinnstein.

Und jetzt? Was war mit dem Plan, der Lehrerin so bald wie möglich auf den Zahn zu fühlen? In Gesellschaft der Kinder etwa?

Sie steuerte die nächste Bäckerei an, in der man auch sitzen konnte, und bestellte Apfelkuchen. Frida und Marta türmten Sprühsahne auf ihre Teller. Sie freuten sich auf das Plätzchenbacken am Abend und besprachen die Sorten, die am besten schmeckten. Das Thema Weihnachten schien für sie seinen Schrecken verloren zu haben, wenigstens das war gelungen.

»Bringst du uns gleich nach Hause, Gesine? Du kannst helfen, alles vorzubereiten.«

»Ehrlich gesagt, habe ich keine Zeit. Aber allein lassen möchte ich euch auch nicht.«

»Warum nicht?«

»Weil heute nicht der richtige Tag dafür ist.«

»Wir könnten Hannes fragen, ob er schon freihat.«

»Nein.«

»Er kommt gerne zu uns! Er freut sich. Oder hast du kein Telefon dabei?«

Es wäre natürlich eine rasche Lösung. Bei Hannes wären die Mädchen gut aufgehoben, und Gesine könnte sich um Nicole Band kümmern. Aber hatte sich nach dem Streit mit Hannes auf dem Friedhof nicht einiges verändert?

»Warum guckst du so komisch?«, fragte Marta.

Sie musste an den Fall denken. Klaus war in Gefahr, solange Alexis Wolkow ihn verfolgte, und die Daubners gerieten immer mehr in Bedrängnis. Ihre weiteren Reaktionen waren kaum noch abzuschätzen. Durfte Gesine also zögern? Wenn es um Leben und Tod ging, durfte sie alles verschleppen, nur weil sie mit ihrem alten Freund Hannes Unstimmigkeiten hatte?

Sie schrieb ihm eine Nachricht, die Kinder strahlten, aber ihre Finger rutschten nur schwer über das Display.

Vom Nachbartisch lächelte ihr ein Mann zu, ein drahtiger Typ. Er hatte das Drängeln der Kinder verfolgt und amüsierte sich. Sie lächelte automatisch zurück. Ihre Nervosität musste jedem merkwürdig erscheinen.

Endlich fuhr Hannes vor. Er kam direkt von einer Tour,

denn er hatte nicht den SUV, sondern den Sargwagen dabei. Sie wollte bezahlen, musste aber warten, weil der Drahtige ebenfalls aufbrach und vor ihr an der Reihe war. Die Zwillinge rannten in der Zwischenzeit zum Auto, und als sie selbst nach draußen kam, hatte Hannes nur noch so wenige Fragen zu der Situation, dass er nicht einmal mehr den Sicherheitsgurt ablegte.

»Bis heute Abend«, sagte er.

»Gerne.« Sie strich mit der Hand über den Autolack. »Und lass die Mädchen bitte nicht aus dem Blick.«

Das Sekretariat der Schule hatte geschlossen, und es gab kein öffentliches Adressverzeichnis, in dem Nicole Band zu finden war. Gesine knibbelte am Lenkrad des Pick-ups. Über die Polizei käme sie an die Personendaten heran. Aber sie müsste im Präsidium dazu Erklärungen abgeben, und diese Erklärungen würden nicht folgenlos bleiben. Die Wohnung der Lehrerin würde durchsucht, die Weinhandlung ebenfalls, und die alte Akte von Lucy würde aus dem Archiv geholt, das alles mit großem Tamtam. Die Daubners und Nicole Band würden im polizeilichen Rampenlicht stehen, und Alexis Wolkow würde sofort auf sie aufmerksam werden. Er wüsste, dass er gefunden hätte, wen er suchte: die Mitwisser, die niemals gegen ihn aussagen durften.

Besser wäre es, im Stillen zu handeln. Aber wie? Wie wäre Gesine denn früher vorgegangen, als sie noch Ermittlerin war? Wenn sie einen Schritt schneller sein musste als sämtliche Kollegen, um eine Katastrophe zu verhindern?

Sie sortierte ihre Ideen, dann machte sie sich auf den

Weg zum Krankenhaus, in dem Baby Thomas lag. Ungeliebt, schwierig und mit schräg stehenden Augen. Aber die Lehrerin hatte sich trotzdem nach ihm erkundigt, und es gab die winzig kleine Möglichkeit, dass ihr das Baby nicht vollkommen egal war.

Auf den Fluren des Krankenhauses war nicht viel los. Wagen mit Isolierkannen standen herum, man konnte sich Tassen und Spritzgebäck nehmen. Kaffeezeit, aber die meisten hatten sich wohl für die Cafeteria entschieden.

Das Zimmer, in dem das Baby lag, war noch immer gesichert. Als Gesine die Klinke drückte, sprang ein Warnlicht an und augenblicklich eilte ein Pfleger herbei. Nur kurz konnte sie sich vergewissern, dass das Baby in seinem Bettchen lag. Es hielt die Augen geöffnet und nuckelte an den Fäusten. Sie nannte ihren Namen, leise für Thomas und laut für den Pfleger, aber dann musste sie das Zimmer verlassen und warten, bis Schwester Monika kam.

»Testen Sie unsere Alarmanlage?«, fragte die Krankenschwester.

»Wie oft springt sie denn an?«, fragte Gesine zurück.

»Bisher noch nie. Thomas bekommt außer Ihnen und uns keinen Besuch, so wurde es angeordnet und so wird es durchgezogen.«

»Bis zur Scheibe kann man allerdings gelangen?«

»Ja, aber nicht, ohne dass wir es bemerken. Sie sehen ja, das Zimmer unserer Bereitschaft ist nicht weit entfernt.«

Monika gab einen Code in ein Tastenfeld neben der

Tür ein. »Sehen Sie, ich setze das Sicherheitssystem jetzt erst außer Kraft.«

»Lassen Sie es ruhig laufen.«

»Nein, sonst gibt es ständig Fehlalarm, wenn wir im Raum sind, und wir wollen den netten Bereitschaftsdienst nicht überstrapazieren. Oder wollten Sie Thomas heute gar nicht halten?«

»Doch, selbstverständlich.«

Routiniert löste Monika das Baby von den Geräten, legte eine frische Windel bereit und verschwand, um eine Flasche Milch zu besorgen.

Das Baby lachte lautlos in den Raum. Gesine legte es sich auf den Schoß. Wie immer hoffte sie, dass es sie wiedererkannte, ihr Summen, ihren Geruch, ihre Art, es zu berühren. Auch wenn sie heute ein wenig unruhig war. Sie schob eine Hand unter die Baumwollwäsche und liebkoste die Rippen.

Sie mochte diesen Jungen. Der Vergleich zu ihrem eigenen Sohn war absurd geworden. Die Fürsorge vor vielen Jahren was anders gewesen. Das Anfassen, das Kümmern. Damals war es einzigartig. Heute war es speziell. Und ihr Herz schlug frisch und lebendig für dieses Baby.

Sie verstrubbelte seine Haare, bis sie wie feine Federn abstanden, und es grinste. Es genoss dieses Fingern am Kopf, auch wenn sein Atem flach ging, der Speichel übermäßig floss und die Zunge schlaff zwischen den Zähnen lag.

Als sich die Zimmertür öffnete, schaute Gesine nicht hoch. Sie hatte gerade einen Blickkontakt zu Thomas hergestellt. Als sie aber hörte, dass ein zweiter Stuhl herangezogen wurde, fuhr sie zusammen. Nicole Band war im Zimmer, bleich, ungewaschen und mit rissigen Lippen. Besitzergreifend legte sie eine Hand auf den Bauch des Kindes.

»Geben Sie es mir.«

»Nein«, sagte Gesine leise, aber entschieden. Der Krankenhausflur hinter der Scheibe war leer.

Die Lehrerin griff mit beiden Händen um den kleinen Körper und zog. Baby Thomas gab keinen Laut von sich, aber seine Fuchsaugen versuchten eilig, beide Frauen zu erfassen. Nicole Band riss an ihm, und Gesine musste schließlich loslassen, um ihm Schmerzen zu ersparen.

»Alles wird gut, Benjamin«, hauchte die Frau und beugte sich tief über den Jungen.

Er wimmerte als Antwort, zart und herzzerreißend. Gesine stellte sich vor die Tür, um eine Flucht zu verhindern. Die Lehrerin nahm davon jedoch kaum Notiz. Sie strich dem Baby über die Wange. Es wand sich, sein Blick glitt ab. Erkannte es die Frau? Oder baute sich einer seiner Krämpfe auf?

Gesine streckte die Arme vor. »Geben Sie ihn mir zurück, Frau Band.«

Doch die Lehrerin plättete geschäftig die Babyhaare.

»Was haben Sie denn vor?«, setzte Gesine nach.

»Ich mache alles wieder gut.«

Das Kind zog die Beine an, sein Gesicht wurde rot und es stopfte sich die Fäustchen in den Mund.

»Ganz ruhig«, Nicole Band hob es in die Senkrechte. »Nicht schon wieder aufregen.«

Sie versuchte, es an die Schulter zu legen, aber es bog

den Rücken durch und schrie. Sie probierte es mit einem anderen Griff, hatte aber auch damit keinen Erfolg. Es brüllte aus Leibeskräften und die Tränen quollen aus seinen Augen.

Da flog die Tür auf und Schwester Monika schoss ins Zimmer, eine Milchflasche in der Hand. »Was ist hier los?«

»Rufen Sie Ihre Kollegen«, sagte Gesine.

Monika drückte auf einen Knopf an der Wand. Ein rotes Licht flammte über dem Türrahmen auf. Nicole Band wich zurück.

»Keiner rührt mich an«, sagte sie scharf, fasste in ihre Tasche und zog ein Messer.

Ungläubig starrte die Krankenschwester darauf. Gesine nutzte den Moment, nahm die Lehrerin von hinten in einen festen Griff und wollte das Messer an sich bringen. Aber da richtete die Frau die Klinge auf das Baby. Das Kind stieß mit Fäusten und Beinen in die Luft, und als es sich nach hinten warf, streifte die Spitze seinen Nacken.

Sofort ließ Gesine los. Auf dem Flur liefen Leute zusammen und sahen dem Geschehen entgeistert zu.

»Keine hastigen Aktionen«, rief Gesine ihnen zu. »Sie alle bleiben draußen, und bitte alarmieren Sie die Polizei.«

Sie schob Monika aus dem Zimmer und schloss die Tür. Jemand klopfte noch von draußen an die Scheibe, und sie konnte auch erkennen, dass dort jemand telefonierte, aber sie wandte sich Nicole Band zu und konzentrierte sich.

»Nehmen Sie die Klinge weg, Frau Band, wir sind ja jetzt allein.«

»Ich wollte es nicht so weit kommen lassen. Es ist nicht meine Schuld.«

»Die Schuld des Babys aber auch nicht.«

»Der Junge schreit. Er schreit Tag und Nacht und reagiert nicht eine Sekunde auf mich.«

»Und trotzdem wollen Sie ihn wiederhaben?«

»Nein! Das will ich doch gar nicht! Nicht in dem Sinne.«

Sie drohte weiterhin mit dem Messer, Gesine konnte kaum hinsehen. Betont langsam bückte sie sich nach der Milchflasche und bot sie der Lehrerin an. Fast hätte es funktioniert: Die Frau zuckte reflexhaft und wollte die Flasche schon nehmen, mit der Hand, die die Waffe hielt, aber dann erkannte sie die Falle und blieb mit der Klinge am Baby.

Es war verstörend, wie sie das Kind anguckte. Wütend, ratlos und aufgepeitscht. Das Baby selbst rang inzwischen nach Luft. Es machte gequälte Geräusche und hatte beängstigende Aussetzer in seinem Weinen.

Gesine änderte die Taktik. Sie setzte sich auf einen Stuhl und schlug die Beine übereinander wie bei einem Plausch.

»War es eigentlich Ihre Idee, das Baby Benjamin zu nennen? Das ist hübsch, Frau Band. Hier im Krankenhaus heißt es Thomas.«

»Thomas. Na ja.«

»Ich nenne es manchmal noch anders. Fuchskind. Weil ich es an einem ganz besonderen Morgen gefunden habe.«

Etwas wie Furcht lief über die Miene der Lehrerin. Sie schien sich nicht gern an jenen Morgen zu erinnern.

»Wissen Sie noch?«, fragte Gesine. »Der Nebel? Alles sah anders aus als sonst. Und dann stand plötzlich ein Fuchs vor mir.«

»Sie sind mir auf dem Friedhof hinterhergelaufen!«

Die Frau runzelte die Stirn und blickte auf das nasse, verzerrte Babygesicht. Gut so, dachte Gesine, sie sollte begreifen, wen sie da festhielt und bedrohte. Vielleicht konnte sie dann die irre Spur ihrer Gedanken verlassen.

Hinter der Scheibe drängten sich die Menschen. An der Tür gab es einen lauten Knacks, die Klinke knallte gegen die Wand und der Arzt erschien. Er hielt die Fäuste vorgestreckt und die Lehrerin schrie in den höchsten Tönen auf. Das Messer zitterte über dem Babykopf.

»Alle ruhig bleiben!«, rief Gesine hart. »Es gibt keinen Grund zur Panik.«

»Ich will ein Auto!« Nicole Bands Stimme überschlug sich. »Wie sind Sie hier, Frau Cordes?«

»Mit dem Wagen.«

»Sie begleiten mich hier raus!«

Der Arzt trat noch einen Schritt vor. »Wir werden niemanden gehen lassen. Das Kind muss versorgt werden.«

Doch Gesine brachte ihn zum Schweigen. »Vorsicht bitte. Bleiben Sie stehen und schauen Sie genau hin.«

»Ich bin nur dem Kind verpflichtet.«

»Dann packen Sie mir ein paar Sachen ein und sorgen Sie dafür, dass niemand die Nerven verliert. Es gibt keine Wahl!«

Er biss die Zähne zusammen und zögerte, aber schließlich begriff er die Ausweglosigkeit. Unter dem kritischen Blick der Lehrerin füllte er eine Wickeltasche und gab Anweisungen, worauf bei dem Baby zu achten sei.

Dann stürmte Nicole Band mit dem Kind aus dem Zimmer und Gesine eilte ihr hinterher. Die Leute auf dem Flur wichen zur Seite wie in einem Spalier, bleiche Gesichter und hochgezogene Schultern. Die Lehrerin wurde immer schneller und rannte schließlich über das Linoleum. Das Weinen von Thomas hallte zwischen den kahlen Wänden und mischte sich mit dem Rufen des Arztes.

Im rasenden Tempo ging es durch das Treppenhaus nach unten. Die Eingangshalle durchquerten sie mit großen Schritten. Das Messer war immer noch deutlich sichtbar auf das Baby gerichtet. Jemand kreischte auf und wieder liefen Menschen zusammen. Zwei Polizisten waren eingetroffen, sahen die Klinge und griffen nicht ein.

Aber dann musste Nicole Band stehen bleiben. Sie hatte den Ausgang erreicht und keine Hand frei, um die Tür zu öffnen.

Der Pulk Menschen drängte sich raunend an die Wände, die Polizisten zogen die Pistolen und die Telefone am Empfangstresen schrillten ohne Unterlass.

Nur das Baby war stiller geworden, und die Lehrerin hechelte jetzt. Gesine dachte, dass sie am Ende ihrer Kraft sein musste, bald wäre sie nicht mehr zu steuern und könnte unbeherrscht zustechen.

»Frau Band, ich greife jetzt an Ihnen vorbei und öffne die Tür«, sagte sie. »Wir gehen hindurch, aber wir rennen nicht mehr.«

Sie schob die Glastür auf und tauschte mit einem der

Polizisten einen Blick. Dann führte sie die Frau zum Pick-up und ließ sie auf den Beifahrersitz steigen. Dem Baby strich sie bei dieser Gelegenheit über den Kopf. Er war heiß, und es gab keinen Grund, an eine Entspannung der Situation zu glauben.

32

Eine Bäckerei in der Nähe einer Schule ist eine Goldgrube, das war schon zu den Zeiten so, in denen Marina Olbert einen Ranzen schleppte. Vormittags und mittags schoben hungrige Kinder ihr Taschengeld über die Theke, gegen Nachmittag wurde aufgeräumt.

Marina zeigte den Ausweis der Kripo und blieb auf der Fußmatte stehen, denn eine Frau wischte den Boden vor dem Verkaufstresen und unter den Tischen im Café-Bereich. Im Eimer schäumte ein Reiniger. Meeresbrise. Die Frau klatschte den Lappen missmutig auf die Fliesen.

»Selbstverständlich kenne ich die Zwillinge. Immer hungrig. Gerne Nougatringe. Heute aber Apfelkuchen.«

»Mit wem waren sie hier?«

»Mit einer, die den Kindern ähnlich sah. Also wohl die Mutter, oder stört es Sie, wenn ich als freie Bürgerin kombiniere?«

»Nein. Und ist Ihnen auch ein Mann aufgefallen?«

»Ja.«

»Was hat er gemacht?«

»Was schon? Die Kinder abgeholt.«

»Abgeholt?«

Marina sah probeweise durch das Schaufenster. Die Sicht auf die Straße war gut, die Bäckerei selbst aber war verwinkelt. Konnte die Frau alles richtig mitbekommen haben?

Sie wrang den Lappen aus. »Warum ihr von der Polizei immer denkt, wir sind blöd. Ich kenne die Kinder. Sagte ich doch. Und ich weiß, wie es aussieht, wenn Kinder von einer Person zur anderen Person übergeben werden. Patchwork.«

»Kannten Sie also auch den Mann?«

»Nein. Hier kommen selten Männer her.«

»Wie sah er aus?«

»Nach meinem Geschmack.«

»Ein Bodybuilder-Typ? Sehr groß, kahler Schädel?«

»Mag ich so was? Nein.«

»Dann ein drahtiger Typ? Klein und wendig?«

»Meine Güte!« Sie schlug mit dem Lappen. »Gutaussehend, sagte ich! Allerdings hat er was mit Beerdigungen zu tun. Er fuhr so ein Auto, mit dem man Särge abholt.«

Hannes van Deest, nicht die Männer aus Georgien, was für eine Erleichterung.

»Die Kinder haben sich gefreut«, fuhr die Frau fort und seufzte. »Sie backen heute Plätzchen mit dem schönen Mann. Habe ich mitgekriegt, weil sie noch mal zurückkamen. Ein Zwilling hatte schon wieder seinen Schal vergessen.«

»Ich danke Ihnen. Einen schönen Tag noch.« Die Ladenglocke klingelte, als Marina sich zum Gehen wandte.

»Sah jedenfalls nach Scheidungskrieg aus!«, rief die

Frau hinter ihr her. »Die Mutter ist raus zum Auto, hat aber kaum drei Worte mit dem Mann gewechselt.«

»Vielleicht hatte sie es eilig.«

»Nee. Den Detektiv habe ich nämlich auch gesehen. Als der Hübsche noch mal zurückkam, um den Schal zu holen, war der Detektiv auch schon wieder da. Andere Straßenseite, weißes Auto.«

»Bitte wer?«

»Könnte der Drahtige gewesen sein, mit dem Sie den Hübschen eben verwechselt haben. Sonst noch was?«

»Der Drahtige hat die Kinder beobachtet?«

»Ich habe es ja schon vorher gemerkt. Beim Kuchenessen saß er daneben und hat so getan, als ob er sie nicht kennt. Aber die Mutter hat ihn heimlich angelächelt. Was schließen wir daraus? Sie hat ihn auf ihren Ex angesetzt, damit er rausfindet, ob er die Kinder anständig betreut.«

Marina ließ sich den Mann ausführlich beschreiben, dann nahm sie ihr Rennrad und rollte im Leerlauf die Straße entlang. Der Drahtige. Der Mann, der seit heute Mittag im Mordfall Carmela gesucht wurde, seit der Aussage des Mädchens aus der Rap-Gang.

Sie wählte die Nummer von Hannes van Deest. Mailbox. Sie wählte auch die Nummer von Gesine Cordes, wegen der Kinder, und hier antwortete noch nicht einmal die Mailbox, sondern das Handy war abgeschaltet. Was sollte sie tun? Persönlich bei van Deest vorbeifahren?

Der Drahtige war ein Mörder. Er war in der Nacht am georgischen Kulturverein gewesen. Das Rap-Mädchen, Lilly, war im Dunkeln um den Container herumgegangen, angeblich um ins Unkraut zu pinkeln, da hatte sie ihn gesehen. Er hatte am Eingang gelauert, und Lilly hatte auch jemanden auf dem Dach bemerkt. Eine Person, die schnippte und klatschte, die hin- und herlief, furchterregend, weil sie trotz aller Geräusche stumm blieb. Daraufhin war Lilly weggelaufen.

Sie hätte natürlich vorgehabt, der Polizei von ihren Beobachtungen zu erzählen, aber sie wollte die Sache erst noch mit ihren Freunden besprechen. Sie fürchtete Stress.

»Stress wegen des Päckchens Stoff, das du im Unkraut verloren hast?«, hatte Marina gefragt.

»Drogen sind doch nur für Schwachköpfe«, war die Antwort gewesen.

Aber wie passte das alles zu dem Vorgang in der Bäckerei? Warum heftete der Drahtige sich an die Fersen von Hannes van Deest, Frida und Marta? War er nach dem Mord nicht auf der Flucht?

Marina schaltete in einen kleinen Gang und ließ die Pedale wirbeln. Für eine Flucht brauchte man einen Wagen. Einen unauffälligen Wagen. Oder einen Wagen, der so auffällig war, dass man es als Vorteil nutzen konnte. Den Sargwagen des Bestatters vielleicht? Ging der Drahtige davon aus, dass er in einem solchen Fahrzeug, das Respekt einflößte, unbehelligt bliebe?

Ja, das war möglich. Vielleicht hatte er erst Gesine Cordes verfolgt, im Zusammenhang mit dem Findelkind, und war dann auf Hannes van Deest umgeschwenkt, weil ihm der Fluchtwagen gefiel.

Also musste Marina tatsächlich im Beerdigungsinstitut und in der Privatwohnung Hannes van Deests nachforschen, ob alles in Ordnung war. Sie fingerte an der Freisprechanlage, aber noch während sie wählte, bekam sie selbst einen Anruf.

»Wie bitte? Aus dem Krankenhaus entführt?«, rief sie in den Straßenverkehr und bremste. »Nein! Bitte, hören Sie genau zu.« Sie musste warten, bis ein Bus vorbeigedröhnt war, dann gab sie Anweisungen: »Sie fahren dem Pick-up hinterher, bis das Sondereinsatzkommando Sie ablöst. Zehn Meter Abstand, und wenn Frau Cordes etwas anderes von Ihnen verlangt, gehen Sie unbedingt darauf ein. Verständigen Sie einen Psychologen und halten Sie mich auf dem Laufenden.«

Sie trat wieder an. Das Baby. Zwei Morde inzwischen. Und anstatt dass sie als Kommissarin Ordnung schuf, geschah das, was alles noch unübersichtlicher machte: Der Fall brannte an mehreren Enden.

33

Die Nadel der Tankanzeige stand im roten Feld. Weit waren sie nicht gekommen, sie waren in der Stadt viermal über den Ring gefahren, dann hatte Nicole Band gewünscht, den Friedhof zu sehen. Das Baby hielt die Augen geschlossen. Sein eben noch blauroter Kopf hatte eine blauweiße Farbe angenommen.

Die Lehrerin wiegte das Kind im Arm, aber das Messer hatte sie immer noch nicht abgelegt. Dafür hatte sie angefangen, sich zu unterhalten. Über den Straßenverkehr, über die Arbeit an der Grundschule und über die Kinder von heute. Ausführlich hatte sie über die Probleme von Frida und Marta gesprochen, als suche sie nach einer Möglichkeit, Gesine zu kränken.

Und Gesine kämpfte. Sie durfte sich nicht anmerken lassen, wie groß ihre Angst um das Baby war. Sie musste ihren Verstand benutzen, denn es gab nur zwei Möglichkeiten, die Situation zu beenden: Sie musste das Vertrauen der Lehrerin gewinnen oder sie überwältigen.

»Darf ich das Kind noch einmal halten?«, fragte sie, nachdem sie vor dem Tor des Friedhofs geparkt hatten.

»Sie wollen aus dem Auto springen und weglaufen.«

»Sie würden mir in den Rücken stechen, Frau Band, das weiß ich.«

»Ja, das würde ich, ich müsste es sogar. Schneller, als Sie die Tür öffnen könnten.«

»Und Sie glauben, ich würde das riskieren? Nein, ich werde nicht weglaufen. Ich möchte das Baby bloß noch einmal in den Arm nehmen.«

Die Lehrerin zögerte, aber dann reichte sie ihr das Bündel herüber. »Ich hatte mir alles anders ausgemalt«, sagte sie dabei. »Ich hatte einen Plan gemacht, wann das Kind schlafen soll, wann es trinkt und wann wir spazieren gehen.«

Gesine wickelte das Baby in die dünne Decke, die der Arzt eingepackt hatte, und redete weiter, als schlüge ihr das Herz nicht bis zum Hals: »Bestimmt sind Sie mit dem Kinderwagen immer im Dunkeln spazieren gegangen. Die Leute hätten sich sonst gewundert, woher Sie das Baby haben, oder?«

»Mein Bruder hat mich abends abgeholt und wir sind ins Bergische gefahren, wo uns keiner kennt.«

Das Baby glühte. Gesine tastete seinen Hals ab. Die Schnittwunde am Nacken war nicht tief, aber es reagierte nicht auf die Berührung.

Draußen, in einiger Entfernung, umringten uniformierte Beamte den Pick-up. Sie standen still, sie konnten rein gar nichts tun, ohne das Kind zu gefährden. Und jetzt fuhr ein weiteres Zivilfahrzeug heran. Marina Olbert? Nein. Eine Psychologin vermutlich.

Nicole Band bemerkte das neue Auto und wurde noch

nervöser. Gesine bat sie, in der Tasche nach etwas zu trinken zu suchen. Es gab eine Glukoselösung für Säuglinge, die Lehrerin drückte ein paar Tropfen auf Gesines Finger, die damit die Lippen des Jungen betupfte. Er verzog das Gesicht zu einem Weinen, gab aber keinen Laut von sich.

»So war es die ganze Zeit«, klagte die Frau. »Erst schreit er, aber wenn er trinken soll, will er nicht.«

»Die Flüssigkeit ist eiskalt«, erwiderte Gesine. »Er braucht Medikamente, wir müssen ins Krankenhaus zurück.«

»Wenn Medikamente nützen würden, hätte der Arzt sie doch eingepackt.«

»Er braucht warme und besonders aufbereitete Milch. Außerdem Infusionen, die nur auf der Station gelegt werden können.«

Gesine streichelte ihn, und da: Seine kleinen Finger bewegten sich kaum sichtbar in ihre Richtung. Es zerriss ihr das Herz.

»Wir könnten ihn auch den Leuten da draußen übergeben«, sagte sie heiser. »Wir beide hätten dann Ruhe und Zeit und könnten uns weiter unterhalten.«

Aber die Lehrerin schüttelte den Kopf und spielte mit der Messerklinge. »Ich kann keine Kinder bekommen, und das als Lehrerin. Jeden Tag wird mir vor Augen geführt, was andere Leute haben können und ich nicht. Meine Ehe ist daran gescheitert, und jetzt scheitert mein gesamtes Leben.«

»Sie haben vorhin im Krankenhaus gesagt, Sie wollen das Kind gar nicht wiederhaben. Also können wir es doch nach draußen geben.«

»Nein. Ich will, dass alles wieder gut wird.«

»Nämlich wie?«

Nicole Band antwortete nicht gleich, sondern sah aus dem Fenster, über die Polizisten hinweg in die Bäume. Zwischen den Kronen hing der Dunst, der die Dämmerung ankündigte. Gleichmütig, kalt, als habe er die Blätter von den Ästen gefressen und werde nun herabsinken, um alles andere zu vernichten.

»Meine Schwägerin hatte gehört, dass es in Tiflis Möglichkeiten gibt«, sagte Nicole Band.

»Sie meinen Lucy?« Gesine hätte sie gerne geschüttelt. »Lucy hatte die Idee, sich ein Kind zu beschaffen?«

»Ich war mit ihr drüben in Georgien. Im Waisenhaus. Was für arme, bedauernswerte Kinder! Nein, da wollte ich nicht mitmachen.«

»Aber Lucy hat sie dazu gedrängt?«

»Wahrscheinlich wollte sie am liebsten selbst ein Kind. Sie hat mir versprochen, dass sie mir jeden Tag hilft. Dass sie das Kind nimmt, wenn ich zur Arbeit muss. Aber ich hätte doch alles vorbereiten müssen. Außerdem hätte ich mir das Kind gern ausgesucht.«

Das Baby zog die Nase kraus und legte die Stirn in winzige Falten. Seine Beine wackelten, seine Hände kniffen sich zu.

»Bleiben Sie ruhig, Frau Band, wenn wir laut sind, quälen wir den Jungen.«

»Er hat mich gequält!« Tränen rannen aus ihren Augen. »Plötzlich war er da. Monate zu früh! Ich musste mich in der Schule sofort krankmelden, und Lucy konnte sich auch nicht so viel Zeit nehmen, wie sie angekündigt

307

hatte. Mein Bruder musste einspringen, aber er ist Geschäftsmann, wie sollte das funktionieren?«

»Haben Sie in Tiflis für das Kind bezahlt?«

»Für ein geplantes Kind.«

»Und vor allem für ein gesundes Kind?«

»Das Finanzielle hat Lucy überwacht. Und außerdem wollten die zuständigen Leute sicher sein, dass es in gute Verhältnisse kommt. Es wurde sogar in Aussicht gestellt, dass es später einmal seinen Vater kennenlernt.«

»Wer ist der Vater?«

»Keine Ahnung. Jemand in Tiflis. Vielleicht ist es Ihr Exmann, Frau Cordes, haben Sie darüber schon einmal nachgedacht?«

»Was ist denn passiert, nachdem das Kind bei Ihnen war?«

»Es gab nichts als Probleme. Bald hatte ich den Eindruck, der Junge ist krank. Von wegen Fuchskind. Er hat schräge Augen, weil er behindert ist. Und dann die Querfalte in der Hand. Eigentlich war es klar.«

»Sie wollten das Baby zurückgeben.«

»Ja, aber ich bekam keinen Kontakt nach Tiflis. Es gab so viele Leute, die dazwischengeschaltet waren, und jeder blockte ab. Bis plötzlich diese dürre Person vor der Tür stand. Allerdings wollte sie nicht das Baby mitnehmen, sondern sie redete mir ein, dass das Geschäft nicht rückgängig zu machen sei. Man habe Lucy eine hohe Vermittlungsgebühr bezahlt. Vollkommen irre!«

»Die junge Frau, die bei Ihnen war, hieß Irma.«

Nicole Band saß wie versteinert da. Dann entriegelte sie die Beifahrertür und sprang nach draußen, das Messer gegen sich selbst gerichtet, gegen ihre Halsschlagader. In den Kreis der Beamten kam Bewegung. Die Frau, die vermutlich als Psychologin eingesetzt wurde, ließ das Megaphon sinken, das sie bereits im Anschlag hatte.

Gesine lehnte sich über den Beifahrersitz. »Stopp, Frau Band! Vermeiden Sie schnelle Bewegungen. Man wird auf Sie schießen.«

»Ja bitte!«

»Man wird Ihnen in die Beine schießen, bevor Sie den Mut finden, sich selbst zu verletzen. Sie werden nie wieder laufen können.«

Die Lehrerin sah sich unsicher um. Sie weinte und zog die Schneide über die Haut. Eine dünne Spur Blut lief in ihre Jacke, der Schnitt konnte nicht tief sein. Als die Psychologin sie ansprach, duckte sie sich und kam langsam in den Pick-up zurück.

»Ich hatte einen Mörser aus Porzellan«, flüsterte sie Gesine zu. »Ein schweres Ding, in dem ich Fenchelsamen zerstoßen wollte. Für den Fall, dass das Baby Bauchschmerzen hat. Aber dann kam die dürre Frau in meine Küche, setzte sich vor die Babyschale und gurrte das Kind an. Ja, sie gurrte! Benjamin hörte sofort auf zu weinen. Nicht zu fassen. Sie schaukelte ihn in der Schale, und er lachte. Er lachte sie an, und ich merkte, ich werde verrückt. Diese Frau hat mich erpresst, und er ist der Sonnenschein in Person?«

»Sie haben den schweren Mörser genommen und Irma damit erschlagen.«

»Es ging schneller, als ich denken konnte. Wenn ich hätte nachdenken können, hätte ich es nicht gemacht.«

»Und das Kind saß in seiner Schale daneben?«

»Es hat gelacht. Erst hat es immer noch weitergelacht.«

Ihre Stimme erstarb, und jetzt endlich nahm sie das Messer von ihrem Hals. Jetzt endlich atmete sie aus, ließ sich nach vorne fallen und legte die Stirn an das Armaturenbrett. Gesine hielt das Baby auf dem Schoß und streckte einen Arm zur Seite, um verstohlen nach der Waffe zu greifen. Aber die Beamten auf dem Parkplatz stürmten schon auf den Wagen zu, die Psychologin laut rufend vornweg. Nicole Band richtete sich abrupt wieder auf.

»Ich habe Angst!«, schrie sie und bedrohte erneut das Kind mit der Klinge. Aufgeschreckt riss das Baby die Arme hoch, stieß mit der Hand gegen das Messer und schnitt sich an der Spitze. Es schrie zum Erbarmen. Gesine nahm es hoch, legte ihre Wange an seine Wange und küsste seine Hand. Zum Glück war es nur ein kleiner Ritz, aber sie schmeckte das Babyblut.

Draußen blieben alle stehen, wie eingefroren. Drinnen geriet Nicole Band außer Kontrolle. Sie fuchtelte mit der Klinge herum, schien drauf und dran, Gesine in den Arm zu stechen, in den Rücken des Babys, in ihre eigene Brust.

»Ich habe mich mit Menschen aus Georgien angelegt, die ich nicht kenne!«, rief die Lehrerin. »Wir werden massiv bedroht und keiner hilft!«

»Wir werden Ihnen gerne helfen! Beruhigen Sie sich.«

»Ich habe meinen Bruder angerufen, als ich wieder bei Sinnen war. Ich habe den Mörser abgewaschen, aber die Leiche musste weg. Und Karl hat doch einen Lieferwagen, außerdem hat er Kraft.«

»Wer hatte die Idee, Irma auszuziehen und zum Friedhof an die Bushaltestelle zu bringen?«

»Karl. Er hat sie dort abgelegt, und dann hat er verlangt, dass ich meinen Teil beitrage und das Kind wegbringe.«

»Lucy war diesmal nicht beteiligt?«

»Nein, nur er. Er wollte, dass wir jegliche Verbindung nach Georgien kappen. Ein für alle Mal sollte Schluss sein. Ich musste die Babyschale nehmen und auf den Friedhof laufen. Aber Karl hat sich das so einfach vorgestellt.«

Verzweifelt und zornig schaute sie auf das Kind. Gesines Magen zog sich zusammen.

»Was hat Ihr Bruder in der Zeit gemacht, in der Sie auf dem Friedhof waren?«

»Das soll er Ihnen selbst sagen.«

»Ich weiß es ja. Er war beim Pförtner, Gerhard Strothmann.«

»Auch das war wieder unfreiwillig. Der Pförtner ist aus der Loge gekommen und hat Karl an der Haltestelle gesehen. Er hat ihn erkannt! Karl musste sofort reagieren.«

»Ihr Bruder hat den Pförtner überwältigt und sich mit ihm in der Loge verschanzt. Aber warum ist er später mit ihm in die Wohnung gefahren?«

»Ich sage es ja: Alles uferte aus. Karl dachte, er könnte sich mit dem Pförtner einigen, ganz friedlich bei ihm zu Hause, wenn er unsere Geschichte erzählt. Er hat ihm sogar Geld angeboten, denn wir sind doch in etwas hineingeraten, das wir selbst gar nicht wollten. Aber der Pförtner war stur.«

»Ihr Bruder wollte ihn töten.«

»Es war dieses Gefühl, dass sowieso alles schiefgelaufen ist. Und wenn man sich noch halbwegs retten will, ist man gezwungen, einen weiteren schrecklichen Schritt zu gehen. Noch ein einziges Mal zuzustechen, dann hat man Ruhe.«

»Aber auch das hat nicht geklappt. Anders als das, was wir beide hier tun. Wenn wir jetzt die Türen öffnen und zu den Beamten gehen, retten wir wirklich, was möglich ist.«

Die Lehrerin zog die Nase hoch. Verschwitzt, verwirrt, zu allem in der Lage. Jetzt lachte sie sogar auf: »Sie haben mich an dem Morgen durch den Nebel verfolgt, Frau Cordes. Noch eine Viertelstunde länger, und ich wäre vor Ihren Augen zusammengebrochen. Aber dann haben Sie endlich die Babyschale entdeckt und ich war froh. So erleichtert! Das ahnen Sie nicht. Ich dachte, Benjamin kommt in die richtigen Hände und die Leute aus Georgien werden sich zurückziehen, weil sie keine Probleme mehr befürchten müssen. Ich bin wie ein Blitz zum Eingangstor gelaufen und habe nach Karl gesucht. Aber da war nur noch eine leere Tüte vom Bäcker. Er hatte gefrühstückt! Während ich das Kind wegschaffen sollte! Können Sie sich das vorstellen?«

Gesine nickte. Draußen pirschten schwarzgekleidete Gestalten durch das Gebüsch. Das Sondereinsatzkommando. Gewehre im Anschlag, und zwar rund um den Parkplatz.

»Präzisionsschützen«, stellte Nicole Band fest. »Sie zielen auf meine Stirn. Stimmt's?«

Leise röchelnd zog das Kind die Luft ein. Die Zunge

schob sich über die Lippen, aus der winzigen Nase lief klare Flüssigkeit.

»Ich werde erschossen«, sagte die Lehrerin. »Und Benjamin?«

»Wenn Sie es anders haben wollen, fahren wir ins Krankenhaus zurück.«

»Sie verstehen, was ich meine?«

»Nein, Frau Band. Aber es ist mir unter diesen Umständen auch egal. Ich drehe jetzt den Zündschlüssel um, lege den Gang ein und fahre los. Sie können auf mich einstechen, wenn Ihnen das etwas bringt. Aber ich werde jetzt zum letzten Mal versuchen, dass wir alle drei heile aus dieser Situation herauskommen.«

34

Angenehm, so eine Weinhandlung. Holzfässer, nostalgisch präsentiert. Flaschen in einer überwältigenden Vielfalt. Handgeschriebene Schilder: *Fruchtige Note, wenig Tannine.* Weihnachtsgebäck in durchsichtiger Verpackung.

»Sie kommen als Kundin?«, fragte Lucy, als sie Marina erkannte.

Marina löste sich von dem Weinregal, legte eine Tüte Lebkuchen auf den Tresen und wartete, dass der Kunde, der sich eine Flasche in Geschenkpapier einwickeln ließ, den Laden verließ.

»Ich komme aus verschiedenen Gründen. Vor allem suche ich zwei Mädchen, die bei Ihrer Schwägerin in die Schule gehen. Frida und Marta Alvarez.«

»Die Zwillinge? Die waren heute nicht hier. Aber ich erwarte noch eine Lieferung Geschirr, das wir der Schule geliehen haben. Vielleicht helfen die Kinder wieder mit.«

»Wann sollte die Lieferung hier sein?«

»Vor Stunden schon. Leider kann ich meinen Mann nicht erreichen. Ich weiß nicht, wo er bleibt.«

Marina legte fünf Euro auf den Tresen und verstaute den Lebkuchen. Hannes van Deest war verschwunden, ebenso wie die Zwillinge, und jetzt war auch noch Karl Daubner abgetaucht. Sie gelangte ungern an diesen Punkt, aber als Ermittlerin musste sie jetzt ihr Visier hochklappen.

»Frau Daubner, es gibt Hinweise, dass Ihre Familie in großer Gefahr ist«, sagte sie leise. »Sie sollten den Laden abschließen, ohne Aufsehen zu erregen, und mit mir kommen.«

»Ach je, wie dramatisch. Gibt es Ermittlungen, die Sie gegen meine Familie anstellen?«

»Ihr Mann hat gestern jemanden überfallen und schwer verletzt. Ihre Schwägerin hat heute das Findelkind aus dem Krankenhaus entführt und droht zur Sekunde damit, es zu erstechen.«

Lucy Daubner erstarrte und holte dann Luft. »Warum halten Sie meine Schwägerin nicht auf? Warum kommen Sie stattdessen zu mir?«

»Ein Sondereinsatzkommando kümmert sich darum. Aber die Gefahr, von der ich spreche, kommt nicht aus dieser Richtung, sondern von zwei Männern, die aus Georgien angereist sind.«

Lucy schloss die Schublade der Kasse. Ihre Hand zitterte leicht, doch ihr Blick blieb klar. Es war ein Phänomen, das Marina kannte: Menschen mit einer harten Vergangenheit fingen sich schneller als andere, wenn sie schlechte Nachrichten bekamen.

»Haben Sie Feinde in Georgien, Frau Daubner? Leute, über die Sie mir besser etwas erzählen sollten?«

»Nicht dass ich wüsste.«

»Na gut, aber ich denke, ich werde Sie trotzdem beschützen. Wo ist denn die Tochter Ihres Mannes im Moment?«

»Belinda ist bei einer Freundin. Aber worauf auch immer Sie anspielen wollen: Belinda ist außen vor.«

»Ich bezweifele, dass die Georgier auf solche Feinheiten achten. Anders als wir von der Polizei. Wir nehmen auch kleinste Spuren ernst.«

»Frau Olbert, Sie haben eine unerträgliche Art, nicht zur Sache zu kommen.«

»Weil wir keine Zeit haben. Oder möchten Sie jetzt eine Geschichte über eine Daunenjacke hören, die Ihre Schwägerin der Obdachlosenhilfe gespendet hat? Diese Jacke trägt nicht nur Spuren des Findelkinds, sondern auch Spuren von Ihnen.«

»Es ist eine erfundene Geschichte, oder?«

»Erfreulicherweise sind Sie in Ihrer Zeit als Prostituierte bereits erkennungsdienstlich behandelt worden, Frau Daubner. Ich konnte die Daten von damals mit den Ergebnissen von der Daunenjacke in Einklang bringen.«

»In Einklang bringen, ja? Das ist garantiert nicht erlaubt.«

»Aber zum jetzigen Zeitpunkt geht es um Ihr Leben.«

»Hätten Sie es auch eine Nummer kleiner?«

Lucy begann, das Bargeld aus der Kasse zu räumen und es sich in die Tasche zu stecken. Sie dachte an alles, an ihre Papiere, ihren Schlüssel und den Mantel.

Dann telefonierte sie mit der Familie, bei der Belinda zu Gast war, und gab den Auftrag, das Mädchen nicht auf die Straße zu lassen. Sie rief auch ihren Mann an, Marina hörte das hohle Tuten. Zehnmal, elfmal. Die Zeit verrann.

»Ihnen sagt doch der Name Alexis Wolkow etwas. Wollen wir nicht lieber gehen, Frau Daubner?«, fragte sie.

Lucy löschte überall das Licht. »Ja, ich kenne diesen Namen, aber werden Sie es mir anrechnen, wenn ich umfassend aussage?«

»Ich würde es mir überlegen.«

»Ich habe mir Alexis Wolkow in Tiflis nennen lassen, für alle Fälle, auch wenn es mich etwas gekostet hat. Ich dachte, es sei schlauer. Ich dachte, es könnte mich beruhigen, wenn ich weiß, an wen ich mich im Notfall wenden kann. Was für ein Hohn.«

»Aber Ihren eigenen Namen haben Sie nicht hinterlassen?«

»Ich habe doch meine Erfahrungen.«

Sie verließen den Laden, und Lucy schaute sich sorgenvoll um. Die Dämmerung hatte eingesetzt, die Straßenlaternen brannten und die Leuchtreklame der Weinhandlung warf bunte Flecke auf das Pflaster. Zwischen den parkenden Autos und in den Hauseingängen gegenüber jedoch machten sich Schatten breit.

Lucy steckte den Schlüssel ins Schloss und Marina folgte dem Impuls, sich dicht hinter sie zu stellen, um sie zu beruhigen oder zu schützen. Dann fiel ein Schuss. Lucy schleuderte gegen eines der Weinfässer neben dem Eingang und rutschte zu Boden. Eine Blutfontäne stieg auf, sprudelte dreimal aus Lucys Hals und sackte dann in sich zusammen.

Marina merkte erst, dass sie schrie, als sie nach Worten suchte, um Hilfe zu holen. »Einen Notarzt«, wollte sie sagen, schaffte es aber kaum. Und es war ohnehin zu spät.

Lucys Schädel und Rumpf hatten sich gegeneinander verschoben. Der Hals dazwischen lag in Fetzen. Blut klebte an der Eingangstür, am Schaufenster, an den dekorativen Fässern. Und auch an Marina.

Sie hockte sich hin, sprang auf und wich zurück. Wolkow hatte geschossen. Vielleicht auch der Drahtige, sein Handlanger.

Aber wie waren sie auf Lucy gekommen? Woher hatten sie plötzlich die Information, dass es diese Frau in diesem Weinladen war, die sie ausschalten mussten? Hatte Marina ihnen alles verraten, indem sie zur Weinhandlung gelaufen war?

Aber sie hatte es doch nur gut gemeint! Sie hatte bei Hannes van Deest geklingelt, ein paar Straßen vom Weinladen entfernt, und er hatte ihr nicht geöffnet. In diesem Moment waren ihr die Laborergebnisse von der Daunenjacke mitgeteilt worden und sie hatte nicht lange gezögert, nicht lange genug vielleicht, sondern war zur Weinhandlung gerannt.

Falsch, alles falsch. Und darum lag Lucy jetzt tot vor ihren Füßen?

Und was war mit van Deest? Hatte er die Wohnungstür etwa nicht öffnen können, weil auch er in seinem Blut lag? Und die Kinder? Warum hatte Marina bloß nicht anders reagiert?

Sie wies die entsetzten Menschen um sie herum an, in

Deckung zu gehen. Dann ließ sie eine Visitenkarte fallen, für die Kollegen, die kommen würden, und rannte die Straße hinauf, zu Hannes van Deest zurück.

Hart schlugen ihre Stiefel auf den Asphalt, sie rannte wie um ihr Leben. Die Lungen stachen von der kalten Luft, und in ihrer Tasche raschelte die Tüte mit dem Lebkuchen. Dem ersten gekauften Lebkuchen seit ewig, denn sonst hatte ihn immer ihre Mutter gebacken.

35

Das Krankenhaus wirkte menschenleer. Nur ein Beamter in Uniform hielt Gesine und Nicole Band die Eingangstür auf. Sein Blick blieb an dem Baby hängen, das Gesine auf dem Arm trug, und an dem Messer, das Nicole an den winzigen, mageren Nacken hielt.

Am Empfang klingelten noch immer die Telefone, aber die Stühle waren nicht mehr besetzt. Papiere lagen herum, aufgeschlagene Ordner, ein Wagen mit Plastikkisten, alles so, als habe ein Virus von einer Sekunde auf die andere die Lebewesen vernichtet.

Gesine wusste, dass der Schein trog. Die mobile Wand mit dem Informationsmaterial vibrierte, also stand jemand dahinter, genauso wie unter dem Empfangstisch jemand hocken konnte, ein Beamter eines Sondereinsatzkommandos oder ein Kollege von der Bereitschaft. Nebenan, in der Ambulanz, würde sich ein Team auf einen medizinischen Notfall vorbereiten, heimlich und leise. Und irgendwo in einem fernen Flur schlug eine Tür. Der Aufzug war lahmgelegt worden.

Sie gab acht, das Kind so zu tragen, dass es keine Erschütterung spürte. Weder beim Gehen noch beim Treppenstufensteigen. An die Bedrohung durch das Messer hatte sie sich beinahe gewöhnt, und als die Lehrerin oben auf der Station schon wieder Anstalten machte, ihr das Kind abzunehmen, drehte sie sich weg und schützte den kleinen Körper mit ihrem Rücken.

»Sie können mich verletzen, Frau Band, aber ich liefere Ihnen den Jungen nicht mehr aus.«

»Es ist doch mein Kind, und wir sind auf dem Weg zu einem Arzt. Weil ich es erlaubt habe.« Die Lider der Lehrerin flatterten. »Ich lege sogar das Messer weg.«

Klirrend fiel die Waffe zu Boden. Die dunklen Stellen auf Scheide und Griff sahen aus wie Rost. Aber der Frau war nicht zu trauen, ihr Verstand hatte eine Grenze überschritten.

Gesine sah hilfesuchend nach vorn. Der Flur zog sich endlos lang hin, und ganz hinten standen der Arzt und zwei Beamte. Das Einsatzkommando musste sich in den Zimmern verschanzt halten, sämtliche Türen waren angelehnt.

Sie wollte auf den Arzt zugehen, da packte Nicole Band blitzschnell die Kehle des Kindes.

»Eine Bewegung, und ich drücke zu.«

Schon gruben sich die Finger in die weiche Haut. Der Kopf des Babys fiel nach hinten. Es hielt die Augen geschlossen und würde sich erwürgen lassen, ohne noch einmal zu klagen.

»Und jetzt ins Besucherzimmer«, befahl Nicole Band mit bebender Stimme. »Nach rechts.«

Zentimeter für Zentimeter schob sich Gesine voran,

die Lehrerin blieb mit der Hand am Baby. Die Tür ging auf, zwei bewaffnete Beamte standen im Zimmer. Nicole Band stieß einen Schrei aus: »Zurück!« Ein Schweißfilm klebte auf ihrer Stirn.

Die Polizisten hoben die Arme und wichen zur Seite, bis sie mit dem Rücken an der Wand standen. Die Waffen und Halfter klackten gegen die Tapete.

Mit der freien Hand öffnete die Lehrerin die Balkontür. Die Kälte des Abends ergoss sich über das Baby. Es hielt immer noch still, aber Gesine sah, wie sich die Finger der Frau um den kleinen Hals krampften.

»Lassen Sie los, um Himmels willen.«

»Dann geben Sie mir endlich mein Kind, Frau Cordes.«

Mit dem Gefühl, sich das Herz herauszureißen, musste Gesine das Baby übergeben. Die Lehrerin legte es sich an die Schulter, als habe sie ihm nie weh tun wollen, und als sein Kopf haltlos zur Seite baumelte, fing sie ihn auf.

Der Balkon wurde beleuchtet von Milchglaslampen. Aus den umliegenden Kaminen stieg Rauch, und in dem kleinen Wintergarten, der vor einer der Fassaden gegenüber hing, brannten Lichterketten. Eine Christuspalme drückte ihre Wedel ans Glas wie ein Vogel seine monströsen Füße. In Kürze würden dort überall die Scharfschützen lauern.

Gesine schätzte die Positionen ab. Sie hatte zwei Polizisten in dem hellen Zimmer hinter sich, drei Balkonstühle neben sich, einen kleinen Tisch und nur wenig freien Raum. Mit einem Satz könnte sie Nicole Band gegen die Möbel werfen. Aber würde das Kind den Sturz verkraften? Lebte es überhaupt noch?

»Ich möchte nachsehen, ob Benjamin atmet«, sagte sie.

Nicole Band schüttelte den Kopf. »Dass Sie so schwer von Begriff sind. Dabei hätten Sie helfen können. Sie hätten dafür sorgen können, dass Benjamin in gute Hände kommt und die Polizei Ruhe gibt. Stattdessen tanzt auch noch Ihr Exmann aus Georgien an!«

»Nichts lässt sich rückgängig machen«, entgegnete Gesine. »Aber Sie können dafür sorgen, dass nicht alles noch schlimmer wird.«

»Sie hätten das Baby auch selbst behalten können. Warum waren Sie dazu nicht bereit, Frau Cordes?«

»Weil man sich ein Kind nicht einfach nimmt, Frau Band.«

Verzweifelt sah die Frau das Bündel an, gespenstisch im weichen Licht. Helle Augen, verklebte Wimpern. Scham sprach aus ihrem Gesicht, Selbsthass und Trauer.

Ein Ruf schallte durch die Dämmerung: »Gesine!«

Auf dem flachen Dach gegenüber bewegten sich Gestalten. Vielleicht Scharfschützen, die in Stellung robbten, aber auch zwei andere Männer, die aufrecht standen und vor dem Abendhimmel kaum auszumachen waren.

»Siehst du mich? Klaus hier. Ich habe Karl Daubner dabei.«

»Ja! Er bringt mich um!« Die Stimme von Daubner schraubte sich in die Höhe. »Hier ist alles voller Polizei, aber der Typ darf mich einfach umbringen!«

Nicole Band küsste das Baby und schaukelte es hin und her. Gesine legte eine Hand auf ihre Schulter und rief in die Dunkelheit: »Herr Daubner, Ihre Schwester ist dabei, alles zu klären. Sie hat die richtigen Schritte in die Wege geleitet.«

»Für mich offenbar nicht!«

Die beiden Gestalten drüben schwankten, als gebe es ein Gerangel, dann meldete sich wieder Klaus.

»Frau Band, hören Sie mich? Wir haben uns neulich vor dem Schulhof kennengelernt. Ich bin nicht hier, um Ihnen gefährlich zu werden, aber ich will, dass Sie das Kind abgeben. Gesine Cordes soll es dem Arzt überreichen. Ihr Bruder unterstützt diese Forderung.«

»Ich habe keine Angst mehr!« Die Lehrerin verfiel in einen Singsang. »Und mein Bruder wird auch keine Angst haben.«

Sie bebte am ganzen Körper. Die Anwesenheit ihres Bruders gab ihr den Rest. Gesine konnte spüren, wie die Schlinge sich zuzog. Denn nach allem, was Nicole Band im Pick-up erzählt hatte, musste sie sich zutiefst in Karl Daubners Schuld fühlen. Er war ihr so oft zu Hilfe geeilt, und sie hatte seinen Einsatz genauso häufig zunichtegemacht. Er hatte für sie die Leiche beseitigt und sich einen Plan für das Kind ausgedacht, und sie hatte alles verdorben, weil sie das Baby zwar nicht haben wollte, sich aber gleichzeitig auch nicht von ihm trennen konnte. Und jetzt war das Ende erreicht. Sie stand hier, schon wieder mit dem Baby im Arm, und drüben stand ihr Bruder, den sie mit jeder ihrer Taten ins Verderben riss.

Sie sah Gesine an und flüsterte: »Er wollte nicht, dass ich Benjamin ins Gebüsch hinter die Kapelle stelle. Er wollte, dass ich ihn in den Brunnen werfe und weglaufe. Aber ich konnte nicht loslassen. Das ist mein Problem.«

»Nein, es ist ein Glück«, antwortete Gesine.

»Finden Sie?«

Mit einem Ruck hob die Lehrerin den kleinen Körper über die Brüstung und schob sich selbst hinterher. Gesine hechtete nach vorn, bekam das Kind noch zu fassen und umklammerte es.

Dann krachten die Möbel.

36

Der Bretterverschlag im Keller von Hannes van Deest war stabiler als gedacht. Marina fand einen Schneeschieber aus Stahl, den sie als Hebel ansetzen konnte, und brach die Latten auseinander. Frida und Marta sahen ihr staunend zu, und Hannes van Deest war erleichtert, befreit zu werden, aber die Vehemenz, mit der Marina vorging, beunruhigte ihn auch.

»Sie sind nicht hier, weil mir das Auto gestohlen wurde, stimmt's?«

»Doch, und ich bin extrem froh, Sie so lebendig zu sehen.«

»Sieht aus wie Blut«, sagte Marta und zeigte auf Marinas Kleidung.

»Die Hauptsache ist, dass der Mann, der euch eingesperrt hat, nichts weiter getan hat.«

»Er hat uns reingelegt, das ist nicht nett.«

Marina musste sich einen Moment hinsetzen. »Erzählt mir genau, was passiert ist«, bat sie, noch während sie im Präsidium anrief.

Hannes van Deest hatte am Nachmittag vor dem Haus

geparkt, und Frida und Marta waren fröhlich aus dem Sargwagen gesprungen, als ihnen auf dem Gehweg der Drahtige auffiel. Er ging unsicher, so als sei ihm schwindlig, und Hannes wollte ihm helfen, doch da griff er an. Er brachte Frida in seine Gewalt und zwang alle drei, ins Haus und in den Keller zu gehen. Dort nahm er Hannes das Handy und den Autoschlüssel ab.

»Wie gut, dass Sie kooperiert haben, Herr van Deest«, betonte Marina.

»Er hat sich benommen wie ein ganz normaler Dieb«, erwiderte Hannes. »Außerdem hätte es den Mädchen Angst gemacht, wenn ich nicht ruhig geblieben wäre.«

Aber Marina schluckte. Ein Dieb. Ihr wurde übel, wenn sie an den Drahtigen dachte – und daran, wie knapp es für van Deest und die Kinder gewesen war.

Sie hatten sich im halbdunklen Kellerverschlag aufstellen müssen. Frida hatte geweint, und Marta hatte unaufhörlich vor sich hin geflüstert, während Hannes versuchte, mit dem Kerl zu verhandeln. Er bot an, ihm die vollständigen Autopapiere zu überreichen, wenn er im Gegenzug die Mädchen laufen ließe, und er war auch bereit, seine Kreditkarte dazuzulegen. Aber der Drahtige blieb stumm und leuchtete ihnen mit der Taschenlampe ins Gesicht. Hannes stieß dabei gegen das alte Ölgemälde, das vor dem Gerümpel am Weinregal lehnte. Das Madonnenbild mit Goldrahmen, der Drahtige wurde darauf aufmerksam und erstarrte.

»Er konnte sich von dem Bild kaum losreißen«, erzählte Hannes. »Dann bekreuzigte er sich, schloss uns ein und rannte davon.«

Marina hielt sich den Hals, um ein Schluchzen zu unterdrücken. »Heben Sie das Bild gut auf, Herr van Deest. Es muss eine wertvolle Ikone sein, der Georgier kennt sich damit aus.«

»Als er weg war, haben wir gelacht«, sagte Frida und weinte wieder los.

Hannes nahm die Kinder in den Arm, und Marina war dankbar wie nie in ihrem Leben.

Sie brachte die drei hoch in die Wohnung und ließ sich eine frische Jacke und eine Sporthose geben. Als die ersten Kollegen von der Streife eintrafen, verabschiedete sie sich, aber van Deest begleitete sie bis zur Tür.

»Was ist wirklich passiert, Frau Olbert? Von wem stammt das Blut?«

»Für mich ist der Tag noch nicht vorbei. Bitte behalten Sie einen Beamten zu Ihrem Schutz bei sich, bis ich mich wieder melde. Was ist mit den Kindern?«

»Ihr Vater wird gleich hier sein. Aber ehrlich gesagt, bin ich sehr erschrocken, wenn ich sehe, in welcher Verfassung Sie sind.«

Ja, es wäre schön, sich von ihm trösten zu lassen, dachte Marina. Aber noch viel schöner wäre es, Alexis Wolkow zu stellen.

Sie atmete tief durch, als sie wieder auf die Straße trat, und nutzte die Strecke zur Weinhandlung, um sich zu sammeln. Die blonden Haare verbarg sie unter der Kapuze der Jacke und zog die Schultern hoch wie eine Joggerin, die fror. Ihre Waffe saß unter der Kleidung, war aber nicht mehr gesichert.

Aus allen Richtungen heulten Sirenen. Blaulicht durchzuckte die Gegend, und Passanten strebten dem blutigen Tatort entgegen. Vor den Geschäften standen die Verkäufer und diskutierten. Marina huschte an ihnen vorbei.

Sie fragte sich, ob Wolkow so dreist sein würde, sich vor der Weinhandlung unter die ermittelnden Beamten zu mischen. Vielleicht würde es ihm gefallen, einen Blick auf die Leiche von Lucy zu werfen. Er würde wohl auch nach Marina fragen und erwähnen, dass er als internationaler Kollege Auskunft über sie erhalten dürfe. Sie selbst würde währenddessen an der Ecke warten, um ihm beizubringen, dass Recht und Gesetz am Ende siegten.

Tatsächlich, da stand er zwischen den Kripokollegen, selbstbewusst in seinem Mantel, und beugte sich vor, um die Leiche zu sehen. Er kam nicht nah genug heran, denn das Blut hatte sich in einer großen Lache gesammelt, und er bemühte sich, die feinen Lederschuhe im Trockenen zu halten. Die Hände in den Taschen, schüttelte er bedauernd den kahlen Schädel.

Die uniformierten Polizisten, die damit beschäftigt waren, Sichtschutzwände aufzustellen und Zeugen zusammenzutreiben, kümmerten sich nicht um ihn. Sie prüften nicht seine Waffe, sie untersuchten seine Finger nicht auf Schießrückstände, und warum auch? Er war auf der vermeintlich richtigen Seite der Flatterbänder, auf der Seite der Polizei.

In Marina stieg die Galle hoch. Nur ein Schluck Wasser, und sie könnte sich wieder fangen. An der Ecke war ein Kiosk, verlockend, aber nein, sie würde den Blick nicht mehr abwenden.

Sie blieb im Schatten einer Hauswand, froh über die

fremde Kleidung, und arbeitete an einem Plan. Würde es reichen, auf ihn zuzugehen und ihn festzunehmen? Was wäre, wenn er die Waffe längst gewechselt hatte? Wenn er sich mit Geschichten und Ausreden einen Rückhalt gebastelt hatte, an dem sie sich letztlich die Zähne ausbeißen würde?

Sie sah, wie er sich an einen der Zeugen wandte, an eine Frau in mittleren Jahren, die sich die Augen abtupfte. Sie deutete die Straße hoch, vermutlich erzählte sie von Marina. Wie sie nach dem Schuss davongelaufen war, welche Richtung sie eingeschlagen hatte. Wieder schüttelte Wolkow bedauernd seinen Kopf, dann stieg er über die Absperrung und machte sich auf den Weg.

Endlich.

Marina überquerte die Straße und nahm die Verfolgung auf. Sie blieb dicht an den Wänden und mied, soweit möglich, das Licht. Wolkow drehte sich nicht um, doch seltsamerweise schlug er auch nicht den Weg zu van Deests Wohnung ein. Er ließ die Ladenpassage rechts liegen und bog in ein dunkleres Gebiet ab. Er ging immer schneller, und je leiser die Sirenen wurden, umso lauter hallten seine Schritte auf den Gehwegplatten.

Zur Vorsicht setzte Marina einen stillen Notruf ins Präsidium ab, dann musste sie sich anstrengen, seine Spur nicht zu verlieren. Er kannte sich aus. Er wechselte so zielsicher die Straßenseiten und bog ohne jegliches Zögern in die kleinsten Gassen, dass in ihr eine Hoffnung wuchs. Führte er sie in die Zentrale seiner abscheulichen Geschäfte?

Schon wieder überquerte er die Straße, kurz bevor ein

Lieferwagen herankam. Marina wartete, bis das Fahrzeug vorüber war, aber dann war Wolkow verschwunden. Leise zischte sie durch die Zähne. Er konnte doch nicht weit sein? Oder hatte er sie bemerkt und ausgetrickst?

Die Straße war leer, am Ende flimmerte eine einsame Laterne. Nur wenige Wohnungen schienen belebt, aber ein kleines Stück entfernt wölbte sich ein Torbogen, offenbar vor einem Hinterhof.

Sie glitt lautlos an den Bogen heran. Jemand hatte Splitt gestreut, es knirschte. Sie zog ihre Waffe und atmete tief in den Bauch, um ruhiger zu werden, dann schob sie sich Millimeter für Millimeter voran, um in den Hof zu spähen.

Ein Rascheln von hinten, ein kurzer Windhauch, und schon legte sich ein Arm um ihren Hals. Wolkow. Er drückte zu und bohrte den Lauf seiner Pistole in ihre Schläfe.

»Überschätzungsillusion«, flüsterte er. »Ist das das richtige Wort, Marina?«

»Sie müssen es ja wissen«, presste sie hervor.

Er drängte sie um die Ecke in den Hinterhof. Es war dunkel. Sie könnte einen Schrei ausstoßen, erschossen werden, und niemand würde später bezeugen, dass Wolkow der Täter gewesen war.

»Eine letzte Zigarette«, sagte sie, weil ihr nichts Besseres einfiel.

Er zischte. »Sie rauchen nicht, das kann ich riechen.«

Dann tastete er ihre Kleidung ab. Er fuhr in ihre Taschen, und als er sie leer vorfand, griff er unter ihre Jacke. Er nahm ihr die Waffe ab, steckte sie ein und tastete sich wieder zu ihren nackten Achselhöhlen vor.

Was suchte er? Etwas Belastendes. Das Video! Er suchte die Aufnahme von seinem Einbruch in den Kulturverein, denn er musste Sorge haben, dass nach Marinas Tod ihre sämtlichen Unterlagen gesichtet würden.

»Ich habe die Aufnahme nicht bei mir«, sagte sie. »Sie werden erklären müssen, was Sie im Kulturverein wollten.«

»Es ist lächerlich. Wenn Sie es einen Einbruch nennen, nenne ich es Durchsuchung.«

»Und die anderen Filme?«

»Ein dummer Trick.«

»Sie haben so viele Eltern glücklich gemacht, Alexis Wolkow. Ich habe wunderbare Interviews mit ihnen geführt.«

Er verdrehte ihr den Arm, wirbelte sie brutal herum und stieß sie rücklings gegen die Hauswand. Sie roch seinen Atem, er wehte von oben auf ihr Gesicht. Sein Unterarm drückte erneut auf ihre Kehle.

»Das rettet dich nicht, Marina Olbert.«

»Wissen Sie eigentlich, wie einfach es ist, Ihnen auf die Schliche zu kommen? Wenn Sie mir weniger auf den Hals drücken, könnte ich es erzählen.«

Tatsächlich gab er ihr mehr Luft. Wie die meisten Männer liebte er es, wenn über ihn geredet wurde. Marina rauschte das Blut in den Ohren, vor Wut, vor Schmerzen und vor Angst. Aber sie wusste, dass sie nur eine Chance zum Überleben hatte, wenn sie Wolkow ebenbürtig erschien.

»Wir standen wegen des Findelkinds in Kontakt zu den Krankenhäusern der Region«, sagte sie kalt. »Ich habe die Geburten mit den Daten der Einwohnermelde-ämter abgeglichen. Und siehe da, es sind deutlich mehr Neugeborene bei den Ämtern verzeichnet als bei den Entbindungsstationen. Rechnet man die Kinder ab, die durch einen Umzug zu uns gekommen sind, bleibt immer noch eine gewisse Zahl übrig, und bei diesen Eltern bin ich vorstellig geworden.«

»Niemand hat etwas gesagt, da bin ich sicher.«

»Vielleicht war es unvorsichtig, die Babys Ihrer Beamten immer nur in diese Region zu schicken. Warum haben Sie das Geschäft nicht gestreut? Aus nostalgischen Gründen, weil Sie hier Ihre eigene Kindheit verbracht haben?«

Er sah aus, als wolle er sie anspucken. »Geschäft! Wir haben den Kindern eine Zukunft gegeben.«

»Oh ja. Merken Sie sich das für den Prozess. Sie betreiben den ersten Kinderhandel aus ethischen Motiven.«

Aber es funktionierte nicht. Er ließ sich mit Spott nicht überlisten. Im Gegenteil, der Druck auf Marinas Kehle nahm wieder zu.

»Du bist bald Geschichte«, sagte Wolkow. »Es bleibt keine Spur von dir. Möchtest du hören, wie sauber du deinen letzten Weg antreten wirst?«

»Mit erhobenem Haupt.«

»Uns ist ein Sargwagen in die Hände gefallen. Ein Geschenk des Himmels. Findest du nicht?«

Er grinste. Er genoss seine Worte. Selbstgefällig, verabscheuungswürdig, aber diese eine strahlende Sekunde, in der er sich sonnte, war Marinas Chance.

Mit voller Wucht rammte sie ihm das Knie in den Leib und duckte sich gleichzeitig weg. Er feuerte die Pistole ab, der Putz spritzte von der Wand, aber seine Beine sackten gleichzeitig weg. Er beugte sich vor, ausreichend tief, so dass Marina einen Handkantenschlag platzieren und dieses Gebirge von Mann endgültig außer Gefecht setzen konnte.

NOTIZBUCH

Christuspalme, auch Wunderbaum, Rizinusbaum

Wolfsmilchgewächs aus Afrika und Asien.
Schnell wachsend, hierzulande bis 4 Meter.
Blätter wechselständig, 30 cm bis 70 cm groß, glänzend, grün oder rötlich, handförmig, fünf- bis elflappig, langstielig.
Blüte von August bis Oktober in großen Rispen.
Auffällige, dreifächerige Kapselfrüchte, rotbraun und stachelig.
Samen graubraun, marmoriert und bohnenförmig. Schnell keimend. Ölhaltig (Rizinusöl).
Gift enthalten in der Samenschale: Ricin (Glykoprotein Lektin).
Eines der giftigsten Eiweiße. Wasserlöslich, fettunlöslich.
Schon der Verzehr weniger Samen ist tödlich. Ein einzelner Samenköper kann schwere Symptome verursachen.
Brennen im Mund, Übelkeit, Erbrechen, blutige Durchfälle, Fieber, Schwindel, Krämpfe, Kreislaufversagen, Atemlähmung, Herzversagen.
Symptome erst nach Stunden oder Tagen der Einnahme.
Kein Gegengift bekannt.
Erbrechen auslösen. Medizinische Kohle. Notaufnahme.
Besonderheit: Vorsicht vor Schmuckketten aus aufgefädelten Samen.

37

Die Vorhänge im Krankenzimmer hingen in schmalen zartrosa Falten. Gesine war dem Arzt dankbar, dass er sie in ein Einzelzimmer verfrachtet hatte, und wenn sie aus dem Fenster sah, freute sie sich, dass sie im Erdgeschoss lag. Ihre Kopfschmerzen aber wurden vielleicht eher von der rosa Farbe verursacht als von der Gehirnerschütterung und den Komplikationen.

Das Rosa erinnerte sie an den Gaumen von Baby Thomas. Sie hatte den Jungen der Lehrerin entrissen und ihn umarmt, damit er unbeschadet blieb, während sie auf die Balkonmöbel krachte, und er hatte vor Schreck seinen Mund aufgesperrt. Weit auf, zu einem Schrei ohne Ton. Sie hatte hineingesehen, noch im Fallen, hatte nichts gesehen als diesen verletzlichen Gaumen. Und wenn sie es nicht besser wüsste, würde sie sagen, dass der Anblick eine Stunde lang gedauert hatte.

Rosa wie die geplatzte Ader im Auge von Nicole Band. Die Wut, die Verzweiflung, die ihr aus dem Gesicht sprachen. Aber auch das Schönfärben: rosa. Ihr hemmungsloser Versuch, sich aus der Verantwortung zu stehlen, sowohl für das Schicksal des Kindes als auch für den Mord an Irma. Sie hatte sich und das Baby umbringen wollen, mit ihm auf eine Weise vereint sein wollen, die sie im Leben nie erreichen konnte. Aber letztlich war ihr auch das misslungen.

Und jetzt lag das Baby wieder friedlich in seinem Bettchen, es hatte sogar getrunken und erholte sich langsam. Eine Familie hatte sich gemeldet, die es gern aufnehmen würde, sobald es stabil war.

Gesine drehte den Vorhängen den Rücken zu.

An der Tür klopfte es, und Hannes kam zu Besuch. Er brachte schon wieder einen Strauß Blumen mit, und diesmal war es ein lebhaftes Durcheinander. Er musste den Floristen gebeten haben, alles zusammenzubinden, was Gesine an Wiesen und Hecken erinnern könnte. Schwierig im Winter. Aber in der Mitte thronte eine dunkle Rose.

»Danke«, sagte sie. »Danke für alles. Auch dafür, dass du dich so gut um die Kinder kümmerst.«

»Ich mache doch gar nichts Besonderes«, erwiderte er. »Ich vertreibe ihnen nur die Zeit, bis du rauskommst. Heute haben wir das Madonnenbild zu einem Händler gebracht.«

»Du willst es verkaufen?«

»Nein. Ich lasse es schätzen. Vielleicht ist es wirklich eine orthodoxe Ikone, wie Marina Olbert vermutet hat.«

Der Name Olbert blieb im Raum hängen, und Gesine wollte vorsichtshalber zum nächsten Thema übergehen, aber Hannes kam ihr zuvor.

»Wenn mir etwas passiert wäre, Gesine, oder auch

dir, während du mit der Lehrerin unterwegs warst, wäre unser Streit unsere letzte richtige Unterhaltung gewesen.«

»Ja.« Sie sah ihn an. »Möglich.«

»Dabei ist es doch vollkommen verrückt, was wir uns an den Kopf geworfen haben. Du wolltest immer nur mit mir befreundet sein, warum sollten wir jetzt anfangen, uns über blöde Geschichten aufzuregen?«

»Aber …«

Sie wollte sich aufsetzen, und das Kissen fiel fast aus dem Bett. Hilfsbereit stopfte er es ihr in den Rücken und kam ihr dabei ungewohnt nah. Er ließ sich sogar Zeit. Eigentlich hätte er nur noch den anderen Arm ausstrecken müssen, um sie an sich zu ziehen, sie sah es bereits kommen und spannte sich an. Aber das wahrhaft Erschreckende war gar nicht die Vision von der Umarmung, sondern die Tatsache, dass sie seine Hände schon spürte, ohne dass etwas geschah, und dass sie sich dagegenlehnte, ohne es verhindern zu können.

»Vielleicht sollte ich noch eine Tablette nehmen«, sagte sie.

Er setzte sich auf die Bettkante. »Gesine, ich wollte dir jedenfalls keine Vorwürfe machen, dass du mir zu wenig Platz lässt. Ich muss selbst für mich einstehen, so wie du auch für dich und Klaus einstehen kannst.«

»Aber ich habe nichts mit Klaus!«

»Nein?«

»Nein!«

Ihr Herz klopfte, und als er sie erwartungsvoll ansah, fielen ihr nur unpassende Sätze ein. Sie musste zur Seite blicken, fand aber, dass es auch merkwürdig war, wie die Vorhänge sich plötzlich bewegten. Eine weitere Vision?

Da verstand sie zum Glück, dass der Luftzug von der Tür herrühren musste, die geöffnet worden war. Hannes und sie fuhren auseinander, als habe man sie bei etwas ertappt, und dann mussten sie fürchterlich lachen: Marina Olbert kam ins Zimmer.

»Auf so ein fröhliches Beieinander hätte ich gar nicht zu hoffen gewagt.«

Sie stellte ihre Fahrradtasche ab, und Gesine wischte sich über die Augen. »Schön, dass Sie hier sind.«

Hannes konnte kaum aufhören zu grinsen, aber er musste sowieso bald wieder gehen. Er bedankte sich noch einmal bei der Ermittlerin, dass sie ihn und die Kinder aus dem Kellerverschlag geholt hatte, dann verabschiedete er sich. Gesine fiel auf, dass Marina ihm gern in die Augen sah, doch kaum war er weg, wurde die Olbert wieder sachlich.

»Heute ist Lucy beerdigt worden«, sagte sie. »Selbstverständlich mussten wir Karl Daubner daran teilnehmen lassen. Was für ein schrecklicher Termin.«

»Auf welchem Friedhof liegt sie?«

»Nicht auf dem Ostfriedhof. Sie werden Ihre Ruhe wiederhaben, wenn Sie draußen sind, Frau Cordes, und es wird Sie auch freuen, dass die Aufklärung vorankommt. Wolkow und der Drahtige singen wie die Vögelchen und belasten sich gegenseitig, dass es eine Freude ist.«

»Schön«, sagte sie und meinte etwas anderes.

So viele Tote. So viele Kinder, die irgendwann erfahren würden, wo sie herkamen. Und ein kleiner Junge mit Down-Syndrom, der hören würde, dass er beinahe vom Balkon geworfen worden war.

»So ein Krankenzimmer hat etwas Tristes, finden Sie nicht?«, fragte die Olbert.

»Immer wieder sehe ich das Messer«, sagte Gesine. »Und immer wieder spüre ich das Baby in meinen Händen.«

»Oh.« Marina schüttelte den Kopf. »Und ich sehe Lucy, wie sie den Schlüssel ins Schloss steckt und den Laden abschließt. Oder ich höre das Fingerschnippen von Carmela, die auf dem Dach des Kulturvereins liegt und auf sich aufmerksam macht. Ich habe niemandem das Leben gerettet, Frau Cordes, anders als Sie.«

»Sie denken doch hoffentlich nicht, dass Sie für Carmelas oder Lucys Tod verantwortlich sind?«

»Wer weiß. Ich hätte Carmela früher vom Dach holen müssen. Und dann hätte ich sorgsamer darüber nachdenken müssen, ob ich Lucy verrate, wenn ich zu ihr in die Weinhandlung laufe.«

»Stimmt das denn? Haben Sie sie verraten?«

»Nein, Wolkow brauchte mich gar nicht, um Lucy aufzuspüren. Er hatte von der Kriminaltechnik erfahren, dass ihre DNA auf der Daunenjacke entdeckt worden war. Er hat alles genannt bekommen, ihren Namen, ihre Adresse. Es ist unglaublich, wie wenig verschwiegen so ein Präsidium ist.«

Sie sahen sich an, und Gesine erinnerte sich an ihre eigene Zeit als Ermittlerin. Sobald ein Fall aufgeklärt war, drehte man die Ereignisse hin und her. Hatte man alles richtig gemacht, oder wo hatte man versagt? Die Schuldgefühle nagten an jedem Triumph.

»Herrje, gibt es hier keinen Schnaps?«, fragte Marina Olbert.

Gesine lächelte. »Vielleicht besuchen Sie mich einmal wieder zu Hause in meinem Wohnwagen?«

»Sie ärgern sich nicht mehr über mich?«

»Weil Sie mir vorgeworfen haben, ich mische mich in die Polizeiarbeit ein?«, fragte Gesine freundlich. »Schon vergessen.«

»Ich komme immer sehr gern zu Ihnen in den Wohnwagen.« Die Olbert warf ihr Haar nach hinten. »Und wir haben den Fall ja auch wieder gemeinsam aufgerollt, wenn auch von unterschiedlichen Enden. Sie haben vom Findelkind aus gearbeitet und ich habe an der unbekannten Frauenleiche entlang ermittelt. Aber am Ende sind wir zur selben Lösung gekommen.«

»Eine etwas vereinfachte Darstellung, aber weil bald Weihnachten ist, können wir das so stehenlassen.«

»Oh, da fällt mir etwas ein.«

Die Ermittlerin öffnete ihre Fahrradtasche und holte einige Papiertüten heraus, die sie sorgsam auf die Bettdecke legte. Gesine zog das Papier auseinander. Strohsterne. Christbaumkugeln in Groß und Klein mit verschnörkelter Verzierung.

»Wir könnten Ihr Krankenzimmer damit schmücken«, sagte Marina Olbert. »Oder wir heben es für den Abend auf, an dem wir uns bei Ihnen treffen.«

»Sie wollen in meinem Wohnwagen Weihnachtsschmuck aufhängen?«

»Im Präsidium bin ich bisher nicht dazu gekommen.«

»Vergessen Sie es.«

»Was genau: den Schmuck oder den Schnaps im Wohnwagen?«

Gesine streckte einen Arm aus. »Geben Sie mir bitte meine Tabletten?«

Später schlich sich Gesine aus dem Zimmer und fuhr im Bademantel hoch zu der Station, auf der das Baby lag. Sie ging den Flur entlang und hielt sich am Handlauf fest, während sie die Stelle betrachtete, an der Nicole Band das Messer fallen gelassen hatte. Dann passierte sie die Tür zum Besucherzimmer. Es pochte im Kopf, aber sie ging weiter, denn sie musste die Scheibe erreichen, hinter der das Zimmer des Babys lag.

Ein Pfleger schaute aus dem Raum des Bereitschaftsdienstes, sie gab ihm ein Zeichen zu schweigen. Keine Fragen, keine Ratschläge bitte, sie wollte einfach nur vor dem Fenster stehen und schauen.

Das Baby lag in dem Bettchen aus Plexiglas. Es spielte mit seinen Fingern, immer wieder schnellten die Fäustchen hoch. Die Monitore zeigten gleichförmige Wellen, das Licht an der Wand war genau richtig heruntergedimmt.

Gesine wusste, wie die Haut des Kindes roch. Sie kannte die knochigen Stellen an seinem Rücken. Die kleinen, noch platten Füße. Das feine Haar, das in der Nase kitzelte, wenn man zu nah herankam. Sie konnte sogar noch seine Stimme hören, und zwar mit allen Facetten.

Wenn es ihr besserginge, würde sie das Baby noch einmal halten. Sie würde es füttern und noch einmal massieren. Sie würde mit ihm spielen. Und dann, später, würde sie es natürlich in seiner Familie besuchen, egal wo es wohnte.

Aber heute würde sie nichts dergleichen tun. Sie würde einzig hier stehen und gucken und sich langsam daran gewöhnen, von ihm Abschied zu nehmen.

38

Auf den Mistelzweigen über der Haustür lag Schnee. Ein feines Pulver, das von Nordosten gegen den Bauernhof geweht worden war. Die Kühe stampften im Stall, und durch das helle Sonnenlicht schien der kalte Wind noch schärfer zu wehen.

Hinten, auf der weißen Wiese, lag der Wohnwagen vor Anker. Der Spindelstrauch in der Hecke vergab das letzte Korallenrot der Saison. Bald wäre es so weit, bald würde er auf einen Schlag alles verlieren. Die fleischigen Früchte und das lodernde, giftige Laub.

Gesine hatte den Kragen hochgeschlagen und klopfte die Handschuhe gegeneinander. Sie war wieder fit, aber die Kälte drang durch die Klamotten. Drüben in der Hofeinfahrt stand das Taxi und wartete mit laufendem Motor, als hätte es keine Standheizung. Klaus schien der Einzige zu sein, der nicht fror. Er trug seine Jacke offen, und jetzt nestelte er auch noch am Kragen seines Skipullovers.

»Hier. Heb es gut für mich auf.«

Er zog die Kette mit dem Medaillon über den Kopf, betrachtete es noch einmal und wollte den kleinen Knopf drücken, um es aufzuklappen.

»Nicht.«

Sie streifte einen Handschuh ab und hielt ihn zurück. Das Metall des Medaillons war warm von dem Platz an seiner Brust.

»Aber es ist das Einzige, was ich dir schenken kann«, sagte Klaus. »Mehr besitze ich nicht.«

»Ich nehme das Geschenk an, Klaus, ich freue mich, aber ich schenke es dir schon wieder zurück. Es soll da bleiben, wo es hingehört.«

Er lächelte, hob die Kette wieder über den Kopf und schloss Pullover und Jacke. Er bewegte sich noch nicht wieder so ausgreifend wie früher, aber er verströmte die alte, bekannte Energie.

»Dann war es das jetzt?«, fragte er.

»Vorerst, ja.«

»Versteh mich nicht falsch, aber ganz kurz hatte ich mir eingebildet, wir beide würden Thomas zu uns nehmen und gemeinsam großziehen.«

Sie überlegte gut, bevor sie antwortete. »Das wäre wahrscheinlich schön gewesen.«

»Für das Baby genauso wie für uns.«

»Aber es gibt kein ›uns‹ mehr.«

Er nickte langsam und sah zur Wohnstube hinüber. Hinter der Fensterscheibe bewegte sich jemand, Josef wahrscheinlich. Klaus drehte dem Haus den Rücken zu und senkte die Stimme.

»Und neulich im Stroh? Was war das?«

»Auch da gab es kein ›uns‹.«

»Du hast aber versucht, es wiederzufinden.«

»Es tut mir leid.« Sie stülpte den Handschuh über die rotgefrorene Hand. »Wir wussten wohl beide nicht, wie weh es tut, in der Zeit zu reisen.«

»Verstehe.« Er legte die Hände auf ihre Schultern. »Allerdings finde ich es dann besonders widersinnig, dass du auf dem Friedhof bleiben willst.«

»Dort fühle ich mich wohl.«

Er zog sie näher, drückte sie an sich und ließ sie sofort wieder los, noch ehe sie sich dazu entschließen konnte, die Umarmung zu erwidern.

»Und wie geht es Frida und Marta?«, fragte er.

»Sie reden viel über die Stunden im Kellerverschlag, aber Hannes hat den Schrecken gut abgefedert.«

»Du magst Hannes.«

»Wie meinst du das?«

Er hielt ihrem Blick stand, aber sein bitteres Lächeln war nicht einfach für sie.

»Gesine, es tut mir leid, dass alles so gekommen ist. Ich hätte dich viel früher in das einweihen müssen, was ich aus Tiflis wusste. Und ich hätte mich nicht einmischen dürfen, als du mit Nicole Band auf dem Balkon verhandelt hast.«

»Das Baby lebt, Nicole Band wird der Prozess gemacht, insofern waren wir erfolgreich.«

»Und wenn ich mich anders verhalten hätte, wäre es dann zwischen uns besser verlaufen?«

»Es war doch nicht ganz schlecht, und deine Sturheit hat dich immerhin dazu gebracht, bei mir aufzutauchen. Das wäre sonst wohl nie passiert.«

Sie stampfte mit den kalten Füßen auf der Stelle, und plötzlich brannten ihre Augen. Klaus schlang erneut seine Arme um sie und hielt sie diesmal fest. Sie legte das Gesicht an seine Jacke, an die inzwischen wieder vertraute, tröstliche Wärme. Sie spürte, wie kraftvoll sich sein Brustkorb bewegte, und kniff die Lider zusammen.

Er küsste ihr Haar. »Wir sehen uns wieder. Und beim nächsten Mal melde ich mich vorher an.«

»Vielleicht komme ich auch einmal zum Wandern zu dir nach Georgien?«

»Ich würde mich freuen.«

Er löste sich von ihr. Sein grüner Blick leuchtete hell, wie die Blüte einer Christrose, die sich einzufärben begann. Aber er würde nicht mit ihr wandern, und sie würde nicht nach Georgien fahren und sich 3700 Kilometer vom Friedhof entfernen. Was zählte, war bloß, dass sie diese Ideen einfach so aussprechen konnten.

Das Taxi hupte, Klaus gab ihr einen kleinen Stoß.

»Dreh dich um und geh bitte als Erste, Gesine. Und schau mir nicht hinterher, wenn ich eingestiegen bin.«

»Nein. Ich schaue dich an.« Und zwar im Herzen.

Sie berührte seinen Mund und wandte sich um. Fort von ihm. Fort vom Bauernhof, in dem Josef garantiert noch hinter der Scheibe stand, und fort von dem Taxi.

Über die knackig gefrorene Wiese.

Am Wohnwagen klebten Eisblumen, aber wenn sie die Heizung höher drehte, würden sie schmelzen.

Danke

an Heide Kloth als Lektorin, die mich beharrlich unterstützt,

an Katharina Hacka, die erneut wunderbare Zeichnungen angefertigt hat,

an das gesamte Team der Ullstein Buchverlage, das dem Buch viel Platz einräumt,

an André Hille von Hille & Jung, der das Richtige vom Schreiben versteht,

an Maria Knissel, die nicht müde wird, zu lesen und zu verbessern,

und nicht zuletzt an S. und meine Tochter L.M., die wieder alles gegeben haben.

Inge Löhnig

Gedenke mein

Kriminalroman.
Taschenbuch.
Auch als E-Book erhältlich.
www.list-taschenbuch.de

Endlich ein Fall für Gina Angelucci

Gina Angelucci, die Partnerin des Münchner Kommissars Dühnfort, arbeitet in der Abteilung für Cold Cases in München: Sie löst Mordfälle, die seit Jahren nicht geklärt werden konnten. Ein besonders tragischer Fall erschüttert sie zutiefst. Vor zehn Jahren verschwand die kleine Marie, ihre Leiche wurde nie gefunden. Der Vater hat Selbstmord begangen, die Mutter sucht bis heute nach ihrer Tochter. Gina ahnt, dass ihre Kollegen damals die falschen Fragen stellten. Ist Marie womöglich noch am Leben? Gina folgt einer Spur, die zu unendlichem Leid führt ...

List

Karin Salvaggio

Eisiges Geheimnis

Thriller.
Aus dem Englischen von
Susanne Gabriel.
Taschenbuch.
Auch als E-Book erhältlich.
www.list-taschenbuch.de

Sie gibt nicht auf

Ein eiskalter Wintermorgen im verlassenen Norden Montanas. Blutüberströmt bricht eine Frau vor dem Haus von Grace zusammen. Beim Versuch, sie zu retten, erkennt Grace in der Toten ihre vor vielen Jahren spurlos verschwundene Mutter. Die hochschwangere Polizistin Macy Greeley übernimmt den Fall. Sie kehrt zurück in die raue, eingeschworene Gemeinschaft nahe der kanadischen Grenze. Vor elf Jahren hat sie vergeblich versucht, Grace' Mutter aufzuspüren. Grace ist in großer Gefahr. Jemand verfolgt sie. Dennoch lässt sie Macy nicht an sich heran. Bis die beiden Frauen dem Mörder immer näher kommen ...

*»Salvaggio ist eine beeindruckende
neue Stimme in der Spannungsliteratur ...«*
Deborah Crombie

Gabi Kreslehner

Das Regenmädchen

Kriminalroman.
Taschenbuch.
Auch als E-Book erhältlich.
www.ullstein-buchverlage.de

Manche Engel müssen sterben

Eine regennasse Fahrbahn. Einzelne Autos, die vorbeirauschen. Ein grauer Morgen. Als Kommissarin Franza Oberwieser an den Tatort kommt, trifft sie der Anblick der Toten wie ein Schlag. Ein schönes junges Mädchen in einem glitzernden Ballkleid liegt verrenkt am Straßenrand. Franza beginnt, Fragen zu stellen und begegnet nur Menschen, die etwas zu verbergen haben. Dunkle Seiten, Abgründe, Lügen. Die Tote kannte sie alle. Musste sie deshalb sterben?

»Ein beeindruckendes Krimi-Debüt!«
Nele Neuhaus